Johann Wilhelm Schaefer

Grundriß der Geschichte der deutschen Literatur

SALZWASSER
VERLAG

Johann Wilhelm Schaefer

Grundriß der Geschichte der deutschen Literatur

1. Auflage | ISBN: 978-3-75255-005-4

Erscheinungsort: Frankfurt am Main, Deutschland

Erscheinungsjahr: 2021

Salzwasser Verlag GmbH, Deutschland.

Unveränderter Nachdruck der Originalausgabe von 1866.

Grundriß der Geschichte

der

deutschen Literatur

von

Dr. Johann Wilhelm Schaefer.

Zehnte,
aufs neue durchgearbeitete und verbesserte Auflage.

Bremen.

1866.

Vorrede zur zehnten Auflage.

Nach sorgfältiger Durcharbeitung übergebe ich den Grundriß aufs neue der Oeffentlichkeit und bin überzeugt, daß Gründlichkeit und klare Uebersichtlichkeit, die beiden Haupterfordernisse eines Lehrbuches, in der vorliegenden Auflage wesentlich gewonnen haben. Zahlreich sind die Zusätze und Verbesserungen in einzelnen Angaben und in der Wahl des bezeichnenden Ausdrucks bis auf Kleinigkeiten des Stils, so daß man auf allen Blättern die Spuren der von gereifterer Einsicht und Erfahrung geleiteten bessernden Hand erkennen wird. Wenn diese Erweiterungen mehr die Literatur der früheren Jahrhunderte als die der jüngsten Epoche getroffen haben, so geschah es nach dem schon mehrfach von mir ausgesprochenen Grundsatze, nur die hervorragendsten Erscheinungen der Gegenwart, in denen Keime für eine künftige Literaturentwickelung zu erkennen sind, zu erwähnen.

Um für Wichtigeres Raum zu gewinnen, habe ich stellenweise manche überflüssige Namen und Notizen früherer Auflagen weggelassen, besonders in den Anmerkungen, die nicht einen vollständigen literarischen Apparat, sondern nur das für eine umsichtige Literaturkenntniß Brauchbare nachweisen sollen, um Andeutungen für weitere und tiefer eingehende Studien zu geben. Bereits haben sich nach und nach der Erweiterungen so viele hinzugedrängt, daß die jetzige Auflage, obschon der Preis des Buches unverändert geblieben ist, vier Bogen mehr zählt, als die erste Ausgabe.

Somit begleite ich das mit Liebe gepflegte Werkchen, zu dem ich auf verschiedenen Stufen des Lebens stets mit neuer Freude zurückgekehrt bin, mit dem Wunsche, daß es auch in seiner jetzigen Gestalt so freundliche Beurtheiler wie früher finden und zur Förderung des Unterrichts in der Geschichte unserer Nationalliteratur beitragen möge.

Bremen, den 19. Februar 1866.

J. W. Schaefer.

Inhalts-Verzeichniß.

Erste Abtheilung.

Die ältere Zeit.

X — ca. 1500.

I. Von den frühesten Anfängen deutscher Literatur bis zum XII. Jahrhundert.

Volkspoesie neben der Literatur der Geistlichen.

II. Entfaltung und Blüthe der Poesie im XII. und XIII. Jahrhundert.

Nationales Epos und höfisch-ritterliche Dichtung.

III. Die Literatur des XIV. und XV. Jahrhunderts.

Gänzlicher Verfall der ritterlichen Poesie. Durchdringen des Volksmäßigen und der Prosa.

Zweite Abtheilung.

Die neuere Zeit.

Ca. 1500 — auf die Gegenwart.

I. Vom Beginn der Reformation bis zum dreißigjährigen Kriege.

Ca. 1500 — ca. 1620.

Volkspoesie neben gelehrter Literatur.

A. Kampf des Alten und Neuen. Reformation.

Ca. 1500 — ca. 1550.

B. Verschwinden des Nationalen. Herrschaft der gelehrten Literatur. Aufnahme des Ausländischen.

Ca. 1550 — ca. 1620.

II. Vom dreißigjährigen Kriege bis zum Wiedererwachen des Nationalgefühls.

Ca. 1620 — ca. 1740.

A. Die Zeiten des dreißigjährigen Krieges und der Erschlaffung.

Einleitung.

1. Die Geschichte der Literatur schildert die Entwickelung des geistigen Lebens, wie es sich in der Literatur, d. h. den in Sprache und Schrift vorhandenen Erzeugnissen des menschlichen Geistes, offenbart, und lehrt daher diejenigen unter denselben kennen, in denen vorzugsweise der Gang dieser Entwickelung klar wird. Sie weist daher sowohl die Wechselwirkung der literarischen Erscheinungen und deren Beziehungen zu einander nach, als auch die Einflüsse, welche die Literatur von anderweitigen Elementen der Bildung erhielt.

2. Die Geschichte der deutschen Literatur beginnt mit dem Zeitpuncte, wo uns Erzeugnisse in deutscher Sprache von dem geistigen Leben der deutschen Nation Kunde geben, und verfolgt dessen fernere Gestaltung bis auf unsere Tage. Vorzugsweise berücksichtigt sie daher die Denkmäler deutscher Poesie und diejenigen Prosawerke, welche in enger Beziehung zur Gesammtbildung der deutschen Nation stehen.

Sie zerfällt in zwei Abtheilungen, eine ältere und eine neuere Zeit, deren Scheidungslinie in den Beginn des Reformationszeitalters (um 1500) fällt, wo der Geist des Mittelalters allmählich den neuen Zeitrichtungen weicht. Zur Erleichterung der Uebersicht theilen wir diese Zeiträume in folgende Abschnitte ein:

Erste Abtheilung: Die ältere Zeit.

X—ca. 1500.

I. **Von den frühesten Anfängen deutscher Literatur bis zum XII. Jahrhundert.**

Volkspoesie neben der Literatur der Geistlichen.

II. **Entfaltung und Blüthe der Poesie im XII. und XIII. Jahrhundert.**

Nationales Epos und höfisch-ritterliche Dichtung.

III. **Die Literatur des XIV. und XV. Jahrhunderts.**

Gänzlicher Verfall der ritterlichen Poesie. Durchdringen des Volksmäßigen und der Prosa.

Zweite Abtheilung: Die neuere Zeit.

Ca. 1500 bis auf die Gegenwart.

I. **Vom Beginn der Reformation bis zum dreißigjährigen Kriege.**

Ca. 1500—ca. 1620.

Volkspoesie neben gelehrter Literatur.

II. **Vom dreißigjährigen Kriege bis zum Wiedererwachen des Nationalgefühls.**

Ca. 1620—ca. 1740.

Gelehrtenpoesie der Dichterschulen. Nachahmung ausländischer Formen.

III. **Ausbildung einer nationalen Literatur im Zeitalter Friedrichs des Großen.**

Ca. 1740—ca. 1770.

Klopstock. Lessing. Wieland.

IV. **Reformbestrebungen in Staat und Wissenschaft. Höchste Blüthe der Poesie.**

Ca. 1770—ca. 1805.

Herder. Goethe. Schiller.

V. **Die Literatur des XIX. Jahrhunderts.**

Universalismus in Poesie und Wissenschaft.

3. Allgemeine Hülfsmittel:

K. H. Jördens' Lexikon deutscher Dichter und Prosaisten, 1806 — 1811. 6 Bde.

Fr. Bouterwek's Geschichte der Poesie und Beredsamkeit, Bd. 9—11. (Deutsche Lit.). 1812—19.

L. Wachler's Vorlesungen über die Geschichte der deutschen Nationalliteratur, 1818. 2. Aufl. 1834. 2 Thle.

A. Koberstein's Grundriß zur Geschichte der deutschen Nationalliteratur, 1827. 4. Aufl. 1845—56. 2 Bde. (wird fortgesetzt.)

G. G. Gervinus' Geschichte der poetischen Nationalliteratur der Deutschen, 1835—42. 5 Thle. 4. Aufl. 1853 f. (G. der deutschen Dichtung.)

J. W. Schaefer's Handbuch der Geschichte der deutschen Literatur, 1842. 44. 2 Thle. 2. Aufl. 1855.

A. F. C. Vilmar's Vorlesungen über die Geschichte der deutschen Nationalliteratur, 1845. 10. Aufl. 1864. 2 Bde.

W. Wackernagel's Geschichte der deutschen Literatur, 1848 ff. (b. j. 3 Abthl.)

H. Kurz' Geschichte der deutschen Literatur mit ausgewählten Stücken aus den Werken der vorzüglichsten Schriftsteller, 1853 — 1859. 3 Bde.

K. L. Cholevius' Geschichte der deutschen Poesie nach ihren antiken Elementen, 1854. 56. 2 Thle.

K. Goedeke's Grundriß der Geschichte der deutschen Dichtung, 1859. 2 Bde.

J. W. Schaefer, Literaturbilder. Darstellungen deutscher Literatur aus den Werken der vorzüglichsten Literarhistoriker, 1861. 2 Thle.

K. F. A. Guden's chronologische Tabellen zur Geschichte der deutschen Sprache und Nationalliteratur, 1831. 3 Thle.

K. Eitner's synchronistische Tabellen zur vergleichenden Uebersicht der Geschichte der deutschen Nationalliteratur, 1848.

J. W. Schaefer's Tabellen zur Geschichte der deutschen Literatur, 1853.

W. Wackernagel's deutsches Lesebuch, 1835 ff. 1. Thl. (Altdeutsches Lesebuch) 3. Aufl. 1859. 2. Thl. Deutsche Poesie seit 1500. 1836. 2. Aufl. 1840. 3. Thl. Prosa, 1841. 43. 2 Bde.

F. A. Pischon's Denkmäler der deutschen Sprache von den frühesten Zeiten bis jetzt, 1838—51. 6 Thle.

G. K. Frommann und L. Häußer, Lesebuch der poetischen Nationalliteratur der Deutschen, 1. Thl. Altdeutsches Lesebuch, 1845. 2. Thl. Poetische Nationalliteratur der Deutschen vom XVI. bis zum XIX. Jahrhundert, 1846.

Für die ältere Zeit (Mittelalter):

Literarischer Grundriß zur Geschichte der deutschen Poesie von der ältesten Zeit bis in das sechzehnte Jahrhundert durch F. H. von der Hagen und J. G. Büsching, 1812.

K. Rosenkranz, Geschichte der deutschen Poesie im Mittelalter, 1830.

F. W. Genthe, deutsche Dichtungen des Mittelalters, 3 Bde. 1841—46.

K. Goedeke, deutsche Dichtung im Mittelalter, 1854.

O. Schade, altdeutsches Lesebuch, 1862. (2. Th. Wörterbuch).

K. Simrock, altdeutsches Lesebuch in neudeutscher Sprache, 1854.

Für die neuere Zeit:

Fr. Horn, die Poesie und Beredsamkeit der Deutschen von Luther's Zeit bis zur Gegenwart, 1822 ff. 4 Bde.

F. Paldamus und H. Kurz, deutsche Dichter und Prosaisten von der Mitte des XV. Jahrh. bis auf unsere Zeit, 2 Abth. 1858 ff.

Für das XVIII. und XIX. Jahrhundert:

J. Hillebrand, die deutsche Nationalliteratur seit dem Anfange des 18. Jahrh., besonders seit Lessing, bis auf die Gegenwart, 1845 ff. 3 Thle. 2. Aufl. 1850 ff.

H. Gelzer, die neuere deutsche Nationalliteratur nach ihren ethischen und religiösen Gesichtspuncten, 1841; 3. Aufl. 1858. 2 Thle.

J. W. Schaefer, Geschichte der deutschen Literatur des achtzehnt. Jahrh. In übersichtlichen Umrissen und biographischen Schilderungen, 1855 ff. 3 Bde.

J. W. Löbell, die Entwickelung der deutschen Poesie von Klopstock's erstem Auftreten bis zu Goethe's Tode, 1856 ff. 3 Bde. (1. Klopstock, 2. Wieland, 3. Lessing).

O. F. Gruppe, Leben und Werke deutscher Dichter. Gesch. der deutschen Poesie in den drei letzten Jahrh. 1863 ff.

H. Hettner, Literaturgeschichte des 18. Jahrh. Bd. 3. (Deutsche Lit.) 1864 ff.

H. Kurz, Handbuch der poetischen Nationalliteratur der Deutschen von Haller bis auf unsere Zeit, 1840 ff. 3 Bde. Handbuch der deutschen Prosa von Gottsched bis auf die neueste Zeit, 1845 ff. 3 Bde.

Jul. Schmidt, Geschichte der deutschen Nationalliteratur im 19. Jahrh. 1853. 2 Bde. 5. Aufl. 1865. 3 Bde.

R. Gottschall, die deutsche Nationalliteratur des 19. Jahrh., 1855. 2 Bde. 2. Aufl. 1860.

Erste Abtheilung.

Die ältere Zeit.

X—c^a. 1500.

I. Von den frühesten Anfängen deutscher Literatur bis zum XII. Jahrhundert.

A. Aelteste Sagen und Lieder.

1. Volksthum der Germanen vor ihrem Eindringen ins römische Reich.

§. 1. Verwandtschaft der Sprache und Sage, der Religion und Sitte neben Ueberlieferungen von Wanderungen aus Osten weisen auf einen gemeinschaftlichen Urstamm der germanischen Völker im kaukasischen Asien (an der Westgruppe des Himalaya) hin: indogermanischer Stamm. Im Beginn ihrer Geschichte wohnen sie weitverzweigt vom schwarzen Meere bis zur Ost- und Nordsee, im Westen von den Ardennen und Vogesen, im Süden von den Alpen begrenzt. Verwandte Stämme drangen bis in den scandinavischen Norden vor.

Körperliche Tüchtigkeit und reine Sitte waren dem Germanen angestammt. Hochherzige Gesinnung offenbarte sich nicht minder in seiner Verehrung der Frauen, in seiner Treue und Achtung vor dem Rechte, als in seinem kriegerischen Muthe. Würdige Begriffe von der Gottheit lagen seinem Götterdienste zum Grunde; heilige Haine waren seiner religiösen Andacht der liebste Ort.[1] Vor Verweichlichung schützte ihn das rauhe Klima, die mehr feindliche als anlockende Natur seines Bodens, ein Leben voll Gefahr und Entbehrung. Aus dem Bewußtsein der sittlichen Kraft entsprang der Freiheitssinn. Nur bei seinen nordischen Stammgenossen artete es in Grausamkeit und wilde Rachgier aus.

[1] J. Grimm's deutsche Mythologie, 1835. 3. Ausg. 1855. W. Müller, Geschichte und System der deutschen Religion, 1844. K. Simrock, Handbuch der deutschen Mythologie, 1854. 2. A. 1864.

§. 2. Die Sprache der Germanen[1] ist ein Zweig des großen indogermanischen Sprachstammes. Buchstabenschrift (Runen, von rûna, Geheimniß) war vorhanden, doch deren Gebrauch beschränkt und wahrscheinlich nur den Priestern bekannt.[2] Gesang war Eigenthum des Volkes, nicht einer besonderen Sängerkaste. Die Germanen feierten ihre Götter (z. B. Wodan, ihren höchsten Gott, und in mythischen Stammgenealogieen Tuisco, seinen Sohn Mann und dessen Geschlecht) und Helden (z. B. Armin[3]) in Liedern, die man vor der Schlacht oder beim frohen Mahle oder am Grabe heldenmüthiger Führer sang. Es lag im Wesen solcher Lieder, daß sie, nur mündlich überliefert, bald verloren gingen.

[1] Jacob Grimm's Geschichte der deutschen Sprache, 1848. 2 Thle. 2. Aufl. 1853.

[2] „Celebrant carminibus antiquis, quod unum apud illos memoriae et annalium genus est, Tuisconem deum terra editum et filium Mannum, originem gentis conditoresque." Tac. Germ. 2. — Götterlieder als Zaubersprüche, hgg. von J. Grimm, 1842; v. Karajan, 1858.

[3] „Canitur adhuc (Arminius) barbaras apud gentes." Tac. Annal. 2,88.

2. Die Völkervereine und die Wanderungen. Volkssagen.

§. 3. Nach den vergeblichen Versuchen der Römer, ihre Herrschaft über den Rhein und die Donau hinaus auszubreiten, wurde ihr allmählich sinkendes Reich von den germanischen Völkern bedroht, welche, durch Völkerbewegungen in ihren Wohnsitzen gestört, nach Auflösung der alten Stammverfassung zu größeren Vereinen (Alemannen, Franken, Burgunder, Sachsen, Longobarden, Gothen) verschmolzen, und, wenn gleich oft geschlagen, doch nicht entmuthigt, in die südlichen Länder sich Bahn zu brechen suchten. Nach dem Einbruche der Hunnen in Europa (375) wurde ein Theil der germanischen Stämme aus den heimatlichen Wohnsitzen nach Süden und Westen gedrängt. Kämpfe gegen die eindringenden Völkerschaaren wie um den Besitz römischer Provinzen währten Jahrhunderte hindurch. Germanisches Volksthum machten die Angeln und Sachsen in dem bezwungenen Britannien geltend, während in den südlichen Ländern Sprache und Sitte in mannigfacher Mischung und Umwandlung von den Besiegten auf die Sieger überging (das Romanische).

§. 4. Die alten Sagen, die zu Volksgesängen Stoff gegeben hatten, gingen entweder in den Bewegungen der Zeit unter oder verschmolzen mit den Erinnerungen an die Begebenheiten der nächsten Vergangenheit, indem das älteste mythische Element mehr und mehr mit Heldensage vertauscht ward. Eine Reihe von Sagen bildete sich, welche spätere Zeiten erweiterten und zu größeren Sagenkreisen zusammenfügten.

Die beiden Helden Siegfried (Sigurd bei den Scandinaviern) und Dietrich sind die Mittelpuncte der deutschen Heldensagen (§. 19). Die Siegfriedsage gehört, ihrem Entstehen nach, einer älteren Zeit an, wo sie, mehr als Mythus, mit der Götterwelt verbunden war. Nach dem Zeitalter der Wanderungen erscheint sie als fränkisch und verschmilzt mit der burgundischen Sage vom Könige Günther, der 436 durch den Hunnenkönig Attila seinen Untergang fand. In dem Dietrich der Sage lassen sich Erinnerungen an den ostgothischen König Theoderich erkennen, mit dem sowohl die älteren gothischen Sagen von dem König Ermanrich als die von Attila verknüpft wurden (gothischer Sagenkreis).

Außer diesen Sagenkreisen lebten viele einzelne Sagen, theils mythischen Ursprungs (z. B. die Sagen von Beowulf, dem Schmied Wielant), theils durch Begebenheiten und Personen der historischen Zeit veranlaßt, im Munde des Volkes. Die Sagen vom Fuchs, Wolf und Bären, dem ursprünglich das Königthum über die Thiere zugewiesen ward, reichen ebenfalls in eine frühe Zeit hinauf, wo der Mensch noch vertraulicher mit der Thierwelt lebte und in den thierischen Instincten eine Begabung höherer Art erkannte und verehrte.

§. 5. Die Sprache[1] hatte durch die Wanderungen ohne Zweifel große Veränderungen erlitten und an Lautfülle verloren: Die Bekanntschaft mit der christlich-römischen Bildung beförderte die Ausbildung derselben zur Schriftsprache. Neue Alphabete traten an die Stelle der unvollkommenen Runenschrift, aus der nur einzelne Buchstaben herübergenommen wurden. Die Mund arten sondern sich nach den Stämmen. Für die Literatur kommen hauptsächlich in Betracht: 1) die gothische; 2) die althochdeutsche (fränkisch-bayrisch-alemannische); 3) die altniederdeutsche (altsächsische und altfriesische); 4) die angelsächsische. Verwandt sind Sprache und Sage der nordischen (scandinavischen) Völker.

In der Versbildung herrscht das Gesetz der Betonung. Man unterscheidet die Hebungen oder stark betonten Sylben, nach denen das Maß des Verses bestimmt wird, von den Senkungen oder den schwach betonten, die nicht mitgezählt werden. Schwach betonte Sylben vor der ersten Hebung heißen Auftakt. Man kennt in der altdeutschen Metrik keine Versfüße. — In den ältesten Gedichten findet sich die Alliteration oder der Stabreim, d. h. Gleichlaut der Buchstaben, womit mehrere der stark betonten Wörter anheben (Liedstäbe: in der Regel zwei Stäbe im ersten und einer, der Hauptstab, im zweiten Halbverse der Langzeile). Sie wurde in der christlichen Zeit (um 850) durch den Endreim verdrängt, mit dem zugleich die Bildung der Strophe beginnt (gewöhnlich vier Verse, jeder von vier Hebungen, = zwei Langzeilen, deren zweite Hälfte den Reim hat.)

[1] Jacob Grimm's deutsche Grammatik, 4 Thle. 1819 — 37. (1. Thl. 3. Aufl. 1841).

3. Volkspoesie nach den Wanderungen.

§. 6. Die Sagen pflanzten sich in zahlreichen einzelnen Liedern durch die folgenden Jahrhunderte fort; manche Sänger aus dem Volke machten sich ein Gewerbe daraus, sie öffentlich mit Begleitung des Saitenspiels vorzutragen („singen und sagen"). Mochte auch die Aufnahme des Christenthums und der Eifer der Geistlichen diese weltliche, aus dem Heidenthum stammende Poesie in den Hintergrund drängen, so hörte doch die Pflege derselben nicht auf. In manchen Ländern nahmen sich ihrer selbst die Geistlichen an. Könige liebten die alten Heldenlieder; Karl der Große († 814) ließ sie sammeln und auswendig lernen (§. 12). Gleiches geschah in den Schulen der Angelsachsen unter Alfred († 901).

Die anglische Sage von Beowulf erzählt ein in angelsächsischer Mundart aufgezeichnetes, alliterirendes Gedicht aus dem achten, höchstens siebenten Jahrhundert.[1] — Von deutschen Bearbeitungen der Heldensage ist das aus vereinzelten Bruchstücken bestehende, ebenfalls alliterirende Hildebrandslied[2] auf uns gekommen, das um 800 in einer mehr niederdeutschen als hochdeutschen Mundart niedergeschrieben worden ist; es schildert eine Begebenheit aus der Dietrichsage, das Zusammentreffen des heimkehrenden Hildebrand mit seinem Sohne Hadubrand (vgl. §. 19). — Die Ausbildung der Siegfried- oder Sigurdsage im scandinavischen Norden erkennt man schon in einem Theil der Eddalieder[3], die ihrer ursprünglichen Abfassung nach ins sechste und siebente Jahrhundert hinaufzurücken sind.

[1] Neueste Ausg. von Moritz Heyne (mit Glossar) 1863. Uebers. von L. Ettmüller, 1840; von K. Simrock, 1859; von M. Heyne, 1863. [2] Ausg. von W. Grimm, 1830, u. v. And. [3] Sammlung der ältern Edda von Saemund dem Weisen, † 1133, der jüngern von Snorri Sturlasson, † 1241. — Ausg. von H. Lüning, 1859. Die ältere und jüngere Edda, übers. von Simrock, 1851.

§. 7. Außerdem gab es in den früheren Jahrhunderten nicht minder, als in den spätern, sowohl heitere volksmäßige Lieder (winileod), als auch solche, welche durch Zeitereignisse veranlaßt wurden, theils Siegs- und Lobgesänge, theils Spottlieder, von denen nur wenige aus der älteren Zeit auf uns gekommen sind, weil sie nur selten mögen niedergeschrieben worden sein. Von den derartigen Liedern der Gothen und Longobarden haben wir nichts als die Angaben der Chroniken. Von fränkischen Liedern der späteren christlichen Zeit ist das Lied (vielleicht eines Geistlichen) auf den Sieg Ludwigs III. über die Normannen bei Saucourt in Vimeu (881) erhalten.[1] Von angelsächsischen Liedern ist der Gesang auf Athelstans Sieg über die Dänen bei Brunanburgh (937) auszuzeichnen.[2]

[1] Nach der wieder aufgefundenen Handschrift hgg. von Hoffmann (Elnonensia etc. 1837). [2] Abgedr. in Ebeling's angelsächsischem Lesebuch, 1847.

B. Einfluß der Geistlichen auf die Literatur. Kirchliche und gelehrte Literatur.

1. Das Gothische im IV. und V. Jahrhundert.

§. 8. Die Gothen waren (wie schon aus der häufigen Erwähnung gothischer Volkslieder hervorgeht) den übrigen germanischen Stämmen an Cultur voraus. Daher siegte bei ihnen zuerst das Christenthum über das Heidenthum (gegen das Ende des vierten Jahrhunderts).

Das größte Verdienst um die Verbreitung christlicher Lehre erwarb sich Ulfila, (geboren um 318, seit 348 Arianischer Bischof der Westgothen, seit 355 mit seinen Anhängern im Süden der Donau wohnhaft, † zu Constantinopel 388).[1] Seine Bibelübersetzung ist das älteste Denkmal deutscher Sprache, insbesondere als beinahe einzige Urkunde des durch den Reichthum seiner Formation ausgezeichneten gothischen Dialekts von unschätzbarem Werthe. Es sind bedeutende Bruchstücke der Evangelien (am meisten von Lucas, am wenigsten von Matthäus) und der Paulinischen Briefe nebst Fragmenten aus Esra und Nehemia erhalten.[2] Sowohl nach dem griechischen und römischen Alphabet als nach der alten Runenschrift stellte Ulfila ein gothisches Alphabet fest, dessen sich die Gothen später bedienten. — Seit Ulfila wurden die Gothen auch mit den griechisch-römischen Bibelforschungen[3] bekannt; gothische Predigten fanden um 400 zu Constantinopel statt.

Das ostgothische Reich in Italien endete schon 555; bei den Westgothen erhielt früh die römische Bildung die Oberhand; ihr Reich in Spanien ward 711 die Beute der Araber.

[1] Nach G. Waitz, über das Leben und die Lehre des Ulfila, 1840. Abweichend: W. Bessell, über das Leben des Ulfila 2c., 1860. [2] Der silberne Codex, mit silbernen und goldenen Buchstaben auf Purpurpergament, um 1600 in Prag, seit 1648 zu Stockholm, dann zu Upsala (Genauester Abdr. von A. Uppström, 1854), Handschriften von Bruchstücken zu Wolfenbüttel und Mailand. Die vollständigsten Ausgg. von Gabelentz und Löbe, 1836 ff. von H. F. Maßmann, 1855. [3] Bruchstücke einer gothischen Auslegung der Evangelii Johannis, hgg. von H. F. Maßmann, 1834, (auch im Ulfila von Gabelentz und Löbe, Bd. 2. und in Maßmann's Ausg.)

2. Das Angelsächsische seit dem VII. Jahrhundert.

§. 9. Als (seit 596) das Christenthum sich in England ausbreitete und befestigte, bildete sich die Volkssprache durch die Befreundung der Geistlichen mit derselben schnell zur Schriftsprache aus (Gesetze in angelsächsischer Sprache) und hatte bald eine ansehnliche Literatur in Poesie und Prosa aufzuweisen. Unter der großen Anzahl von Uebersetzungen und Bearbeitungen biblischer Schriften zeichnet sich Caedmon's metrische Paraphrase biblischer Schriften (vornehmlich aus den Büchern Mosis und Daniel)[1] durch poetische Auffassung und lebendige Darstellung aus. Noch höher steht das geistliche Heldengedicht Judith.[2] — Diese Cultur konnten die Raubfahrten der Dänen (seit dem Ende des achten Jahrhunderts) wohl stören, aber nicht vernichten. Geistliche begannen im neunten Jahrhundert Chroniken in angelsächsischer Sprache aufzuzeichnen und gelehrte Schriften aus dem Lateinischen in dieselbe zu übertragen; selbst an der Ausbildung der Volkssagen haben sie großen Antheil.

Unter den ungünstigsten Verhältnissen fand der große König Alfred (871—901) Muße, die Nationalliteratur zu fördern, indem er nicht nur gelehrte Männer an sich zog und aufmunterte, sondern auch selbst mehrere Werke aus dem Lateinischen in die Muttersprache übertrug. Die Uebersetzung der Schrift des Boethius von den Tröstungen der Philosophie ist wegen der hinzugefügten, zum Theil poetischen, Erweiterungen besonders wichtig. Von seinem historischen Sinn zeugen die Uebersetzungen der Kirchengeschichte Beda's und der Geschichte des Orosius, in die er Schilderungen der nordischen Länder nach den Reiseberichten der Walfischfänger Othher und Wulfstan einschaltete.

Bald nach ihm ward England noch schrecklicheren Verwüstungen der Dänen und Normannen preisgegeben; selbst die Klöster gewährten keine Zuflucht vor ihrer Zerstörungswuth. Doch erhielt sich die angelsächsische Cultur, bis sie mit der Thronbesteigung Wilhelms des Eroberers (1066) dem Romanischen weichen mußte.

[1] Ausg. von Benj. Thorpe, 1832; von K. W. Bouterwek, 1849.
[2] Hgg. in Thorpe's Analecta Anglosax., 1834; n. ed. 1845. Sammlungen angelſ. Schr.: Anglosaxonum poetae atque scriptores prosaici . . . . ed. L. Ettmullerus, 1851 (nebst Lexicon Anglosax.). C. W. M. Grein, Bibliothek der angelsächs. Poesie, 1857. 2 Bde. Dichtungen der Angelsachsen, übers. v. Grein, 1857. 2 Bde.

3. Die deutschen Völker des Frankenreichs. Das Althochdeutsche und Altniederdeutsche (Altsächsische).

a. Die Merowingische Zeit.

§. 10. Während die gothischen Reiche nach kurzer Dauer zerfielen, dehnte sich das von Chlodwig, dem Merowing, († 511), gegründete fränkische Reich über Gallien sowie das westliche und südliche Germanien aus. Bei den inneren Streitigkeiten der verderbten königlichen Familie und der Ohnmacht der Regierung wurde das Volk verwahrlost, und die Nacht der Unwissenheit und des Aberglaubens breitet sich über Jahrhunderte aus. Kaum ist der schwache Rest gelehrter Kenntnisse, der sich bei den Geistlichen erhielt, in Anschlag zu bringen. Selbst das kräftige Walten der Karolingischen Majordomus (Karl Martell 714—741) kam der Volksbildung nicht zu Gute. Doch wirkten die von den britischen Inseln herübergekommenen Missionare (Gallus bei den Alemannen, † gegen 640: Kloster St. Gallen seit 705; Winfried oder Bonifacius seit 716, † 755; Kloster Fulda 744) zur Ausrottung des Heidenthums im eigentlichen Deutschland und zur Verbesserung der Geistlichkeit, sowie auch die mit Pipin III. (König 752—768) beginnende nähere Verbindung mit Italien nicht ohne Einfluß blieb.

Unbedeutend sind die deutschen Sprachdenkmäler [1] dieser Periode, Wörterbücher (Glossarien), Abschwörungs- und Beichtformeln, Gebete, Glaubensbekenntnisse, Bruchstücke von Uebersetzungen, unter denen die von Isidor's Abhandlung de nativitate domini (aus dem achten Jahrhundert) auszuzeichnen ist. [2]

[1] Vieles Derartige ist abgedruckt in Schilteri thesaurus. Tom. I. E. G. Graff's althochdeutschem Sprachschatz ꝛc. 1834 ff., H. F. Maßmann's deutschen Abschwörungs- ꝛc. Formeln, 1836; K. Roth's Denkmälern der deutschen Sprache vom 8. bis 14. Jahrhundert, 1840; Hattemer's Denkmalen des Mittelalters (St. Gallen's altdeutsche Sprachschätze) 1844 ff. 3 Bde. [2] Ausg. von A. Holtzmann, 1836.

b. Die Karolingische Zeit.

§. 11. Karls des Großen (768—814) siegreiche Kriege, seine kraftvolle Regierung über die vereinigten Völkerstämme, seine großartige Stellung als römischer Kaiser übten eine nachhaltige Wirkung auf den Geist der abendländischen Völker aus; daher pflanzte sich unter dem Volke das Andenken an ihn und seine Helden (Roland u. And.) in der Verherrlichung der Sage fort. Nicht minder groß erscheint er in seinem Eifer für Geistesbildung, in seinen Einrichtungen für den Unterricht des Volks, zunächst der Geistlichkeit, indem er die Schulen in Klöstern und Domstiftern, wie zu Tours, Fulda, St. Gallen u. a. ins Leben rief, wobei ihm gelehrte Männer, wie der Angelsachse Alcuin, Vorsteher der Schule zu Tours († 804), und sein Schüler Hrabanus Maurus, Vorsteher der Schule zu Fulda († 856 als Erzbischof von Mainz), an die Hand gingen. Seine Bemühungen um die deutsche Sprache (Sammlung von Heldenliedern,[1] Förderung deutscher Predigt, Bestimmung der Winds- und Monatsnamen und andere Versuche) fanden jedoch wenig Nacheiferung; sie wurden von den Geistlichen und seinem Sohne Ludwig dem Frommen nur auf kirchlichem Gebiete fortgesetzt.

[1] „Barbara et antiquissima carmina, quibus veterum regum actus et bella canebantur, scripsit memoriaeque mandavit.“ Einhardi vita Carol. M. c. 29.

§. 12. Ungeachtet der Streitigkeiten seiner ihm unähnlichen Nachkommen, welche die völlige Trennung der bereits durch Volksthum und Sprache[1] gesonderten Ländermassen des Frankenreichs zur Folge hatten, dauerten die wissenschaftlichen Studien in den Klöstern fort. Neben den berühmten Schulen zu Fulda und St. Gallen erhoben sich mehrere andere, wie zu Hirschau, Corvey, Reichenau, Weißenburg u. s. w., zu großem Ansehen. Einige Mönche wandten ihren Fleiß auch der Nationalsprache zu, indem sie theils lateinische Werke in dieselbe übertrugen, wie die in Prosa abgefaßte Uebersetzung der Evangelienharmonie des Ammonius von Alexandrien[2] (früher fälschlich dem Tatian zugeschrieben), theils mit mehr Selbstständigkeit bearbeiteten.

Die kirchliche Poesie beginnt mit einzelnen poetischen Bearbeitungen biblischer und dogmatischer Stoffe, unter denen das Wessobrunner Gebet[3] (um 800), dessen erste Hälfte aus einem Bruchstücke eines älteren Gedichts in alliterirenden Versen besteht, sowie ein Bruchstück eines gleichfalls alliterirenden (doch stellenweise gereimten) Gedichts vom jüngsten Gerichte[4] (um 850), beide in hochdeutscher Mundart, auch wegen der Einmischung heidnischer Vorstellungen wichtig sind.

Einen nicht bloß sprachlichen, sondern auch poetischen Werth haben zwei Bearbeitungen der evangelischen Geschichte:

1) „Heliand," von einem unbekannten Dichter in altsächsischer Mundart und in alliterirenden Versen (aus der ersten Hälfte des 9. Jahrhunderts);[5] 2) in althochdeutscher (fränkischer) Mundart und in gereimten, strophisch geordneten Versen, welche Otfried, ein Benedictinermönch zu Weißenburg im Elsaß, (früher in Fulda Schüler des Hrabanus Maurus), von Geburt wahrscheinlich ein Franke, gegen 870 verfaßte:[6] „Evangelienbuch." Durch dieses Werk wurde der Gebrauch des Reims und der Strophe festgestellt.

Gleichzeitig entstanden durch Nachbildung des lateinischen Kirchengesanges die ersten Leiche, Gedichte mit verschiedenen Strophenarten: Leich auf den heiligen Petrus, Christus und die Samariterin, der 138. (139.) Psalm.

Die Verheerungen der Normannen, Slaven und Magyaren wurden seit 880 der aufblühenden Cultur verderblich und zerstörten sie in manchen Theilen Deutschlands völlig.

[1] Die Eide der Brüder Karl und Ludwig zu Straßburg 842, in Nithardi histor. III. 5, oft abgedruckt, am besten in „Fr. Diez altromanische Sprachdenkmale," 1846. [2] Hgg. von J. A. Schmeller, 1841. [3] Handschrift im bayrischen Kloster Wessobrunn zuerst aufgefunden; oft abgedr. [4] „Muspilli" (d. h. „Weltbrand") hgg. von Schmeller, 1832. u. And. [5] Hgg. von Schmeller, 1830; nach der abweichenden Londoner Handschrift von J. R. Köne, 1855. (nebst Uebers.) Uebers. von Kannegießer, 1847; von Grein, 1854; von Simrock, 1856; von G. Rapp, 1856. [6] Hgg. von Graff: „Krist," 1831; von Kelle, 1856.

4. Die Zeiten der sächsischen Kaiser.

Heinr. I. 919—936. Otto d. Gr.—973. Otto II.—983. Otto III. — 1002. Heinrich II.—1024.

§. 13. Nachdem durch Heinrich I. Deutschland vor den Angriffen der Nachbarvölker gesichert und zu innerer Einheit hergestellt war, wurden von seinen Nachfolgern die verfallenen Kloster- und Domschulen wieder hergestellt und andere errichtet (berühmte Schulen zu Köln, Trier, Lüttich, Utrecht, Bremen, Hildesheim, Paderborn. Auch trug die Verbindung mit Italien und Griechenland viel zur Beförderung der gelehrten Thätigkeit bei; selbst von den blühenden arabischen Lehranstalten in Spanien gingen gelehrte Kenntnisse auf das christliche Abendland über. Um die Wiederbelebung der Cultur erwarben sich vornehmlich der gelehrte

Gerbert (nachmals Papst Sylvester II., † 1003) und in Deutschland insbesondere Bruno, Erzbischof von Köln, Bruder Otto's I., Meinwerk, Bischof zu Paderborn, und Bernward, Bischof zu Hildesheim, große Verdienste. Es entstand eine lateinische Hof- und Klosterdichtung. Die Liebe zu der altclassischen Literatur war so allgemein geworden (die Nonne Hroswitha schrieb um 980 lateinische Komödien nach Terenz), daß auch nationale Stoffe, sowohl zeitgeschichtliche Ereignisse als ältere Heldensagen, sich der antiken Form bequemen mußten. Gerald und Eckehard, Mönche zu St. Gallen, bearbeiteten in lateinischen Hexametern eine Episode der deutschen Heldensage von Dietrich, die Flucht Walthers von Aquitanien, der mit der Burgundin Hildegund von Attila's Hofe entflieht und mit den fränkischen Helden Kämpfe zu bestehen hat. Auch einige Erzählungen aus der Thiersage erscheinen in lateinischer Bearbeitung. Manche dieser Werke sind die Grundlage späterer deutscher Bearbeitungen.[1]

Die deutsche Sprache wurde vernachlässigt. Große Thätigkeit im Uebersetzen geistlicher und weltlich-gelehrter Schriften zeigten die St. Galler Mönche, besonders Notker Labeo (952—1022), dessen Uebersetzung der Psalmen[2] das wichtigste Sprachdenkmal dieses Zeitraums ist. Ihn scheinen auch andere zu St. Gallen aufbewahrte Uebersetzungen theils biblischer Abschnitte theils weltlicher Schriften (des Boethius, des Marcianus Capella und einiger Abhandlungen des Aristoteles)[3] zum Verfasser zu haben.

[1] Lateinische Gedichte des X. und XI. Jhdts., hgg. von J. Grimm und A. Schmeller, 1838. [2] Bester Abdruck in Hattemer's Denkmalen ꝛc. II. [3] Hgg. von E. G. Graff, 1837.

5. Die Zeiten der fränkischen Kaiser.

Konrad II. 1024—1039. Heinrich III.—1056. Heinrich IV.—1106. Heinrich V.—1125. — Erster Kreuzzug 1096.

§. 14. Unter der Regierung der ersten Kaiser des fränkischen Hauses dauerte die klösterliche Bildung ungestört fort, obgleich von oben herab nicht vorzugsweise befördert. Jedoch während der langwierigen Parteikämpfe unter Heinrich IV. erstreckte sich die allgemeine Zerrüttung selbst bis zu den Klöstern; die Classiker wurden vernachlässigt, die lateinische Poesie verstummte. Am meisten scheinen sich noch in den schwäbischen Klosterschulen die früheren Studien erhalten zu haben. Von einiger Pflege der Nationalsprache unter den Händen der Geistlichkeit zeugt die Uebersetzung und Erklärung des Hohenliedes (um 1040) von Williram, Mönch zu Fulda, später Abt zu Ebersberg in Bayern († 1085).[1] Auch finden wir schon eine Urkunde in deutscher Sprache: die Augsburger Schenkungsurkunde (um 1070). In den meistens an biblische Schriften sich anlehnenden poetischen Bruchstücken, welche um den Beginn des zwölften Jahrhunderts zahlreicher werden, zeigt sich der Verfall der Sprache und der Verskunst. Der Volksgesang bestand neben diesen geistlichen Dichtungen fort, die reinere Form des Versbaus bewahrend.

Indessen hob sich die Geschichtschreibung unter dem Einflusse großartiger Zeitbegebenheiten. Der Streit zwischen Kaiser und Papst, der im Innern Deutschlands die Flamme des Bürgerkriegs entzündete, regte zugleich dazu an, die Zeitfragen in besonderen Schriften zu erörtern, wenn gleich noch zu solchem Gebrauche nur die lateinische Sprache geeignet schien. Während der Zerrüttung des gesellschaftlichen Zustandes war ein neuer Zeitgeist im Werden, und Erscheinungen des sittlichen und geistigen Lebens bereiteten sich vor, welche im folgenden Zeitraume, dem Zeitalter der Kreuzzüge, mit überraschendem Glanze ins Leben traten.

[1] Hgg. von H. Hoffmann, 1827; von Jos. Haupt, 1864.

II. Entfaltung und Blüthe der Poesie im XII. und XIII. Jahrhundert.

Nationales Epos und höfisch-ritterliche Dichtung.

Lothar d. Sachse, 1125—37. Die Hohenstaufen: Konrad III.—1152. (Zweiter Kreuzzug 1147). Friedrich I.—1190. (Dritter Kreuzzug 1189). Heinrich VI.—1197. Philipp—1208 (Otto IV.). Friedrich II.—1250. Konrad IV.—1254. Interregnum — 1273 (Rudolf von Habsburg).

1. Aufschwung des Zeitgeistes im XII. Jahrhundert. Entwickelung der Poesie im Abendlande.

§. 15. Schon am Schlusse des 11. Jahrhunderts trat durch das Zusammentreffen verschiedenartiger Einwirkungen eine Bewegung des geistigen Lebens der abendländischen Völker ein, die nach allen Seiten hin in That und Wort sich kund gab. Weltliche und geistliche Macht stritten um den ersten Rang irdischer Gewalt und Hoheit; in diesem Kampfe begannen die Waffen des Geistes mehr und mehr ihre Macht zu äußern. Das Ritterthum, das nach Auflösung der alten Heerverfassung durch das Vorrecht des Waffendienstes an Ansehen stieg, ragte durch männliche Thatkraft hervor im Turnier wie in ernster Schlacht und suchte Abenteuer und Gefahr auf. Das städtische Bürgerthum strebte empor und wußte in muthigem Kampfe Freiheit zu erringen und zu beschützen. Die Wißbegier erwachte und regte zu wissenschaftlichen Forschungen an; Universitäten wurden errichtet; die Philosophie beschäftigte die größten Geister und suchte, wenn auch von den Fesseln der kirchlichen Satzungen gebunden, neue Gebiete des Wissens zu öffnen (scholastische Philosophie). Das sittliche Leben bewegte sich in behaglicher Fülle und gedieh zu reicher Mannigfaltigkeit der Erscheinungen. Hier bemüht man sich, alles Sinnliche zu ertödten und allem Weltlichen zu entsagen, das Mönchthum erreicht seine Höhe und sucht das Heil in Entsagung und Kasteiung; dort eilt man zum Glanz der Feste und Turniere und läßt sich von der Woge sinnlicher Lust treiben. Die Kreuzzüge waren die zur That gewordene Poesie des Zeitalters und wirkten fördernd und belebend wieder auf diese zurück. Der lebhafte Aufschwung der Zeit, der, von Spanien und dem südlichen Frankreich beginnend, bald alle Völker des Abendlandes mit sich fortriß, entfaltete sich in Deutschland vornehmlich mit dem Beginn der kräftigen und thatenreichen Regierung der hohenstaufischen Kaiser, welche den Geist ihrer Zeit verstanden und theilten.

§. 16. Die Poesie, welche aus der ritterlich-religiösen Begeisterung des Zeitalters hervorging, ist theils eine Fortsetzung der älteren Volkspoesie, welche einen Reichthum von Sagen von Geschlecht zu Geschlecht überliefert hatte, und bildete diesen noch weiter aus, theils trat sie dieser als Kunstpoesie gegenüber, welche in Geist und Form sich auf einen höheren, der ritterlichen Bildung entsprechenden Standpunct zu stellen suchte. Die erzählende Dichtung entwickelte sich vorzüglich im nördlichen Frankreich, wo britische, normannische und fränkische Sagen zusammenflossen, und verbreitete sich von da nach England. Die lyrische Kunstpoesie hatte ihren Sitz in der Provence und wurde an den Höfen der Fürsten und auf den Burgen der Ritter gepflegt, welche Sammelplätze der kunstreichen Sänger (troubadours) waren. Von hier aus verbreitete sich provençalische Poesie über das nördliche Spanien und Italien; sie wirkte auch auf das nördliche Frankreich (die trouvères) und das benachbarte Deutschland ein.

In Deutschland ging die Poesie aus den Händen der Geistlichen seit 1170 nach und nach in die der Laien über. Zuerst bildete sich die erzählende Dichtkunst aus, welche sowohl die einheimischen Sagenstoffe behandelte, als auch die durch den Völkerverkehr weitverbreiteten ausländischen Sagen in ihren Kreis zog. Die Kunstpoesie (Meistergesang) entwickelte sich später neben dem Volksgesange, wenn auch nicht ohne romanische Einflüsse, doch in nationaler Eigenthümlichkeit.[1] Sie schloß sich an die ritterliche Bildung des Fürsten- und Ritterstandes an (höfische Poesie). An den Höfen der Fürsten und auf den Burgen der Ritter fanden die Meister des Gesanges Aufnahme und Belohnung, und die Fürsten selbst bis zum Kaiser hinauf gesellten sich als kunstfertige Sänger zum Kreise der Meister.

Die Volkspoesie, die neben der Kunstpoesie fortdauerte und vornehmlich die heimischen Sagen behandelte, überließen die höfischen Dichter den „fahrenden" Spielleuten, die, obgleich minder geachtet, doch im Wetteifer mit ihnen und durch das von ihnen gegebene Vorbild zum Theil eine solche Gewandtheit in der poetischen Form erlangten, daß sie auch an den Höfen sich hören lassen durften; durch sie kam auch manches Lied der höfischen Sänger unter das Volk.

[1] Jacob Grimm, über den altdeutschen Meistergesang, 1811.

§. 17. Nachdem die höfische Poesie in den niederrheinischen Landen, auf welche die ersten Kreuzzüge am stärksten einwirkten, ihre erste Ausbildung erhalten hatte, wurde Thüringen und das südliche Deutschland vornehmlich der Sitz der höfischen Bildung und somit auch der höfischen Dichtung. Schwaben, das Stammland der Hohenstaufen, (Berthold von Zähringen, reg. 1186—1218), Oestreich (Leopold VII., reg. 1198—1230; Friedrich der Streitbare, reg. 1230—46), Bayern, Franken und Thüringen (Landgraf Hermann, reg. 1190—1216) stehen voran. Dadurch erhielt die süddeutsche Mundart, mit der sich im zwölften Jahrhundert noch vielfach die niederdeutsche mischte, den Vorrang vor den übrigen Provinzialdialekten und wurde zu einer Dichtersprache ausgebildet, welche der kunstvollsten Strophenbildung sich fügte (das Mittelhochdeutsche).

Vortheilhaft war den lyrischen Dichtungen die Verbindung mit dem musikalischen Vortrage, ohne den sie nicht einen so melodischen Wohllaut erhalten haben würden; daher war die gleichzeitige Vervollkommnung der Musik (Guido von Arezzo, Franko aus Köln) auch für die Poesie von nicht geringer Wichtigkeit: (Geige und Fiedel häufiger, als die Harfe, welche jetzt veraltet war). In den epischen und didaktischen Gedichten der höfischen Dichter kam der Gesang außer Gebrauch („singen" — „sagen"). In dem Volksepos herrscht die Heldenstrophe: vier Langzeilen, jede mit einem Einschnitt in der Mitte. In den Rittergedichten der höfischen Sänger sind die kurzen Reimpaare üblich, in der Regel mit vier Hebungen, während die Senkungen willkürlich sind.

2. Stoffe der erzählenden Dichtung. Sagenkreise.

§. 18. Ein ansehnlicher Stoff von Sagen aller Art hatte sich in der Ueberlieferung der Völker angehäuft. Der gleichzeitige poetische Aufschwung der abendländischen Völker bewirkte einen gegenseitigen Austausch der Sagen, und die Kreuzzüge setzten diese mit der Märchenwelt des Morgenlandes in Verbindung. Altes und Neues, Fernes und Nahes war willkommen, wenn es der Phantasie Unterhaltung gab. Durch folgende Uebersicht wird das Verständniß der deutschen erzählenden Dichtung erleichtert werden.

A. Einheimische Stoffe.

§. 19. a) Deutsche Heldensage. Die Hauptbestandtheile der deutschen Heldensage, nämlich der fränkisch-burgundischen Siegfriedsage (Sigurdsage bei den Scandinaviern), deren Schauplatz vornehmlich die Gegenden am unteren Rhein und der Norden sind, und der gothischen Dietrichsage, die mehr dem Süden angehört, stammen aus der ältesten Zeit unserer Dichtung (§. 4). In der durch Jahrhunderte fortgeleiteten Ueberlieferung hatte der Stoff mancherlei Umbildungen erlitten.

Die Grundzüge der Siegfriedsage in ihrer jüngeren Gestaltung sind folgende: Siegfried, Sohn des Königs Siegmund in den Niederlanden, macht sich schon in früher Jugend durch Thaten berühmt. Er besiegt die Nibelungen und wird Herr ihres Landes und Schatzes (Nibelungenhort): er tödtet den Lindwurm und wird, mit dessen Blute sich salbend, mit einer Hornhaut bis auf eine unbenetzte Stelle bepanzert. Er kommt zu den Burgundern am Rhein und wirbt um Chriemhilde, die Schwester Günthers, des Königs zu Worms. Diesem erwirbt er die durch Stärke und Schönheit berühmte Königin Brunhilde auf Isenland und erhält zum Lohne Chriemhilde zur Gattin. Bei einem Besuche beider zu Worms kommen eines Tages die Königinnen in Streit über den Vorrang ihrer Männer, und Chriemhilde erzählt, durch welche List ihr Gemahl Brunhilden bezwungen. Von Rachsucht erfüllt, treibt diese ihren Dienstmann Hagen zur Ermordung Siegfrieds an, und Siegfried fällt durch Hinterlist. Chriemhilde, ihre stillgenährte Rache zu befriedigen, folgt der Werbung des Hunnenkönigs Etzel; an dessen Hof ladet sie mit verstellter Freundlichkeit die Burgunder zu einem groszen Feste und läszt sie von den Hunnen überfallen und niedermachen. (Nibelungenlied §. 27).

Hauptmomente der Dietrichsage sind: Dietrich, Sohn Dietmars, Königs zu Bern (d. i. Verona), aus dem Geschlecht der Amelungen, wird von Hildebrand erzogen, besteht in dessen Begleitung in erster Jugend vielfache Abenteuer (Kämpfe mit Drachen, Riesen, Zwergen u. s. w.) und folgt dann seinem Vater in der Herrschaft. Ermenrich, König in Rom, (im Hildebrandsliede: Otacher) vertreibt ihn aus dem Reiche und nöthigt ihn zur Flucht an den Hof des Hunnenkönigs Etzel. Mit Hülfe der Hunnen unternimmt er, sein Reich wieder zu erobern. Zwar Sieger in der blutigen Schlacht vor Raben (Ravenna), wird er doch durch seinen Verlust an Kriegsmannen zum Rückzuge bewogen. Nach Ermenrichs Tode kehrt Dietrich nach dreiszigjähriger Abwesenheit in sein Reich zurück. Der alte Hildebrand findet seinen Sohn Hadubrand (vergl. §. 6). Noch in hohem Alter besteht Dietrich manche Waffenthat, bis er auf wunderbare Weise der Erde entrückt wird. — Ein dritter Kreis von Heldensagen entsteht durch Verschmelzung der burgundischen und der gothischen Sagen (§. 28).

Die Gudrunsage (§. 29) umfaßt einen Kreis von Sagen der Nordseeküste; dänische, deutsche und britische Elemente sind hier verbunden.

Die deutsche Heldensage von W. Grimm, 1829. Untersuchungen über die Geschichte und das Verhältniß der nordischen und deutschen Heldensage, aus P. E. Müller's Sagabibliothek 2. Bd. übersetzt von G. Lange, 1832.

§. 20. b) Die Thiersage. — Gleichwie die Begebenheiten einer Heroenwelt sich im Volke zu umfassenden Sagenkreisen ausbildeten, so gestaltete sich auch aus kindlich-phantasievoller Auffassung des Thierlebens eine Thiersage, deren Charakter anfangs durchaus episch war, doch schon früh die didaktisch-satirische Richtung in sich aufnahm. Dieser Sagenkreis wurde im nordwestlichen Deutschland, wohin er sich im 10. Jahrhundert aus dem Innern Deutschlands hingezogen hatte, hauptsächlich in den Niederlanden und in Flandern gepflegt, erfreute sich darauf der fleißigsten Bearbeitung in dem angrenzenden nördlichen Frankreich und wurde nach französischen Quellen wieder in deutscher, besonders flämischer, Sprache behandelt. Die Hauptthiere dieser Sage sind der Fuchs, der Wolf, der Bär und der Löwe (jetzt als König der Thiere). Mittelpunct derselben ist, daß der Fuchs (Reginhart, d. i. der Schlaue, daraus Reinhart, Renart) seine Feinde, den Wolf (Isengrim), den Bären (Brun) u. a. überlistet und verspottet, und, obgleich angeklagt und vor den Hof des Königs geladen, doch durch seine Schlauheit seine Feinde zu Schanden macht. (Dichtungen §. 30. 57.)

J. Grimm's Einleitung zu: Reinhart Fuchs, 1834.

B. Ausländische Stoffe.

§. 21. a) Karlssage. — Die Ausbildung der Karlssage, wenngleich der Grundstoff germanisch ist, gehört Frankreich an, wie sie denn überhaupt die Theilnahme der deutschen Dichter nur in geringem Maße erregt hat. Sie zerfällt in zwei Theile. In dem ersteren, welchen der Geist der Kreuzzüge belebt, erscheint Karl als das weltliche Oberhaupt der gesammten Christenheit. Vor Allem zeigt er sich groß und mächtig, wenn er seine Helden (die Paladine) zum Glaubenskriege gegen die Ungläubigen (die Araber in Spanien) führt. Hier glänzt der wunderbar begabte Neffe des Kaisers, Roland, der in der Roncevaller Schlacht durch Ganelons Verrath seinen Tod findet.[1] — Der zweite Theil umfaßt Karls Kämpfe gegen die trotzige Vasallenschaft. Besonders bedrängen ihn das Haus des Haimon und das des Beuves, an ihrer Spitze der tapfere Reinhold (Rinald) von Montalban und sein Vetter, der zauberkundige Malegis, sowie das Mainzer Haus, dessen Haupt der verrätherische Ganelon ist.

An diesen Sagenkreis hat man auch die Geschichte der Liebe zweier Kinder, Flos und Blankflos (Flore und Blanscheflur), geknüpft, welche die Sage zu Karls mütterlichen Großeltern macht. Mit der Regierungsgeschichte seines Sohnes, Ludwigs des Frommen, sind die Lebensereignisse des frommen Wilhelm von Orange (Oranse) in Verbindung gebracht.

[1] Chronik des Pseudo-Turpin, wahrscheinlich aus dem 11. Jahrhundert, nach alten Volksliedern. — K. Simrock, Kerlingisches Heldenbuch, Sagenlieder von Karl d. Gr. 1848.

§. 22. b) Artussage.[1] Graalsage.[2] — Der britische König Artus, gefeiert wegen der tapfern Vertheidigung seines Landes gegen die Angelsachsen, wurde von walisischen und bretagnischen Sängern zum Mittelpuncte eines Sagenkreises gemacht, in welchen, wie in einen weiten Rahmen, nordfranzösische und andere Dichter eine Reihe von Heldengeschichten willkürlich einfügten, wodurch das alte Heldenthum ins ritterlich-Märchenhafte umgestaltet wurde, so daß an die Stelle alter Heldensage die „Aventüre" trat. Artus' Hof ist der Sammelplatz der ausgezeichnetsten Ritter von nah und fern, die von dort in alle Länder auf Abenteuer ausziehen, und um seine Gemahlin Ginevra versammeln sich die schönsten Frauen und Jungfrauen. Sein Vater Uter stiftet die Tafelrunde (table ronde) zu Carduel (Karidol) auf den Rath des Zauberers Merlin. Zur Aufnahme in diesen Kreis, in welchem keiner einen Vorrang hat, befähigen nur die höchsten ritterlichen Eigenschaften: hohe Geburt, Tapferkeit, Lehnstreue, Weisheit. Hierhin gehören Iwein, Erek, Wigalois, Lancelot u. A., anfänglich Helden vereinzelter Sagen; auch die von Tristan sind mit der Artussage in Verbindung gebracht.

Der heilige Graal (St. Gréal, St. Graal, von gradale, d. i. Becher, Gefäß) ist die köstliche Jaspisschüssel, in welcher

Joseph von Arimathia, nachdem sie durch das letzte Abendmahl des Herrn geweiht war, das Blut des Heilandes aufgefangen hat; durch ihn ward sie nach Britannien gebracht. Titurel erbaut dieser heiligsten aller Reliquien einen Tempel zu Montsalwatsch in Spanien. Von wunderbarem Glanze ist das wunderthätige Gefäß umleuchtet; eine Schrift, die auf ihm sich zeigt, giebt die heiligen Befehle kund; durch seine Wunderkraft ertheilt er Speise und Trank und erhält denen, die ihn anschauen, das Leben. Zu seinem Dienste erwählt er als Hüter des Graaltempels (und nur, wer erwählt ist, vermag den Weg zu seinem Tempel zu finden) die edelsten Ritter (Tempeleisen), denen die strengsten Pflichten obliegen: Frömmigkeit, Reinheit des Wandels, Kampf gegen die Ungläubigen; dafür genießen seine Diener die Gewißheit der Seligkeit im Jenseits. Die höchste Stufe ist das Königthum des Graals, das in Titurels Familie forterbt (Frimutel, Amfortas, Parcival, Loherangrin). — Diese Sage ist britischen Ursprungs, wurde aber durch das Hinzutreten der romanischen Vorstellungen vom geistlichen Ritterthum umgebildet und durch mancherlei, zum Theil orientalische, Märchen ins Abenteuerlichste erweitert. Später machte man die Ritter der Tafelrunde zu Hütern des Graals, die in der ursprünglichen Vorstellung von einander verschieden waren.

[1] San-Marte (Schulz), die Arthursage und die Märchen des rothen Buchs von Hergest, 1832. [2] San-Marte, der Mythus vom heiligen Graal, 1837.

§. 23. c) Antike Sagenstoffe. — Die antiken Sagen von Troja's Untergang, von Aeneas' Irrfahrten u. s. w., welche durch die Bekanntschaft mit einigen lateinischen Dichtern, dem Ovid und besonders dem im ganzen Mittelalter hochverehrten Virgil, sich erhielten, wurden dem Geiste des Zeitalters gemäß umgestaltet und von den deutschen Dichtern in der Regel romanischen Bearbeitungen nachgedichtet. Alexander der Große ward vor allen Heroen des Alterthums der gefeierte Sagenheld des Mittelalters; sein Zug nach Asien erschien als eine Heerfahrt gegen die Ungläubigen. Auch die römische Kaisergeschichte ward mit Märchen und Legenden ausgeschmückt und mit Begebenheiten aus den naheliegenden Zeiten der sächsischen und fränkischen Kaiser verknüpft.

§. 24. d) Vereinzelte Sagenstoffe. — Außer jenen

größeren Sagenkreisen strömte noch eine reiche Sagenquelle aus dem Orient und Occident, aus alter und neuer Zeit der Poesie zu, Rittergeschichten und Legenden, Novellen und Schwänke. Griechische und vornehmlich lateinische Sammelwerke liegen meistens den Bearbeitungen zum Grunde.

3. Zustand der Literatur im XII. Jahrhundert bis zu den Anfängen höfischer Kunstdichtung.

§. 25. Die Geistlichen blieben im 12. Jahrhundert (etwa bis 1175) noch vorzugsweise die Pfleger der Literatur. Bearbeitungen biblischer und verwandter Stoffe, besonders die Erzählungen von dem Sündenfall, der Erlösung, dem Antichrist und dem jüngsten Gericht, z. B. die Gedichte der Klausnerin Ava, († 1127), sind die ältesten Ueberbleibsel der Poesie dieses Jahrhunderts. Gegen die Mitte desselben ging man mehr zu belehrenden und andächtigen Betrachtungen über, und diese verbinden sich sodann mit der Legendendichtung, z. B. Pilatus, Wernher's von Niederrhein Veronica, Wernher's aus Bayern (von Tegernsee?) Leben der Maria, 1172 verfaßt, später überarbeitet, und viele andere.[1]

Außer dem beschränkten Kreise der geistlichen Dichtung befreundeten sich zu gleicher Zeit die Geistlichen auch mit weltlichen Sagen. Doch, der Volkssage abgeneigt, wandten sie sich mehr zu der Weltgeschichte und den märchenhaften, zum Theil didaktischen Erzählungen, deren eine große Menge in älteren Sammelwerken aufgehäuft war. Frankreich und Italien waren daran reich; auch was aus Griechenland und dem Morgenlande überhaupt entweder schon früher herübergeleitet war oder auf der großen Straße der Kreuzfahrer nachströmte, fand auf deutschem Boden Aufnahme und ward mit heimischen Sagen vermischt. Die merkwürdigste Sammlung solcher Erzählungen ist die (von einem Geistlichen vor 1150 verfaßte) Kaiserchronik[2], welche von den römischen und deutschen Kaisern, von Cäsar bis auf Lothar oder in jüngeren Handschriften bis auf Konrads III. Kreuzzug handelt und an ihre Namen alte und neue, morgenländische und abendländische, weltliche und geistliche Geschichten knüpft (Einfügung des Gedichts von der Crescentia). Von größerem dichterischen Werthe ist der (vielleicht noch ältere) Lobgesang auf den heiligen Anno oder Hanno (Erzbischof von Köln, † 1075), in welchem der Dichter (gleichfalls ein Geistlicher), mit der Schöpfungsgeschichte beginnend, die weltliche und die heilige Geschichte durchwandert, um mit der Lobpreisung des heiligen Bischofs zu schließen.[3] Mehr noch sind abenteuerliche Sagen mit geschichtlichen Grundzügen in dem Herzog Ernst[4] verwebt, einem Gedichte, das wahrscheinlich von einem Geistlichen verfaßt ist; obgleich demselben die Geschichte der Empörung des Herzogs Ernst († 1030), Stiefsohns Kaiser Konrads II., zum Grunde liegt, so erkennt man doch die historischen Thatsachen kaum in dem bunten Gewebe orientalischer Märchen wieder (Ernst's Reisen zu fabelhaften Völkern und Kämpfe im heiligen Lande). Hieran schließen sich die Geschichten von Kreuzfahrten, z. B. Graf Rudolf,[5] wovon sich nur einige werthvolle Bruchstücke erhalten haben (um 1170).

Dichtungen der Weltgeistlichen, welche in der Nähe der Fürsten lebten, führten die französischen Sagenstoffe ein: die Karlssage das Rolandslied des Pfaffen Konrad[6] (wahrscheinlich zwischen 1173 und 1177 im Dienste Heinrichs des Löwen gedichtet) und die Alexandersage der Alexander des Pfaffen Lamprecht[7] (um 1175), beide nach französischen Dichtungen.

Die weltlichen Dichter, auf welche die Poesie nun übergeht, übernahmen die weitere Einführung der französischen Ritterdichtung. Einen Tristan verfaßte Eilhart von Oberge,[8] Dienstmann Heinrichs des Löwen (um 1175) nach einer französischen Quelle. Mit der, gleichfalls dem Französischen nachgedichteten, Aeneide (Encit) Heinrichs von Veldeke,[9] eines Westphalen, der an dem clevischen und thüringischen Hofe dichtete, (größtentheils vor 1175 verfaßt, beendigt 1184—90) beginnt die Periode des höfischen Kunstepos, indem er die ritterliche Minne und höfische Sitte in seine Darstellung aufnahm (Lavinia's Liebe) und sich zugleich einer kunstgemäßeren Form befliß („er inpfete daz erste ris in tiutischer zungen“).

[1] Abdrücke geistlicher Dichtungen s. in Hoffmann's Fundgruben, 2 Thle. Maßmann's deutschen Ged. des XII. Jh. 1837. 2 Thle. K. A. Hahn's Gedichten des XII. und XIII. Jh. 1840. Th. von Karajan's deutschen Sprachdenkmalen des XII. Jh. 1848. Diemer's deutschen Ged. des XI. und XII. Jh. 1849. — Wernher vom Niederrhein, hgg. von W. Grimm, 1839. Wernher's Marienleben, hgg. von J. Feifalik, 1860. [2] Der Kaiser und der Könige Buch oder die sogen. Kaiserchronik, hgg. von Maßmann 1849—54. 3 Bde.,

von Diemer in den d. Ged. rc. [3] Ausg. von M. Opitz, 1639 (Handschrift verloren). Neuester Abdruck von Kehrein, 1865. [4] Jüngere Bearbeitung hgg. in v. d. Hagen's und Büsching's d. Ged. des M. A. Bd. 1. 1808. [5] Hgg. von W. Grimm, 1828. [6] Hgg. von W. Grimm, 1838. 2. A. 1844. [7] Beste Ausg. von Weismann, 1850. [8] Hgg. in Hoffmann's Fundgr. Thl. 1. [9] Ausg. von L. Ettmüller, 1852.

§. 26. Neben den Dichtungen der Geistlichen und denen der höfischen Sänger geht die Poesie der Spielleute oder „Fahrenden" einher, welche mehr an den im Volke fortgepflanzten Sagen festhielten, doch auch Kreuzfahrten und Legenden in ihren Kreis zogen, mit demselben Streben, durch Mischung des Wunderbaren zu unterhalten. In diese Classe von Gedichten gehört König Rother,[1] worin Rother's Bewerbung um die schöne Helena, die Tochter Constantins, Kaisers zu Constantinopel, und die deßhalb bestandenen Abenteuer geschildert werden. Verwandte Schilderungen von abenteuerlichen Brautfahrten, in denen deutsche Sage und Legende mit Orientalischem verknüpft ist, sind Salman (Salomo) und Morolt,[2] St. Oswald[3] und König Orendel.[4]

Auf den Volksgesang wirkte indeß die Ausbildung des höfischen Epos zurück, als die geachteteren Volkssänger sich von den fahrenden Spielleuten absonderten und neben den höfischen Dichtern an den Höfen erschienen; dadurch erhielt das Volksepos nach 1190 seine schönste Ausbildung.

[1] Am besten hgg. in Maßmann's d. Ged. des XII. Jh. Thl. 2. [2] Hgg. in v. d. Hagen's und Büsching's d. Ged. des M.-A. Thl. 1. [3] Hgg. von Ettmüller, 1835. [4] Hgg. von v. d. Hagen, 1844. Uebers. v. Simrock, 1844.

4. Das deutsche Volksepos.

§. 27. Während von der einen Seite das Ausländische sich mehr und mehr eindrängte, fand in andern Theilen des Reichs die heimische Heldensage noch fortwährende Pflege, besonders im südöstlichen Deutschland, wo die kunstgeübtesten Volksdichter die in älteren Ueberlieferungen und in alten Liedern enthaltenen Heldensagen zu einem geordneten Ganzen verarbeiteten. Auf diesem Wege erhielten die Gedichte von den Nibelungen und von der Gudrun im Anfange des 13. Jahrhunderts von unbekannten Dichtern die Gestalt, in der wir sie besitzen. Auch in dieser haben sie die gesunde Kraft, den großartigen Charakter und die biedere Sitte der alten Heldenzeit bewahrt und erheben sich dadurch über die weichlichen Rittergedichte der höfischen Sänger.

Das **Nibelungenlied**[1] (der Nibelunge liet — der Nibelunge nôt) besteht aus zwei ungleichartigen, nicht genügend verknüpften Theilen. Der erste Theil schildert, wie **Siegfried** (§. 19) um Chriemhilde wirbt und dem Günther die Brunhilde gewinnt, wie die Frauen mit einander über den Rang ihrer Männer in Streit gerathen, und in Folge dessen Siegfried als Opfer der Rache Brunhildens von Hagens Hand fällt. Der zweite Theil erzählt die Ausführung der Rachepläne **Chriemhildens**, die sich dem Hunnenkönig Etzel vermählt hat: wie die Burgunder (in diesem Theile des Gedichts gewöhnlich Nibelungen genannt) an Etzels Hof geladen werden und dort ihren Untergang finden; wie zuletzt Chriemhilde, nachdem sie Günther und Hagen getödtet, von der Hand des alten Hildebrand, der mit Dietrich sich an Etzels Hofe aufhält, den Todesstreich empfängt, womit das gewissermaßen dramatische Gemälde tragisch abschließt. — Von einem andern Dichter rührt ein Anhang dazu her: die **Klage**,[2] ein Gedicht in kurzen Reimpaaren, worin der Schmerz der den Kampf überlebenden Helden, Etzels, Dietrichs und Hildebrands, geschildert wird, zwar ohne dichterischen Werth, aber von Bedeutung durch die theilweise abweichende Auffassung der Sage.

[1] Ausg. der (ältesten?) Hohenems-Münchener Handschrift (A) von **Lachmann**, 1826; 3. A. 1851; von A. J. Vollmer. 1843. — Ausg. der St. Galler H. (B) von F. H. v. d. Hagen, 1820. 1842. Ausg. der Hohenems-Laßbergischen H. (C) in Laßberg's Liedersaal, Bd. IV. 1821. Neueste kritische Ausgg. von F. Zarncke, 1856; von A. Holtzmann, 1857. Beste Uebersetzung ins Neudeutsche von Simrock, 1828 u. öfter. — Ueber die Entstehung des Gedichts: Lachmann, über die ursprüngliche Gestalt des Gedichts 2c. 1816; Anmerkungen zu den Nibelungen 2c. 1836; zwanzig alte Lieder von den Nibelungen, hgg. von Lachmann, 1840. Dagegen: A. Holtzmann, Untersuchungen über das Nibelungenlied, 1854; K. Bartsch, Untersuchungen 2c. 1865, u. And. [2] Abdrücke in den meisten Ausgg. des Nibel. Besond. Ausg. von A. Holtzmann, 1859.

§. 28. Die **Dietrichsage** wird im 12. Jahrhundert oft erwähnt; sie lebte im Munde der Volkssänger fort, ist aber nur in Aufzeichnungen, die in die Zeit des Sinkens der epischen

Volkspoesie fallen, auf uns gekommen. Die Bearbeitungen sind durch mehrere Hände gegangen und zuletzt in dem sogenannten Heldenbuch[1] (§. 44) vereinigt worden. Einige derselben stehen außer aller Beziehung zu der altdeutschen Heldensage. In die zweite Hälfte des 13. Jahrhunderts gehören die uns aufbehaltenen Bearbeitungen des Alphart, Ortnit (Otnit),[2] Hugdietrich, Wolfdietrich und des großen Rosengartens,[3] welche in der Nibelungenstrophe abgefaßt sind. Jünger sind Ecke[4] und Sigenot[5] in der „Berner Weise" (einer gekünstelten, dreizehnzeiligen Strophe). Andere Bearbeitungen aus späterer Zeit sind noch werthloser. Mit der Dietrichsage wurden durch Fahrende am Schluß des 12. Jahrhunderts die Sagen von Laurin (der kleine Rosengarten)[6] und von Biterolf verbunden.

[1] V. d. Hagen's und Primisser's Heldenbuch, 1820. 25. 2 Thle. Heldenbuch. Altdeutsche Heldenlieder aus dem Sagenkreise Dietrichs von Bern und der Nibelungen 2c. durch F. H. v. d. Hagen, 1855. 2 Bde. Das kleine Heldenbuch, erneut von K. Simrock, 1843. Das Amelungenlied, gedichtet von K. Simrock, 1843. 2 Thle. [2] Besond. Ausg. von Mone, 1821; eines älteren Textes von Ettmüller, 1838. [3] Beste Ausg. v. W. Grimm, 1836. [4] Ausg. v. Laßberg, 1832; von O. Schade, 1854. [5] Ausg. von Laßberg, 1830; von O. Schade, 1854. [6] Besond. Ausg. jüngerer Ueberarbeitungen von Ettmüller, 1829; von O. Schade, 1854.

§. 29. Das Gedicht von der Gudrun,[1] aus der Verarbeitung älterer Sagen und Lieder hervorgegangen, besteht aus drei Theilen. Der erste schildert, wie Hagen, Sohn Siegebants, Königs von Irland, von einem Greifen geraubt wird, in der Wildniß aufwächst, dann nach seiner Heimat zurückgeführt wird, und, zum stattlichen Helden herangewachsen, die Regierung von Irland erhält. Der zweite erzählt, wie um Hagens liebliche Tochter Hilde der König Hetel von Hegelingen wirbt und sie durch seine Abgesandten Frute, Wate und Horant, den Meister des Gesanges, entführen läßt. Diese Schilderungen bereiten auf den Haupttheil, die Geschicke der Gudrun, Hetels und Hildens Tochter, vor. Hartmut, Sohn des Königs von der Normandie, raubt die Gudrun, die Braut Herwigs von Seeland; Hetel fällt bei der Verfolgung im Kampfe auf dem Wülpensande; doch unter den Leiden der Gefangenschaft bleibt Gudrun dem Herwig treu. Nach mehreren Jahren kommen ihr Bruder Ortwin und König Herwig mit Gefolge nach der Normandie, bezwingen Hartmut und kehren mit der befreiten Gudrun heim, die darauf dem Herwig vermählt wird.

[1] Ausg. in Hagen's und Primisser's Heldenbuch, 1820. 25. Thl. 1.; von A. J. Vollmer, 1845; von K. Bartsch, 1865. (Gudrunlieder von Ettmüller, 1841. Kudrun, die echten (?) Theile des Ged. ꝛc. hgg. v. Müllenhoff, 1845). Neudeutsche Bearb. von Keller, 1840; von K. Simrock, 1843. 2. Aufl. 1851 (1. Bd. des „Heldenbuchs" in 5 Bdn.); Uebers. u. Urtext von W. v. Plönnies, 1853.

§. 30. Die Thiersage ist zum Theil von französischen Bearbeitungen abhängig. Nach einem französischen Gedicht verfaßte (um 1170) ein Elsaſſer, Heinrich der Glicheser[1] (Glichsener d. i. Gleißner) den Reinhart Fuchs, der sich vollständig nur in der jüngeren Ueberarbeitung aus dem 13. Jahrhundert erhalten hat. Unabhängiger von französischen Vorbildern bearbeiteten flamändische Dichter den Reinaert,[2] dessen älterer Theil (aus dem 13. Jahrhundert) sich durch treffliche Darstellung auszeichnet; der zweite (aus dem 14. Jahrhundert) ist von geringerem Werthe. Diese Sage nahm in weiteren Ueberarbeitungen mehr und mehr die Satire in sich auf (Reineke Vos, 15. Jahrhundert, §. 57).

[1] Bruchstücke der ältern Bearb. in Grimm's Sendschreiben ꝛc., die jüngere hgg. in Grimm's Reinhart Fuchs, 1834. [2] Der erste Theil in Grimm's R. F., beide Theile hgg. v. Willems, 1836; 2. A. 1850.

5. Blüthe des höfischen Kunstepos.

§. 31. Aus den Händen der Geistlichen war die erzählende Poesie in die Pflege des Laienstandes übergegangen und erhielt durch diese Dichter eine ausgebildete Kunstform. Die Aeneide Heinrichs von Veldeke (§. 25) brach die Bahn. Die Sagen nahmen den Charakter des verfeinerten Ritterlebens an; die beliebtesten Stoffe waren daher die Abenteuer der Ritter der Tafelrunde und des Graals, wobei die französische Ritterdichtung Grundlage blieb. Außerdem wurden auch einzelne Rittergeschichten, kleine Erzählungen und Legenden von den höfischen Dichtern bearbeitet.

Hartmann von Aue, aus Schwaben (dichtete um 1200, † zwischen 1210—20), erzählt die Legende „der heilige Gregorius auf dem Steine"[1] nach einer italienischen Quelle und den armen Heinrich, eine schwäbische Volkslegende.[2] Größere Rittergedichte Hartmanns (nach dem Französischen des Chrestien von Troyes) sind Erek,[3] sein frühestes und schwächstes Gedicht, und Jwein,[4] das jüngste und bedeutendste seiner Werke (gegen 1204). Seine einfache, gewandte Darstellung zieht durch gemüthvolle Anmuth an („kristallinin wörtelin"); sein Stil ist das Vorbild der spätern Hofpoesie geworden. Außerdem haben wir von ihm einige lyrische Gedichte und zwei poetische Liebesbriefe („Büchlein").[5]

Einen ähnlichen Charakter der Darstellung hat Wigalois, ein Gedicht Wirnt's von Gravenberg, eines Franken, (zwischen 1206—12), der Hartmann zum Vorbilde nahm, ohne ihn erreichen zu können, obwohl auch seiner Erzählung sinnige Einfalt und Anmuth nicht abzusprechen sind.[6] Um dieselbe Zeit dichtete Ulrich von Zetzighofen den Lancelot[7] (Lanzelet), eine weitläufige, gehaltlose Abenteuergeschichte.

[1] Hgg. von Lachmann, 1838. [2] Oft herausgegeben, am besten von Haupt, 1842, von W. Wackernagel (nebst zwei jüngeren Prosalegenden verwandten Inhalts), 1855. Uebersetzt ins Neudeutsche von Simrock, 1830 u. And. [3] Ausg. von Haupt, 1839. [4] Hgg. von Benecke u. Lachmann, 1827. 2. A. 1843; dazu Benecke's Wörterbuch, 1833. Uebersetzt v. W. Grafen v. Baudissin, 1845. [5] Die Lieder u. Büchlein u. der arme Heinrich von H. v. Aue, hgg. v. M. Haupt, 1842. [6] Ausg. v. Benecke, 1819; von Pfeiffer, 1847. Uebers. von Baudissin, 1848. [7] Hgg. von K. A. Hahn, 1845.

§. 32. Der erste Rang in dem höfischen Epos gebührt Wolfram von Eschenbach und Gottfried von Straßburg.

Wolfram von Eschenbach,[1] gebürtig aus Eschenbach bei Ansbach († um 1220), ritterlichen Geschlechts, aber arm, hielt sich an verschiedenen Höfen auf, besonders an dem des Landgrafen Hermann von Thüringen. Sein Hauptwerk ist Parcival[2] (nach 1205, wohl erst gegen 1215 geendet). Ein französisches (uns unbekanntes) Gedicht (angeblich des Provençalen Kyot) liegt, nur dem Stoffe nach, zum Grunde; jedenfalls gehört der höhere geistige Gehalt und der kunstvoll angelegte Plan unserm Dichter. Er beseelt den überlieferten Stoff mit den höchsten sittlichen Ideen und weiß die äußern Ereignisse stets auf das innere Leben seines Helden zu beziehen. Der Grundzug dieses Epos ist, daß Parcival, den das abenteuerliche Treiben der Welt vom Himmlischen abgewendet und gegen den Graal gleichgültig gemacht hat, durch Reue und Prüfungen sein Inneres läutert und durch das wiedererrungene Gottvertrauen das Königthum des Graals erlangt. Mit einer reichen Einbildungskraft vereint sich hier der Tiefsinn des Denkers wie die Wärme einer männlichen Seele; der Ausdruck ist inhaltsschwer, oft dunkel. — Denselben Charakter tragen die jüngeren Bruchstücke des Titurel (in lyrischen Strophen von vier Langzeilen), von denen das erstere, welches die Liebe der Kinder Schionatulander und Sigune, einer Urenkelin Titurels, schildert, zu den köstlichsten Perlen unserer mittelalterlichen Poesie gehört. (Ein Unbekannter [Albrecht?] bearbeitete nach dem Parcival und den erwähnten Bruchstücken einen „Titurel"[3] [um 1270] und schob dieses verworrene Werk dem Wolfram unter). Sein letztes Werk ist der (unvollendete) heilige Wilhelm (Willehalm), dessen Stoff dem Kreise der Karlssagen (§. 21) entnommen ist (gedichtet zwischen 1215—20), eine Reihe kunstreicher Schlachtbeschreibungen (die Schlacht auf Alischanz und die Belagerung von Oransche). Eine Fortsetzung lieferte (um 1250) Ulrich von Turheim, und etwas später dichtete Ulrich vom Türlin (Thürlein) die frühere Lebensgeschichte des Helden als Anfang und Einleitung hinzu.

Gottfried von Straßburg, bürgerlicher Herkunft, ist der Meister in der Schilderung des heitern, bunten Minnelebens der Ritterwelt; seine lebhaft anschauliche, sprachgewandte und an schönen Bildern reiche Darstellung zeichnet ihn vor allen Dichtern seiner Zeit aus. Da in seiner Dichtung der irdische Genuß zum Inhalt des Daseins wird, so tritt, ganz im Gegensatz von Wolfram, die sittliche Auffassung des Lebens zurück. Sein Hauptwerk ist das (unvollendete) Gedicht Tristan (um 1210),[4] dessen durch den Zauberbecher unauflöslich geschlossene Liebe zu Isolde ein Lieblingsstoff der Poesie jener Zeit war. (Fortsetzungen lieferten Ulrich von Turheim gegen 1250 und Heinrich von Freiberg um 1300).

Nachdem solche Musterwerke vorlagen, konnten auch schwächere Talente leicht den gefälligen Ton der Erzählung treffen. Zu dem Besten dieser Art gehört das Gedicht Flore und Blanscheflur von Konrad Flecke[5] (gegen 1220), worin ein gleichfalls sehr beliebter Stoff (§. 21) nach einem französischen Original in einer zierlichen Sprache behandelt ist.

[1] San Marte (Schulze) Wolfram, eine biographische Skizze, 1836. Leben und Dichten W. v. Esch. Bd. 2. J. A. Schmeller, über Wolframs Heimat, Grab und Wappen, 1837. — Ausgabe seiner Werke von Lachmann, 1833. 2. A. 1854. Parcival und Titurel, Rittergedichte v. W. v. E., übersetzt und erläutert von K. Simrock, 1842. 3. A. 1857. 2 Bde. [2] Uebersetzt ins Neudeutsche von San Marte, 1836. 2. A. 1858. 2 Bde. [3] Hgg. von K. A. Hahn, 1842. [4] Ausg. von E. v. Groote, 1821; von Maßmann, 1843. Uebers. von Simrock, 1855. 2 Thle. — Gottfrieds von Str. Werke, hgg. von v. d. Hagen, 1823. 2 Bde. [5] Ausg. von Em. Sommer, 1846.

6. Verfall des höfischen Epos.

§. 33. Allgemeines. — Die Zerrüttungen, welche in der ersten Hälfte des 13. Jahrhunderts in den Landschaften eintraten, in denen die Poesie hauptsächlich ihren Sitz hatte, zogen den Ritterstand von den idealen Richtungen ab, durch welche die poetische Blüthe ins Leben gerufen war; eben so schnell, wie sie gediehen war, welkte sie hin, als der innere Lebenstrieb seine Kraft verlor. Nachdem in der Provence die Albigenserkriege im Anfange des Jahrhunderts den Wohlstand des Landes zerstört und die edelsten Geschlechter in einen langwierigen Verheerungskampf verwickelt hatten, als die Inquisition ihr Werk begann, waren die Versuche Einzelner, den Geist der Romantik wiederzubeleben, vergeblich. Auf italienischem Boden konnte die künstlich dahin verpflanzte Provençalpoesie nicht gedeihen. Der Bürgerstand, unter den inneren Kämpfen erstarkend, schuf eine andere Gattung der Poesie, welche sich an die aus der Entwicklung des Culturlebens hervorgegangene Geistesbildung anschloß. (Dante 1265—1321).

In Deutschland werden gegen die Mitte des Jahrhunderts die Klagen über den Verfall der Zucht und edlen Sitte immer lauter. Die Bildung ging in der Verwirrung der öffentlichen Verhältnisse unter, als der Papst durch die Absetzung des Kaisers und die Aufforderung zum Kampfe gegen das hohenstaufische Haus der Habgier der Fürsten den Schein des Rechtes [illegible]h, und gerade die Landschaften Deutschlands, wo die Poesie [illegible] ihrer Blüthe gelangt war, ein Schauplatz der Fehde und des [illegible]aubes wurden. Die Regierung Rudolf's I., so ersprießlich für Deutschlands innere Zustände, half der gesunkenen Dichtkunst nicht auf; die Dichter hofften vergebens auf seine Gunst und Freigebigkeit. Fürsten und Ritter hörten allmählich auf, die Dichtkunst zu lieben und zu beschützen; Hofnarren wurden beliebt, und wandernde Sänger mußten nicht selten ihre Rolle übernehmen. Aus dem Innern Deutschlands zieht sich die Poesie mehr nach den Grenzländern im Westen und Osten; in den Niederlanden und den Ostseeländern finden wir noch die letzte Nachblüthe der ritterlichen Dichtung.

Dieser gegenüber und neben dieser macht der Volkston mehr und mehr sich geltend. Der dem Volke eigene Sinn für das Komische in den ihm naheliegenden Verhältnissen und Vorfällen erzeugte den derben Volkshumor der Schwänke (komischer Erzählungen aus dem Volksleben). Die Neigung zum Didaktischen und Satirischen führte zu den „Beispielen," d. h. lehrreichen Erzählungen, besonders Fabeln, welche aus verschiedenartigen Quellen, zum Theil aus dem Orient, bereits in die abendländische Literatur hereingeleitet waren. Es ist daher ein günstiger Boden für die eigentliche Lehrpoesie vorhanden, in welcher sich bald eine schlichte volksthümliche Moral, bald scholastisch-mystische Gelehrsamkeit ausspricht. Die didaktische Tendenz drängt sich auch mehr und mehr in die Lyrik ein; noch entschiedener beherrscht sie die Legendendichtung. — Mit der Poesie sank auch die Sprache, und die Reimkunst verliert sich in Künsteleien.

§. 34. Die namhaftesten Epiker dieses Zeitraums, deren Werke die bezeichnete Richtung der Poesie veranschaulichen, sind der Stricker, Rudolf von Ems und Konrad von Würzburg.

Der Stricker (dichtete zwischen 1220 und 1250 — sein wahrer Name unbekannt) hielt anfangs mühsam an der ritterlichen Dichtung fest, wie im Daniel von Blumenthal, einem erzählenden Gedicht aus dem Kreise der Artussagen (nach dem Französischen), und im Rolandsliede,[1] einer Umarbeitung des ältern Gedichts vom Pfaffen Konrad. Später (etwa nach 1240) wandte er sich zu der bürgerlich-didaktischen Dichtung, in welcher er sich freier und selbstständiger bewegte. Dahin gehören der Pfaffe Amis,[2] eine Reihe von Schwänken, ferner kleinere Erzählungen und Fabeln (eine Sammlung derselben ist „die Welt" betitelt).[3] Matter sind die eigentlichen Lehrgedichte, z. B.

die Klage, worin er seinen Schmerz über den Verfall des Gesanges und der guten Zucht ausspricht.

Rudolf von Ems oder Hohen-Ems (dichtete zwischen 1220 und 1254) zeigt sich als einen gemüthvollen Dichter in seinen kleineren Dichtungen, der Erzählung vom guten Gerhard,[4] einem Kaufmann zu Köln, und der Legende Barlaam und Josaphat,[5] worin erzählt wird, wie der Einsiedler Barlaam den heidnischen König Josaphat bekehrt. In den größeren erzählenden Gedichten überwältigt ihn die Sagenmasse, und das stoffartige Interesse überwiegt. Er verfaßte nach einem französischen Gedicht den Wilhelm von Orleans, in welchem flandrische Sagen zum Grunde zu liegen scheinen; ferner einen Alexander und ein (noch nicht aufgefundenes) Gedicht vom trojanischen Kriege. Sein jüngstes Werk ist die Weltchronik, meist biblische Geschichte, welche er bis auf Salomo führte. Ein Geistlicher verfaßte bald nach ihm ein ähnliches Werk. Beide wurden früh verschmolzen und um 1350 von Heinrich von München fortgesetzt.

Konrad von Würzburg, vermuthlich aus Basel, († zu Basel 1287) besitzt Gewandtheit in der Darstellung und leichten Fluß der Rede, wird aber dadurch weitschweifig und wortreich. Er versuchte sich in allen damals üblichen Dichtgattungen, theils der ritterlichen, theils der bürgerlichen Richtung sich hingebend. Sein umfangreiches episches Gedicht: der trojanische Krieg,[6] das letzte seiner zahlreichen Werke (seit 1280), faßt eine Masse antiker Sagen zusammen. Unter seinen kleineren Erzählungen ist manches Ansprechende, ja Vortreffliche, z. B. die Legenden vom heiligen Alexius;[7] vom heiligen Sylvester;[8] die poetischen Erzählungen: Engelhard;[9] der Schwanritter (Lohengrin); Otto mit dem Barte.[10] Allegorisch ist die Erzählung: der Welt Lohn, worin dem Wirnt von Gravenberg die Welt in Gestalt einer Frau erscheint und ihn vom weltlichen Treiben bekehrt.[11] Seine lyrischen Gedichte gehen in religiös-moralische Betrachtungen über, welche vornehmlich in der legendenartigen Hymne auf Maria (die goldene Schmiede)[12] in gelehrtester und kunstvollster Form erscheinen; Lobpreisungen und Bilder werden willkürlich „wie zu einem glänzenden Geschmeide“ an einander gefügt. Die lyrische Kunst artete dadurch in Sprachtändelei und leeren Bilderprunk aus.

[1] Beste Ausg.: Karl der Große von dem Stricker, hgg. von K. Bartsch, 1857. [2] Hgg. in Benecke's Beiträgen. [3] K. A. Hahn, kleinere Gedichte von dem Stricker, 1839. [4] Ausg. von Haupt, 1840. Uebers. von Simrock, 1847. [5] Ausg. von Pfeiffer, 1843. [6] Ausg. von A. Keller, 1858. [7] Hgg. von Maßmann (nebst sieben andern mittelhochdeutschen Bearbeitungen) 1843. [8] Ausg. von W. Grimm, 1841. [9] Alter Druck von 1573; danach restaurirt von M. Haupt, 1841. [10] Ausg. von K. A. Hahn, 1838. [11] In Benecke's Ausg. des Wigalois, u. And.; von F. Roth, 1844. [12] Am besten hgg. von W. Grimm, 1840.

§. 35. Noch mehr erkennt man das Sinken der epischen Poesie in den übrigen erzählenden Gedichten dieser Zeit (z. B. Lohengrin,[1] von einem unbekannten Dichter, und den Fortsetzungen der Gedichte Wolframs und Gottfrieds). Aus der Sagendichtung ging man in die Chronik über. Reimchroniken wurden aller Orten in allen Dialekten gedichtet. Die Oestreicher Johann der Enenkel (um 1250) und Ottokar [von Hornek] (um 1300, † 1330) verfaßten Chroniken von Oestreich und Weltchroniken. In den Ostseeländern, wo deutsche Poesie noch lange eine liebevolle Pflege fand, in dem nördlichen Deutschland (Gottfried Hagen's[2] Reimchronik der Stadt Köln), in den Niederlanden ist gleichfalls die Zahl und der Umfang der Reimchroniken bedeutend.

Sagen und Geschichten einzelner Personen sind in mancherlei Bearbeitungen vorhanden; (z. B. Kaiser Eraclius von Otte (um 1250),[3] Apollonius von Tyrland des Heinrich von der Neuenstadt (um 1300), Landgraf Ludwig der Fromme von Thüringen (Abenteuer einer Kreuzfahrt). Unter den kleinern Erzählungen und Schwänken ist manches Werthvolle (z. B. das Gedicht „von den sieben Schläfern," Crescentia, der Weinschwelg). Vor allen ist die Erzählung Meier Helmbrecht von Wernher dem Gartenäre (Gärtner) hervorzuheben, eine lebendige Schilderung der damaligen bäuerlichen Zustände und des in dem Treiben des entarteten Sohnes hervortretenden Räuberlebens. Von den Legenden sind zu erwähnen: die Kindheit Jesu des Konrad von Fußesbrunnen,[4] Bruder Philipps des Karthäusers Marienleben,[5] der heilige Georg des Reinbote von Dorn (Dürn), eines Bayern,[6] (um 1250), das Passional[7] (Legenden von Maria, Christus, den Aposteln 2c.)

und die Marter der heil. Martina [8] von Hugo von Langenstein (1293).

[1] Hgg. von H. Rückert, 1859. [2] Hgg. von E. v. Groote, 1831. [3] Hgg. von Maßmann, 1842. [4] Hgg. in K. A. Hahn's Ged. des XII. und XIII. Jahrh.; von J. Feifalik, 1859. [5] Hgg. von H. Rückert, 1853. [6] Hgg. in den Ged. des Mittelalt. von v. d. Hagen und Büsching, Bd. 1. [7] Das alte Passional, hgg. von K. A. Hahn, 1845 (die zwei ersten Bücher). Ausg. von Köpke (mit Glossar), 1852. [8] Hgg. von A. Keller, 1856.

7. Blüthe und Verfall der lyrischen Poesie. Lehrdichtung.

§. 36. Aus dem Volksgesange, dem noch die älteren Lieder aus dem 12. Jahrhundert von Dietmar von Aist und dem Kürenberger nahestehen, entwickelte sich im Zeitalter des Heinrich von Veldecke die höfische Kunst des Meistergesanges. Die deutsche Lyrik war zwar nicht so mannigfaltig im Inhalt, wie die in den Ländern des Südens, aber dieser an Tiefe und Innigkeit der Empfindung überlegen.

Liebe und Verehrung gegen die Frauen, der Rittersitte gemäß, ist vorzugsweise das Thema, das in unendlichen Variationen wiederkehrt (Minnegesang), bald als ernstes Lied der Verehrung und Sehnsucht, bald als heiteres Lied des Genusses. Eben so zart und seelenvoll werden die Reize des Maies, seines Grüns und seiner Blumen geschildert, und neben diesen findet der Schmerz über die Vergänglichkeit alles Irdischen einen ergreifenden Ausdruck. Zahlreich sind endlich die Lieder religiöser Andacht, welche oft ihre Sehnsucht nach dem heiligen Grabe richtet, zu dessen Befreiung die Kreuzschaaren, und unter ihnen oft der Dichter selbst, auszogen. Mit dem ernsten Minnegesange berühren sich die Lieder zum Preise der heiligen Jungfrau.

Aus diesem eng-umgrenzten Kreise lyrischer Empfindungen geht die höfische Lyrik nur selten hinaus, und nur einige wenige Dichter haben sich eine klare Weltansicht erworben, um die mannigfachen Verhältnisse des Lebens zu durchschauen und in deutlichen Bildern aufzufassen. Solche tiefere Gemüther wurden auch von den politischen Zuständen Deutschlands berührt, daher Klagelieder über die Verwirrungen des Vaterlandes und „Rügelieder," die häufig gegen die Fürsten und den Papst gerichtet sind. In die lyrische Form legten auch manche Dichter ihre

Lebensweisheit, ihre Ermahnungen und Lehren nieder; an die lyrische Poesie schließt sich unmittelbar die Lehrdichtung an, die andererseits in der belehrenden Erzählung sich an das Epos anlehnt.

Die äußere Kunstform des lyrischen Liedes begann mit der einfachen Strophe des Volksgesangs, ging dann weiter zum Ueberschlagen der Reime und zu immer künstlicheren Reimverschlingungen, woraus durch fortgesetztes Ueberbieten der bisherigen Formen Reimspielerei und leeres Wortgeklingel entstehen mußte. Für die künstlichere Strophenbildung gilt das Gesetz der Dreitheiligkeit, so daß auf die paarweis sich entsprechenden Glieder mit gleicher Reimstellung („Stollen") ein besonderes Schlußglied mit selbstständiger Stellung der Reime („Abgesang") folgt.[1] In den zum Lesen bestimmten Lehrdichtungen werden die kurzen Reimpaare angewandt. Häufig sind die, schon in älterer Kirchenpoesie üblichen, Leiche,[2] d. h. freie Compositionen von längeren und kürzeren Reimzeilen; in derselben Form sind auch die heiteren „Reien" und „Tänze" gedichtet. Liebesbriefe in poetischer Form („Büchlein") kommen schon im 12. Jahrhundert in Gebrauch.

[1] J. Grimm, über den altdeutschen Meistergesang, 1811. [2] Ferd. Wolf, über die Lais, Sequenzen und Leiche, 1841.

§. 37. Den Uebergang aus dem Volksgesange in die höfische Kunst erkennt man in den Liedern Heinrichs von Veldeke und seines Zeitgenossen Friedrichs von Husen (Hausen), Kaiser Heinrichs (?), Heinrichs von Rugge. Nach 1190 folgt die schönste Blüthe der Lyrik: Heinrich von Morungen, Hartmann von Aue, Reinmar (der Alte), Wolfram von Eschenbach („Tage- und Wächterlieder"), die Sänger des ernsten Minnelieds.

Der trefflichste und vielseitigste aller Lyriker ist Walther von der Vogelweide (geb. um 1160—70). Er hielt sich während seines Wanderlebens lange am östreichischen und thüringischen Hofe auf und erfreute sich besonderer Gunst von den Hohenstaufen Philipp und Friedrich II. Er scheint um 1230 gestorben zu sein. Innig und zart, edel und männlich, selbst in der Klage, von Geist und Herz ein Deutscher — so zeigt er sich uns in allen seinen Gedichten.[1]

[1] Sammlung von Minnesingern aus dem schwäbischen Zeitpuncte ꝛc. (hgg. von Bodmer und Breitinger), 1757. 59. 2 Bde. (Manessische Sammlung?) — Minnesinger. Deutsche Liederdichter des 12., 13. und 14. Jahrh. ꝛc. v. F. H. v. d. Hagen, 1838. 4 Thle. Des Minnegesangs Frühling [ältere Lyriker], hgg. von Lachmann und Haupt, 1857. Auswahl der Minnesänger, von K. Volkmar, 1845. — Hartmanns und Wolframs Lieder in den Ausgg. von Haupt und Lachmann. Walther, hgg. von Lachmann, 1827. 3. A. (von Haupt) 1853, von Max Rieger, 1862; von Pfeiffer, 1864. Neud. von Simrock, mit Erläut. von Simrock und W. Wackernagel, 1833. (4. A. 1864). 2 Thle. Ueber ihn: Uhland, Walther v. d. Vog. 1822. A. Daffis, zur Lebensgeschichte Walthers v. d. Vog., 1854. Max Rieger, das Leben W. v. d. V. 1863. R. Menzel, das Leben W. v. d. V. 1865.

§. 38. Unter den Dichtern um die Mitte des 13. Jahrhunderts zeichneten sich aus: Otto von Botenlauben[1] (Otto IV. Graf von Henneberg, † 1254), Christian von Hamle, Ulrich von Singenberg, Truchseß zu St. Gallen, ein Verehrer und Nachahmer Walthers, Gottfried von Nifen (Neifen),[2] Schenk Ulrich von Winterstetten, und vor allen Ulrich von Liechtenstein. Ulrich lebte unter Friedrich dem Streitbaren, dem letzten babenbergischen Herzoge von Oestreich († 1246), und sah noch die nachfolgende Zerrüttung des Landes († 1275 oder 76). Seine Lieder (unter diesen Liebesbriefe und ein Leich), die sich durch zierliche Sprache und Gewandtheit im Versbau auszeichnen, flocht er in das erzählende Gedicht „Frauendienst" ein, worin er einen Theil seiner Lebensgeschichte (bis 1255) und seiner im Dienste der Frauen bestandenen Abenteuer in dichterischem Gewande schildert; daran reiht sich das „Frauenbuch" (1257),[3] ein Gespräch über den Verfall des ritterlichen Frauendienstes. — Unter den späteren Sängern der Minne verdienen hervorgehoben zu werden: Konrad von Landeck, Herzog Heinrich IV. von Breslau († 1290), Markgraf Otto IV. (mit dem Pfeile) von Brandenburg († 1309) und Fürst Wizlav IV. von Rügen († 1325).[4]

[1] Geschichte und Gedichte ꝛc., bearbeitet von L. Bechstein, 1845. [2] Die Lieder Gottfr. v. Neifen, hgg. von M. Haupt, 1851. [3] Ulrich von L. Mit Anmerkungen von Th. von Karajan. Hgg. von Lachmann, 1841. Frauenbuch, hgg. von Jos. Bergmann, 1842. [4] Des Fürsten von Rügen Wizlavs IV. Sprüche und Lieder, hgg. von Ettmüller, 1852.

§. 39. Der ernsten, schwärmerischen Lyrik steht die, gleichzeitig entwickelte, muthwillig-scherzende gegenüber, welche sich unter das Volk mischt und ländliche Festlust und Ausgelassenheit singt: „höfische Dorfpoesie" (Lachmann) oder vielmehr dörfische Hofpoesie. Der vorzüglichste Dichter in dieser Gattung ist Nithart (Neidhart), der in Bayern und Oestreich lebte (um 1220—30).[1] Seine Weise ward nachgeahmt von dem Tanhuser (Tanhäuser), Steinmar und dem Züricher Johann Hadlaub[2] (um 1300).

[1] Besonders hgg. von Haupt: Neidhart von Reuenthal, 1858. [2] Hgg. von Ettmüller, 1840.

§. 40. Andere Dichter wandlen sich der Spruchdichtung und der andächtigen Betrachtung zu: Reinmar von Zweter (gegen 1250), der Marner (um 1250), und mehr noch die späteren: Rumeland, Heinrich von Meißen, genannt Frauenlob, († zu Mainz 1318)[1] und der Schmied Barthel Regenbogen (um 1300). Die letzteren bezeichnen den Zeitpunct, wo die lyrische Poesie in die Hände sowohl der Gelehrten als der gewerbtreibenden Bürger übergeht, so daß Glaubenslehren und erbauliche Betrachtungen der Hauptinhalt der Gedichte werden.

Auf solche Sängervereine bezieht sich der Krieg (Wettgesang) auf Wartburg[2], ein Gemisch von Epischem, Lyrischem und mystischer Allegorie in der Form des dramatischen Dialogs. Diese Dichtung, deren Verfasser unbekannt sind, hängt zusammen mit den fabelhaften Ueberlieferungen von einem Wettstreite berühmter Meister auf der Wartburg unter dem Landgrafen Hermann von Thüringen. Heinrich von Ofterdingen (wahrscheinlich ein erdichteter Name), Walther von der Vogelweide, Wolfram von Eschenbach, Klinsor von Ungerland (ein erdichteter Name) treten im Wettgesange auf. Der erste Theil scheint noch vor 1300 gedichtet zu sein, der zweite ist später entstanden und von Mehreren überarbeitet worden.

[1] Hgg. von Ettmüller, 1843. [2] Besonders herausgegeben von Ettmüller, 1830. H. Plötz, über den Sängerkrieg auf Wartburg, 1851.

§. 41. In das Gebiet der eigentlichen Lehrdichtung gehören der „wälsche Gast" (d. i. der Fremdling aus Italien) von Thomasin von Zerkläre[1] aus Friaul (1216) und Freidank's

Bescheidenheit (d. i. Belehrung)[2], eine vortreffliche Sammlung von Sprüchen, Ermahnungen und Lebensbetrachtungen (1228). In der Form von Ermahnungen Aelterer an Jüngere über höfische Zucht und Sitte sind verfaßt: König Tirol von Schotten und sein Sohn Fridebrant,[3] der Windsbeke und die Winsbekin, deren Verfasser unbekannt sind.[4]

[1] Ausg. von Rückert, 1852. [2] Ausg. von W. Grimm, 1834, welcher Walther v. d. V. für den Verf. hält. (Freidank war der Name eines fruchtbaren Dichters jenes Zeitalters). [3] Ausg. von Ebeling, 1848. [4] Ausg. von Haupt, 1845.

8. Prosaliteratur.

§. 42. Die Prosa blieb in ihrer Ausbildung hinter der Poesie zurück, woraus sich erklärt, weßhalb Manches gereimt wird, was eigentlich ins Gebiet der Prosa gehört. Noch bediente man sich in der Wissenschaft und in den öffentlichen Geschäften beinahe ausschließlich der lateinischen Sprache. Indeß fing man an, die Nationalsprache in Land- und Stadtrechten zu gebrauchen. Die bedeutendsten Denkmäler dieser Art aus dem 13. Jahrh. sind: der Sachsenspiegel[1] (das sächsische Landrecht) von Eyke von Repgow, erst lateinisch abgefaßt, dann ins Niederdeutsche übertragen (auch in einer oberdeutschen Bearbeitung vorhanden), — und der Schwabenspiegel (schwäbisches Landrecht).[2] Auch werden Urkunden[3] in deutscher Sprache häufiger, z. B. der Mainzer Friedebrief (von 1235), ursprünglich lateinisch, dann in kürzerem deutschen Texte. In der Prosachronik werden schon vor 1300 die ersten Versuche gemacht, zuerst in niederdeutscher Mundart (um 1250). — Die kirchliche Prosaliteratur setzt sich in dieser Periode fort.[4] Den meisten Werth haben die erbaulichen Abhandlungen des Franciscaners David von Augsburg[5] († 1271) und die Predigten seines Schülers Berthold (Lech?) von Regensburg[6] († 1272).

[1] Ausgabe von Homeyer, 1834—44. 3 Bde. [2] Ausgabe von W. Wackernagel, 1840. [3] Auswahl der ältesten Urkunden in deutscher Sprache u. s. w., hgg. von Hoefer, 1835, worin dreißig Urkunden bis zum Ende des dreizehnten Jahrh., 224 von 1301—1341, und and. Samml. [4] Deutsche Predigten des 12. und 13. Jahrh., hgg. von K. Roth, 1839; von Grießhaber, 1842. D. Predigten d. 13. und 14. Jahrh., hgg. von Leyser, 1838. [5] In F. Pfeiffer's deutschen Mystikern ꝛc., 1845. 1. Thl. [6] Ausg. von Pfeiffer, 1862.

III. Die Literatur des XIV. und XV. Jahrhunderts.

Gänzlicher Verfall der ritterlichen Poesie. Durchdringen des Volksmäßigen und der Prosa.

Rudolf I. (von Habsburg) 1273—91. Adolf — 1298. Albrecht I. (von Oestreich) — 1308. Heinrich VII. (von Luxemburg) — 1313. Ludwig IV. (von Bayern) — 1347. Die Luxemburger: Karl IV. — 1378. Wenzel † 1419. Sigismund 1411—37. Die Oestreicher: Albrecht II. — 1439. Friedrich III. — 1493. Maximilian I. — 1519.

1. Zustand der geistigen Bildung.

§. 43. Die deutsche Poesie war mit dem Aufhören des ritterlich-poetischen Sinnes und der Pflege von Seiten der höheren Stände von ihrer Höhe herabgesunken. Noch ungünstiger gestalteten sich die Verhältnisse in dem nächsten Zeitraum. Das Reich fiel aus einander; das Streben der Stände war auf kleinliche Interessen gerichtet; nirgends Gemeinsinn, nirgends große Ereignisse noch erhebende Zwecke. Die Geistlichkeit war verderbt, gleich den höhern weltlichen Ständen (die große Kirchenspaltung 1378—1415). Die Städte, obgleich das gesundeste Glied des Staatskörpers, waren doch zu sehr mit der Sicherung der nächstliegenden Interessen beschäftigt, als daß sie der allgemeinen Verwilderung hätten fremd bleiben können. Dessenungeachtet werden sie mehr und mehr die eigentlichen Träger der nationalen Cultur, und was sich an regerem geistigen Leben entwickelt, findet im Bürgerstande vornehmlich eine Stätte.

Die gelehrten Studien wurden ohne Geist und Geschmack betrieben und waren dem Volke längst unzugänglich gemacht. Die Universitäten, deren Reihe mit der Errichtung der Universität zu Prag (1348) durch Karl IV. beginnt — es folgen die Universitäten zu Wien (1365), Heidelberg (1386), Köln (1388), Erfurt (1392), Leipzig (1409) u. s. w. — hatten einen mönchisch-scholastischen Zuschnitt, und weder die in Italien aufblühenden classischen Studien (Franz Petrarca † 1374, Johann Boccaccio † 1375), noch die historischen Wissenschaften wurden in den Kreis der Lehrvorträge aufgenommen. Reformatorische Versuche, die von jenem beschränkten Standpuncte ausgingen, konnten nicht gedeihen.

Um so bedeutsamer ist die Thätigkeit der Mystiker (vergl. §. 51), welche der Scholastik durch gläubig-fromme Auffassung der Lehren des Evangeliums entgegenwirkten, gegen die Erschlaffung des religiösen Lebens und die Sittenlosigkeit der Zeit ankämpften und in der Volkssprache zum Herzen des Volkes redeten. Mit diesen sittlich-religiösen Bestrebungen stand die Liebe zum classischen Alterthum in engster Verbindung. Von wichtigem Einflusse war der Verein der Brüder des gemeinsamen Lebens, den Gert Groote zu Deventer (1384) stiftete; dieser verbreitete sich schnell auch über die Rheingegenden und das nördliche Deutschland; von seinen Mitgliedern wurden in vielen Städten Schulen gestiftet, in welchen auch die classischen Studien die erste Aufnahme fanden. So keimt zwischen den welken Resten alter Herrlichkeit das frische Leben einer neuen Zeit. (Erfindung der Buchdruckerkunst um 1450.)

Die Sprache befand sich in einem sehr verworrenen Zustande. Nicht nur drängt sich das Niederdeutsche wieder mehr hervor, sondern es mischen sich auch die provinziellen Mundarten, von keinem Sprachgesetz geregelt, in einander. Indeß macht sich gegen das Ende dieses Zeitabschnittes schon die aus hoch- und niederdeutschen Formen gemischte obersächsische Mundart in der Kanzleisprache der Höfe und Reichsstädte sowie in der Prosaliteratur bis in den Süden Deutschlands hinein geltend und bereitet die Festsetzung der neuhochdeutschen Schriftsprache vor. — In der Versbildung geht der Sinn für den Wechsel der Hebungen und Senkungen verloren, und Sylbenzählung wird üblich.

2. Verfall der epischen Dichtung. Schwänke.

§. 44. Die Theilnahme an den Helden- und Rittersagen schwindet mit der Achtung vor dem Ritterstande allmählich dahin. Daß die alten Gedichte noch manche Liebhaber fanden, geht daraus hervor, daß sie häufig abgeschrieben und (etwa seit 1470) durch den Druck verbreitet wurden; z. B. zahlreiche Abdrücke des sogenannten alten Heldenbuchs, der alte Druck des Wolframschen Parcival nebst dem jüngeren Titurel (von 1477). Das sogenannte Heldenbuch des Kaspar von der Roen (um 1472), eines der Schreiber der Dresdener Handschrift, erzählt die Sagen von Dietrich und seinen Gefährten.[1] Ulrich Fürterer

(Füterer), ein Maler zu München, brachte (um 1487) die Artus- und Graalsagen nebst den Geschichten vom Argonautenzuge und von Troja in ein noch schlechteres großes Gedicht: Buch der Abenteuer. — Einzelne Personensagen und Novellen erscheinen noch manchmal in gereimter Form. Hans von Bühel (um 1400) bearbeitete zwei sehr beliebte Stoffe, die Königstochter von Frankreich und das Leben Diocletians[2] oder das Buch von den sieben Meistern (1412), von welchem noch andere poetische und prosaische Bearbeitungen vorhanden sind. Mehrere französische Rittergedichte drangen über die Niederlande nach dem nördlichen Deutschland und gingen auch ins Hochdeutsche über; z. B. die Margarete von Limburg des Johann von Soest (um 1470), den auch die schlechten hochdeutschen Texte einiger der Karlssage angehörigen Stücke — Malegis, Reinhold, Ogier von Dänemark — zum Verfasser zu haben scheinen. Gereimte Legenden sind in Menge vorhanden, sowohl in nieder- als oberdeutscher Mundart (z. B. Leben der heiligen Elisabeth von Johannes Rothe.)

[1] Hgg. in v. d. Hagen's und Primisser's „Heldenbuch," 1820, 25. [2] Hgg. von Ad. Keller, 1841.

§. 45. Schwänke waren auf lange Zeit hin die beliebteste Gattung erzählender Dichtung. Häufig wurden sie in Sammlungen gebracht und in der Person einiger namhaften Repräsentanten des Volkswitzes (gleich dem Pfaffen Amis des Strickers) zu einem Ganzen verbunden. Im 14. Jahrhundert wurden die Schwänke des Neidhart Fuchs (Nithart) und des Pfaffen von Kalenberg (letztere von Philipp Frankfurter) in Reime gebracht.[1] Im 15. Jahrhundert bearbeitete man den Salomon und Morolf (Markolf), einen volksthümlichen Stoff, in Reim und Prosa. Die Schwänke des Tyll Eulenspiegel wurden um 1490 niederdeutsch aufgezeichnet und später ins Hochdeutsche übersetzt. Unter den Städten pflegte Nürnberg die Schwanks-poesie am meisten; mehrere Schwänke wurden bearbeitet (um 1450) von Hans Rosenblut (Rosenplüt) und Hans Folz, den Vorläufern des Hans Sachs.[2]

[1] Erneuert in v. d. Hagen's Narrenbuch, 1811. [2] Altdeutsche Erzählungen verschiedener Art sind gesammelt in F. H. v. d. Hagen's Gesammtabenteuer 2c. 3 Bde. 1850; v. Laßberg's Liedersaal, Thl. 1—3.

§. 46. Allegorische Einkleidung wird in dieser phantasiearmen Zeit sehr beliebt. An die Minnepoesie knüpfen sich zunächst die allegorischen Darstellungen des Minnelebens, welche später mehr in Gegensatz gegen den ritterlichen Minnedienst treten,. z. B. die Minnelehre des Heinzelin von Constanz[1] (um 1300), die Jagd des Hadamar von Laber[2] (gegen 1350), die Mohrin des Hermann von Sachsenheim (1453). Allegorie und ritterliche Abenteuer verbindet der Teuerdank.[3] Dieses Gedicht erzählt in allegorischer Einkleidung die Vermählung Maximilians (Teuerdank genannt, weil er auf Abenteuer denkt) mit der Tochter Karls von Burgund (König Romreich), der schönen Maria (Ehrenreich), zu deren Besitz er nur nach vielen gefahrvollen Abenteuern gelangen kann. Die Erfindung und ein Theil der Ausführung gehört dem Kaiser Maximilian selbst an; die Vollendung übertrug er dem Nürnberger Propste Melchior Pfinzing († 1535), der besonders das Didaktische hervorhob. Allegorie und Geschichte findet sich in dem Weißkunig[4] vereinigt, einer in Form eines allegorischen Romans durchgeführten Geschichte Maximilians, welcher selbst das Werk entwarf und einen Theil desselben ausarbeitete, dann aber die weitere Ausführung seinem Geheimschreiber Marx Treitzsauerwein von Ehrentreitz, der auch am Teuerdank Antheil hat, übergab.

[1] Heinzelein von Constanz, von Fr. Pfeiffer. 1852. [2] Hgg. von J. A. Schmeller, 1850. [3] Erste Ausg. 1517, ein Meisterstück der Typographie; 8. A. 1679. Ausgabe von Haltaus, 1836; von J. Scheible, 1846. [4] Erste A. erst 1775.

3. Lehrdichtung. „Beispiele."

§. 47. Die Lehrdichtungen sind, auch wenn sie die Allegorie zu Hülfe nehmen, von geringem Werthe. Ein Beispiel giebt Heinrichs von Müglin (aus Mügeln in Sachsen) Buch der Maide („der Maide Kranz"), zu Ehren Karls IV. gedichtet, worin die Wissenschaften und Künste sich als Jungfrauen dem Kaiser vorstellen, um das Urtheil über ihren Rang zu empfangen. Mehr als die scholastische Gelehrsamkeit spricht uns die praktische Lebensweisheit in den Sprüchen an, die am häufigsten in der epigrammatisch spannenden Form der Priameln (Präambeln) erscheinen. Daher sind auch lehrhafte Fabeln und Erzählungen oder „Beispiele" eine beliebte Gattung der volksmäßigen

Dichtung. Eine der besten Sammlungen solcher „Beispiele" ist der „Edelstein" des **Ulrich Bonerius**, Dominicanermönchs zu Bern (gegen 1330 verfaßt).[1] Später kamen auch Sammlungen von Prosafabeln durch Uebersetzung des Aesop,[2] ferner einer orientalischen Fabelsammlung[3] (Bidpai's Fabeln) und andere hinzu.

Größere Sittengemälde und didaktische Sammelwerke vereinigen alle diese Arten der Lehrdichtung und sind die Mittelglieder zwischen der gelehrten und der Volksbildung. Um 1300 verfaßte **Hugo von Trimberg**, Rector zu Bamberg († gegen 1315), den „**Renner**,"[4] worin Sittenpredigten, die besonders gegen Fürsten, Adel und Geistlichkeit gerichtet sind, mit Fabeln und lehrhaften Erzählungen abwechseln. **Konrad von Ammenhusen** bearbeitete (1337) das **Schachzabelbuch** (nach einem lateinischen Original), worin Lehren und Beispiele an das Schachspiel (-zabel = -tafel) und dessen Figuren geknüpft sind. Mehrere Spruchgedichte oder gereimte Moralpredigten verfaßten die Oestreicher **Heinrich der Teichner**[5] (um 1350) und sein Schüler **Peter Suchenwirt**[6] (gegen 1400). Beispiele der Moraldichtung des 15. Jahrhunderts geben **Konrad Vintler's** „Blume der Tugend" (1411) und die Sammelwerke des Priesters **Heinrich von Laufenberg**: „Spiegel menschlicher Behaltniß" (1425) und „Buch der Figuren" (1441). Aehnlichen Zwecken diente die Legendendichtung.

[1] Ausg. von Benecke, 1816; von Pfeiffer, 1844. — Fabeln und Minnelieder von Heinrich v. Müglin, hgg. v. W. Müller, 1848. [2] von Steinhöwel, Arzt zu Ulm, gegen 1480. [3] „Buch der Byspel der alten Weisen" 1480 (nach einer lat. Uebers.). Ausg. von W. L. Holland, 1860. [4] Hgg. vom histor. Verein zu Bamberg, 1833. 34. [5] v. Karajan, über H. den Teichner, 1855. [6] S.'s Werke, hgg. v. Primisser, 1827.

4. Absterben des Meistergesanges. Volkslied.

§. 48. Als Fürsten und Ritter sich von den „Meistern" des lyrischen Gesanges und deren Kunst abwandten, diese jedoch dem nüchternen Sinne des Volkes nicht zusagen konnte, zog sich der Meistergesang in die Stille zurück, an den hergebrachten Regeln sich fortübend, welche die allmählich enger geschlossenen Genossenschaften der Kunstdichter treu bewahrten und durch neue

Formkünsteleien fortzubilden suchten. In die meisterlichen Formen, aus denen der Geist entschwunden war, zwängte man, was sich darbot, Sagen und Geschichten, wie Dogmatik und Moral. Nur hin und wieder klingt noch das alte Minnelied durch, z. B. in den Liedern Hugo's v. Montfort († 1423), Oswalds v. Wolkenstein[1] († 1445), Muscatblut's[2] (um 1400), und geht dann ins Volkslied über.

Noch tief bis ins 15. Jahrhundert finden wir Sänger auf Wanderung. Der Meistersänger Michael Beheim[3] aus Sulzbach bei Weinsberg (geb. 1416, † nach 1474) verließ sein Weberhandwerk und suchte mit seiner geliebten Kunst die Höfe auf; seine Lebensschicksale zeigen, wie wenig Glück auf diesem Wege zu finden war. Die wandernden Meistersänger traf dieselbe Verachtung, wie die fahrenden Volks- und Bänkelsänger. Zu diesen gehören auch die Spruchsprecher, d. h. Improvisatoren, die sich bei Kindtaufen, Hochzeiten und dergleichen Festen für Geld hören ließen. Einige Auszeichnung genossen eine Zeit lang die Wappendichter, welche bei Turnieren Wappenbeschreibungen und Ehrenreden verfaßten. Solche geschichtliche Reimgedichte besitzen wir von Peter Suchenwirt[4] (z. B. Herzog Albrechts Ritterschaft in Preußen, 1377) und Hans Rosenblut (Sieg der Nürnberger bei Hempach, 1450).

Gegen Ende des 15. Jahrhunderts beschränkte sich der Meistergesang auf die Handwerker-Singschulen, welche eine zunftmäßige Abgeschlossenheit erhielten und sich scharf von den wandernden Volkssängern unterschieden. Meistersängerschulen bestanden in den bedeutenderen Städten des südlichen und westlichen Deutschlands und haben sich in einigen sogar bis ins neunzehnte Jahrhundert erhalten. Die Theilnehmer machten nicht mehr aus dem Gesang ein Gewerbe, sondern es waren ansässige Bürger, die in Mußestunden zu gemeinschaftlichen Singübungen zusammenkamen („Liebhaber des deutschen Meistergesangs"). Die Vorschriften über die Abfassung und den Vortrag der Gesänge enthielten die Tabulaturen. Durch Erfindung neuer „Töne", d. h. Strophencompositionen, bewährte sich der Meister. Die künstliche Form und der Gesang waren Hauptsache. Poetischer Gehalt ist in diesen Handwerkergesängen nicht zu suchen.

[1] Ausg. von J. Bergmann, 1844; von Beda Weber, 1847. O. v. Wolkenstein und Friedrich mit der leeren Tasche in elf Büchern

von B. Weber, 1850. Lieder von diesen und anderen Dichtern im Liederbuch der Clara Hätzlerin, hgg. von Haltaus, 1840. [2] Lieder Muscatblut's, erster Druck, besorgt durch E. von Groote, 1852. [3] Buch von den Wienern, hgg. von Th. G. von Karajan, 1843. Zehn Gedichte zur Gesch. Oesterreichs und Ungarns, hgg. von Th. G. v. Karajan, 1848. [4] P. Suchenwirt's Werke, hgg. von Primisser, 1827. — K. Goedeke, Meistergesangbuch, 1856.

§. 49. Eine frische Naturpoesie dauerte daneben im Volke fort und spricht in einfachen Weisen Freude und Leid des Lebens aus. Die Namen der Verfasser solcher Lieder sind meist unbekannt. Wer in sich Talent fühlte, dichtete und sang, und, was gefiel, ward durch mündliche Ueberlieferung weiter verbreitet.

Epische oder balladenartige Volkslieder beziehen sich auf Personen der Sage, z. B. das Lied vom alten Hildebrand, vom edlen Möringer, oder auf geschichtliche Begebenheiten, Fehden, Raubfahrten u. dergl. Unter den Schlacht- und Siegesliedern zeichnen sich die der Schweizer aus, z. B. das Lied des Luzerners Halbsuter auf den Sieg bei Sempach (1386) und die Lieder des Veit Weber (aus Freiburg im Breisgau) auf die Kämpfe der Schweizer gegen die Burgunder (1476); unter den norddeutschen die Lieder der Dithmarsen aus den Kämpfen gegen Holstein und Dänemark (um 1500).

Die lyrischen Volkslieder sind so mannigfaltig, wie das Leben selbst, Tändeleien der Freude und Klagen von Liebe und Leid, Wiegenlieder und Todtenlieder, Trinklieder und Bußlieder. (Ueber die religiösen Lieder vergl. §. 60). Jeder Stand hat seine Lieder, der Kaufmann wie der umherschweifende Reiter und Bettler, der Student wie der Handwerker, der Ackerbauer wie der Bergmann, der Jäger wie der Hirt. Daß es unter der Masse auch viele mittelmäßige und selbst pöbelhafte Lieder gab, erklärt sich von selbst.

Sammlungen von Volksliedern von Herder, 1778 f. Arnim und Brentano („des Knaben Wunderhorn") 1807 ff. u. m. and. Alte hoch- und niederdeutsche Volkslieder ꝛc. hgg. von Uhland, 1844 ff. Sammlungen von Simrock, 1851; von F. L. Mittler, 1855. Historische Volkslieder, gesammelt von O. L. B. Wolff, 1830, und (besser) von Soltau, 1837. Zweites Hundert, aus Soltau's und Leyser's Nachlaß ꝛc., hgg. von R. Hildebrand, 1856. R. von Liliencron, die histor. Volkslieder der Deutschen ꝛc. 1865. Rochholz, eidgenössische Liederchronik, 1835.

5. Anfänge des Drama's.

§. 50. Das Drama entstand einerseits aus den kirchlichen Darstellungen der Passionsgeschichte, die am Charfreitag und in der Osternacht von Geistlichen angeordnet wurden, andererseits aus den Volkslustbarkeiten. Jene, die Mysterien („ludi“ oder „Spiele“), waren anfänglich aus dem lateinischen Bibeltexte zusammengesetzt; nach 1300 wurden sie ganz deutsch und fanden auch an mehreren andern Festen statt; z. B. Marien Klage, Mariä Himmelfahrt, das Spiel von der heiligen Dorothea. Mehr und mehr mischt sich das Weltliche ein; im 15. Jahrhundert verbindet sich die Volkspoesie mit dem geistlichen Stoff. Der Raum der Kirche ward der großen Zahl der Mitspielenden zu eng; die Aufführungen wurden zu Volksfesten. Beispiele sind das „Osterspiel“ aus dem 15. Jahrhundert und das noch ausgelassenere „Babst Jutta“ (1480) von einem Geistlichen Theodorich Schernberg.

Bei den Volkslustbarkeiten gab es von Alters her Fahrende als Gaukler und Lustigmacher, die auch durch pantomimische Darstellungen und Puppenspiele das Volk unterhielten. Solche Darstellungen gehörten insbesondere zu den Fastnachtsbelustigungen, die mit dem 14. Jahrhundert sich mehr ausbildeten. Die Bürger fingen an, sich gegenseitig durch dialogisirte Schwänke zu belustigen; daraus entstanden die Fastnachtsspiele, deren Hauptsitz Nürnberg war. Aus dem 15. Jahrhundert besitzen wir viele geschriebene Fastnachtsspiele, unter diesen mehrere von den Nürnbergern Hans Rosenblut und Hans Folz.

Gottsched's nöthiger Vorrath zur Geschichte der deutschen dramatischen Dichtkunst, 1757. 65. 2 Bde. Tieck's deutsches Theater, 1817. 2 Bde. Hoffmann's Fundgruben, Thl. 2. F. J. Mone, altdeutsche Schauspiele, 1841; Schauspiele des Mittelalters, 2 Bde. 1846. 47. Deutsche Fastnachtsspiele aus dem 15. Jahrh., gesammelt von Ad. Keller, 1853. 3 Thle. — R. Prutz, Vorlesungen über die Geschichte des deutschen Theaters, 1847. E. Devrient's Gesch. der deutschen Schauspielkunst, 1847. 48. 3 Bde. Hase, das geistliche Schauspiel, 1858. H. Holland, die Entwicklung des d. Theaters 2c. 1861.

6. Ausbildung der didaktischen und erzählenden Prosa.

§. 51. Indem die Mystiker die lateinische Sprache mit der Volkssprache vertauschten, bildeten sie vornehmlich die Lehrprosa aus, sowohl für die mystisch-gelehrte Speculation als für die volksmäßige Predigt. Der Begründer dieser Mystik und ihrer eigenthümlichen Prosadarstellung ist Meister Eckhard († schon vor 1329, wahrscheinlich ein Straßburger). Das wichtigste Denkmal des dadurch erfolgten Umschwungs der Sprache sind die Werke des Dominicaners Johann Tauler (geb. 1294, † zu Straßburg 1361): theils Predigten,[2] theils Erbauungsschriften, z. B. von der Nachfolgung des armen Lebens Christi, von der göttlichen Liebe, von der christlichen Tugend. Unter den mitstrebenden Zeitgenossen („Gottesfreunde," „Jünger der ewigen Weisheit") verdienen Erwähnung: Heinrich Suso,[3] Dominicaner zu Constanz, dann zu Ulm († 1365) („Büchlein von der ewigen Weisheit," gegen 1340), Nicolaus von Straßburg, Heinrich von Nördlingen, Hermann von Fritzlar (Buch von der Heiligen Leben [um 1350], eine Sammlung von Predigtauszügen und Legenden), Otto von Passau (die vierundzwanzig Alten oder der goldene Thron, 1386). Aus diesem Kreise ging auch die wegen ihres echt evangelischen Geistes von Luther sehr geschätzte und zuerst unter dem Titel eyn deutsch Theologia herausgegebene (1516) Erbauungsschrift hervor.[4] Eine Uebersetzung der Evangelien nach der lateinischen Vulgata verfaßte Matthias von Beheim (1343), ein Mönch zu Halle. Mehrere andere Uebersetzungen nach der Vulgata kamen im 15. Jahrhundert hinzu; bis 1500 wurden vierzehn deutsche Bibeln gedruckt[5]. In den Erbauungsbüchern, deren es eine große Menge gab, blieb die Legende noch bis zur Reformation die Grundlage. Eine der gelesensten Legendensammlungen ist Sommer- und Wintertheil, worin das Leben der Heiligen nach der Kalenderordnung erzählt wird.

[1] Deutsche Mystiker des 14. Jahrh., hgg. von Pfeiffer, b. j. 2 Bde. 1845. (2. Bd. Meister Eckhard). [2] Aelteste Ausg. 1498; öfter in verjüngter Sprache, z. B. von Spener, 1688; neueste Ausg. von Kuntze und Biesenthal, Berlin, 1841 ff. — K. Schmidt, Joh. Tauler von Straßburg, 1841. [3] Schriften (in verjüngter Sprache) hgg. von Diepenbrock, 1829. 2. A. 1837. [4] Neueste Ausg. von Pfeiffer, 1851. [5] Erste gedruckte deutsche Bibel, o. O. u. J. (Straßburg, 1466). Vgl. Kehrein, zur Geschichte der deutschen Bibelübersetzungen vor Luther, 1851.

§. 52. An die Stelle der alten Rittergedichte traten im 15. Jahrhundert die Prosaromane und Novellen, mit welchen Deutschland von Frankreich und Italien aus reichlich versorgt wurde. Nur wenige entstanden durch Bearbeitung älterer Gedichte, z. B. Wigalois nach Wirnt von Gravenberg; die meisten sind Uebersetzungen. Mehrere Romane sind von fürstlichen Frauen ins Deutsche übertragen worden; z. B. Lother und Maller, Hug Schapler, beide übersetzt von Elisabeth, Gräfin zu Nassau-Saarbrück, 1437; Pontus und Sidonia, übersetzt von Eleonore, Gemahlin des Erzherzogs Sigismund von Oesterreich, um 1460. Außer diesen gehören zu den bessern: Fortunatus, Fierabras, Melusine, Kaiser Octavianus, die Haimonskinder, Magelone (Amadis §. 71). Hieran reihen sich die Romane von dem trojanischen Kriege, von Alexander, Apollonius von Tyrus u. s. w., die Uebersetzungen der Gesta Romanorum, einer vielgelesenen Sammlung von Erzählungen,[1] und einer Menge ausländischer Novellen, auch der des Boccaccio. Die reinste Sprache haben die Erzählungen des Albrecht von Eybe († 1485) in seinem Tractat: „ob einem Manne sei zu nehmen ein ehelich Weib oder nicht" (um 1472) und in dem „Spiegel der Sitten;" ferner die Uebersetzungen („Tütschungen") des Niklas von Wyle (um 1470), unter denen sich die vortreffliche Novelle des Aeneas Sylvius, Euriolus und Lucretia, befindet. — Mit dieser Unterhaltungsliteratur hangen die weitverbreiteten Volksbücher[2] zusammen, theils gedrängte Erzählungen älterer Sagenstoffe, z. B. der hörnene Siegfried, Herzog Ernst, Tristan, die Haimonskinder, theils Auszüge aus neueren Romanen und Novellen, z. B. Octavianus, Magelone, Melusine, Fortunat, Genoveva, die sieben weisen Meister.

[1] Ausg. einer alten Verdeutschung: Gesta Romanorum, das ist der Römer That, von Ad. Keller, 1841. (Ausg. des latein. Textes von Ad. Keller, 1842, und deutsche Uebers. von Gräße, 1842. 2 Thle.) [2] Görres, die deutschen Volksbücher, 1807. — Neue Ausgaben und Erneuerungen der Volksbücher von Marbach, 1838 ff.; von Simrock, 1839 ff. und And.

§. 53. Neben die Reimchroniken treten schon gegen den Beginn des 14. Jahrhunderts die Prosachroniken, sowohl allgemeine Weltchroniken als Specialchroniken von Ländern und Städten, zuerst in niederdeutscher, dann in hochdeutscher Mundart (§. 42). Unter den älteren Chroniken sind die Limburger Chronik[1] (von Johann Gensbein oder Gansbein?), die Straßburger Chronik des Friedrich Closener[2] († 1384) und die elsassischen Chroniken des Jacob Twinger von Königshofen[3] (geb. 1346, † 1420 zu Straßburg) auszuzeichnen. Das 15. Jahrhundert war reich an Chroniken, besonders die letzte Hälfte desselben, wo auch ein bedeutender Fortschritt in der historischen Prosa bemerkbar wird. Vorzügliche Erwähnung verdienen die Berner Chronik (von 1150—1480) des Diebold Schilling[4] und Peter Escherloer's († 1481) Geschichten der Stadt Breslau[5] (von 1440—79).

Reisebeschreibungen setzten die Rittergeschichten fort, wie sich die Handelsreisen an die Ritterfahrten der Kreuzzüge anschlossen. Die abenteuerlichen Reisebeschreibungen des Marco Polo und Mandeville wurden durch mehrere Uebersetzungen unter uns bekannt. Der Orient zog am meisten an, bis mit der Entdeckung der neuen Welt sich eine andere Wunderwelt öffnete. Orientalische Reisebeschreibungen[6] verfaßten Johann Schiltberger[7] aus München, Hans Tucher[8] aus Nürnberg, Bernhard von Breydenbach[9] aus Mainz u. m. A.

[1] Fasti Limpurgenses etc. 1617 und öfter. N. A. von C. D. Vogel, 1826 (1828). [2] Erster Druck durch A. Schott, 1842. [3] Ausg. der kleineren Chronik von Schilter, 1698. [4] Bruchstücke: die Geschichte der burgundischen Kriege, hgg. Bern, 1743. [5] Hgg. von Kunisch, 1827. 28. 2 Bde. [6] Reisbuch des heil. Landes rc. 1584 (21 orient. Reisen). [7] Von 1395—1417; seine Reise gedr. Ulm, 1473. [8] 1479; Reise gedruckt Augsburg 1482. [9] 1483; Reise gedr. 1486.

Zweite Abtheilung.

Die neuere Zeit.

C^a. 1500 — auf die Gegenwart.

I. Vom Beginn der Reformation bis zum dreißigjährigen Kriege.

C^a. 1500 — c^a. 1620.

Volkspoesie neben gelehrter Literatur.

A. Kampf des Alten und Neuen. Reformation.

C^a. 1500 — c^a. 1550.

Maximilian I. 1493—1519. Karl V. — 1558. Luther's Thesen gegen den Ablaßhandel, 1517. Augsburger Confession, 1530. Jesuitenorden, 1540. Augsburger Religionsfriede, 1555.

1. Einfluß der classischen Studien.

§. 54. Die Begeisterung, mit welcher die classischen Studien seit dem 14. Jahrhundert in Italien getrieben wurden, theilte sich Deutschland erst spät mit. Während Friedrichs III. Regierung war hier die geistige Bildung fast gänzlich ins Stocken gerathen; die Aufmunterungen Einzelner, wie des geistreichen Italieners Aeneas Sylvius Piccolomini, hatten keine Wirkung. Dennoch brachen jene Studien sich in der Stille der niederländischen Schulen Bahn. Das Institut zu Deventer bildete wackere Zöglinge, von denen neue Lehranstalten gegründet wurden. Auf der Schule zu Zwoll legte Rudolf Agricola (Huysmann), ein Friesländer, (1443—1485), den Grund zu seiner Bildung und wurde einer der vorzüglichsten Beförderer der classischen Studien in Deutschland. Neben ihm sind vornehmlich Rudolf Lange, der Stifter der Schule zu Münster, Konrad Celtes (Schäfer) aus Franken († 1508), Johann Reuchlin aus Pforzheim († 1522), Desiderius Erasmus von Rotterdam († 1536) zu nennen.

Kaiser Maximilian unterstützte die Bestrebungen seiner Zeit; er ermunterte zum Studium der lateinischen Sprache und der Geschichte, und berief Konrad Celtes an die tiefgesunkene Wiener Universität, welche er mit einer fünften Facultät für Poesie und Mathematik vergrößerte. Kurfürst Friedrich der Weise stiftete 1502 die Universität Wittenberg, welche vorzugsweise Sitz der classischen Studien wurde, als Philipp Melanchthon (1497—1560) dort zu lehren anfing. Hier regte sich der Geist einer neuen Zeit.

§. 55. Die gelehrte Bildung wirkte nicht direct auf die Nationalliteratur; die Beschäftigung mit den Classikern lockte mehr zur Nachahmung der antiken Form und Sprache, und nur lateinischen Dichtern ward die Krönung mit dem Dichterkranze zu Theil (K. Celtes). Indeß versuchte man sich in Uebersetzungen alter Autoren und auch neuer lateinischer Schriftsteller, welche dadurch auch den Nichtgelehrten bekannt wurden. Doch tritt der Kampf zwischen dem Antiken und Mittelalterlichen in Deutschland mehr in der Wissenschaft, als in der Poesie hervor. Wie in dieser das Antike und Romantische verschmolz, vermag am besten die italienische Poesie zu veranschaulichen (Ariosto 1474—1533).

2. Didaktische und satirische Literatur, als Vorbereitung der Reformation.

§. 56. Je mehr bei zunehmender Aufklärung das Sittenverderbniß und die Gebrechen der Zeit in die Augen fielen, desto eifriger versuchten einsichtsvolle Männer eine Gegenwirkung und Reform durch Lehre und Satire, worin der Einfluß der classischen Studien nicht zu verkennen ist. Sebastian Brant (Brandt) aus Straßburg (1458—1522), ein Freund der classischen Bildung und durch juristische Kenntnisse als Lehrer und Geschäftsmann verdient, schilderte die Thorheiten und Laster der Welt in einem satirischen Lehrgedichte, dem Narrenschiff[1] (1494), das ungeachtet der trocknen Behandlung wegen der edlen Gesinnung und zeitgemäßen Tendenz mit allgemeinem Beifall aufgenommen ward, so daß mehrere Auflagen schnell vergriffen und Uebersetzungen in verschiedene Sprachen veranstaltet wurden. Thomas Murner (geb. zu Straßburg 1475, † zwischen 1531—37), ein gelehrter Theolog, aber ein Mann von unruhigem und zweideutigem Charakter, geißelte auf ähnliche Weise das Verderbniß seiner Zeit in zwei satirischen Lehrgedichten, der Narrenbeschwörung und der Schelmenzunft (1512), über die er selbst zu Frankfurt Predigten hielt.

Voll Kraft und von vielseitig anregender Wirkung auf das Zeitalter sind die (größtentheils lateinischen) satirischen Schriften des Ulrich von Hutten[2] (1488—1523), eines der männlichsten Kämpfer für Recht und Wahrheit gegen Fürsten und Geistlichkeit („Ich hab's gewagt!"). Als er an Luther's Kampfe Theil nahm, bequemte er sich auch zu der ihm minder geläufigen Muttersprache, z. B. „Klag' und Vermahnung gegen die übermäßige unchristliche Gewalt des Papstes zu Rom und die ungeistlichen Geistlichen" (1520), in deutschen Reimen abgefaßt.

[1] Neueste Ausgaben von A. W. Strobel, 1839, von J. Scheible (nebst Geiler's Predigten, Murner's Schelmenzunft u. a.), 1845, und am besten von Zarncke, 1854. [2] Leben von Wagenseil, 1823; von D. F. Strauß, 1857. 2 Thle. Werke, hgg. von Böcking, 1859 ff. (noch unvollendet).

§. 57. In diesem Zeitalter der Satire begegnen wir wieder der Thiersage in dem niederdeutschen Reineke Vos (1498). Als Grundlage erscheint der flämische Reinaert; doch tritt die im Geiste der Zeit gehaltene satirische Tendenz mehr hervor. Nicht nur diese, sondern vornehmlich die (besonders im ersten Theil) lebendige epische Darstellung erwarb dem Gedichte einen allgemeinen und dauernden Beifall; zahlreiche Uebersetzungen verbreiteten dasselbe fast über das ganze Europa. Als Verfasser nennt sich Hinrek von Alkmaar, vielleicht der niederländische Bearbeiter, dem der niederdeutsche Uebersetzer (schwerlich der Rostocker Professor Nikolaus Baumann, † 1526) gefolgt ist[1].

[1] Aelteste Ausg. Lübeck 1498. Neue Abdrücke von Gottsched (mit prosaischer Uebers.) 1752, u. And. [illegible] von Hoffmann, 1834. 2. A. 1853. Hochdeutsche Ueb[illegible]he, 1794; von Soltau, 1803; von Simrock, 1845.

§. 58. Unter den didaktischen Prosawerken vor Luther nehmen die Schriften Johann Geiler's von Kaiserberg (1445—1510, seit 1478 Prediger am Münster zu Straßburg) die erste Stelle ein, theils Erbauungsbücher (Trostspiegel, der Seelen Paradies 2c.), theils Predigten, denen er 1498 und 1499 auch Texteswolte aus Brant's Narrenschiff unterlegte.[1]

[1] F. W. Ph. von Ammon, Geiler's von K. Leben, Lehren und Predigen, 1826.

3. Martin Luther und die Reformation. Predigten und Kirchenlieder. Streitschriften, satirisches Volkslied.

§. 59. Es erhellt aus dem bisherigen Gange der Literatur, daß der Verfall des kirchlichen Lebens offenkundig war, und man sich des Mißverhältnisses zwischen der Kirche und der wissenschaftlichen Bildung mehr und mehr bewußt wurde. Dadurch wird es erklärlich, daß Luther's Auftreten eine der folgenreichsten Bewegungen im europäischen Völkerleben hervorrufen konnte, indem er den Kampf für die Befreiung des Geistes, für die Herstellung eines kirchlich-religiösen Lebens im Sinne des Evangeliums begann. (Martin Luther, geb. 10. Novbr. 1483 zu Eisleben: seit 1508 Lehrer an der Universität zu Wittenberg; 1517 Thesen gegen den Ablaß; † auf einer Reise zu Eisleben 18. Febr. 1546.)

Abgesehen von dem Reformationswerke, erscheint Luther auch in der Sprache umgestaltend und schöpferisch; sein Stil ist der Abdruck seiner Begeisterung und seines kräftigen Wollens, und zugleich klar und herzlich. Mag er in Streitschriften wider seine Gegner zu Felde ziehen und zur Verbesserung anmahnen (an den christlichen Adel deutscher Nation von des christlichen Standes Besserung, 1520; an die Rathsherren aller Städte deutschen Landes, daß sie christliche Schulen aufrichten und halten sollen, 1524 2c.); mag er mit dem Feuer der Beredsamkeit das religiöse Gefühl ergreifen (Kirchenpostille, 1527) oder in seinen Auslegungen und Katechismen (1529) die Religionslehren einfach vortragen; mag er in seinen Briefen tadeln und ermahnen oder die Sprache der Liebe und des Trostes reden: überall ist dieselbe einfache Kraft und Fülle des volksmäßigen, oft derben Ausdrucks, dieselbe Gewandtheit, dieselbe Tiefe des Gemüths[1].

Am schönsten treten diese Eigenschaften in seiner Bibelübersetzung[2] hervor, die er während seines Aufenthaltes auf der Wartburg (1521) begann, darauf in Wittenberg fortsetzte und 1534 vollendete. Dieses Werk hat einen großen Einfluß auf die gesammte Literatur und insbesondere auf die Gestaltung der deutschen Sprache ausgeübt, indem es die Grundlage für die Ausbildung des Neuhochdeutschen wurde (vgl. §. 43). Während des 16. Jahrhunderts wurden für den nördlichen Theil Deutschlands noch Bibelausgaben in niederdeutscher Mundart gedruckt.

Huldrych (Ulrich) Zwingli (geb. 1484 zu Wildhaus, seit 1519 Prediger am Münster zu Zürich, † in der Schlacht bei Cappel 1531) fühlte ebenfalls das Bedürfniß, in deutscher Sprache zum Volke zu reden. Seine Schriften[3] sind im gewöhnlichen Schweizerdialekte abgefaßt und blieben, da sie einem beschränkteren Kreise angehörten, ohne Einfluß auf die Sprachbildung. Die Züricher Bibel (1531) ist zum größeren Theil die in den Schweizerdialekt veränderte Luther'sche Uebersetzung. — Die Bibelübersetzungen der Katholiken, Emser's Uebersetzung des N. T. und Dietenberger's Uebersetzung des A. T. geben die Luther'sche mit geringen Veränderungen wieder.

[1] Luther's Briefe ꝛc., hgg. von de Wette, 1825 ff. 5 Bde. 6. Bd. von Seidemann, 1856). Luther's Werke, Wittenberg 1539 ff. Jena 1551 ff. Altenburg 1661 ff. Leipzig, 1729 ff. Halle (von J. G. Walch), 1734—53. 24 Bde. Erlangen (von Plochmann und Irmischer), 1826—57. 67 Bde (66. 67, Register). [2] Das neue Testament 1522, das alte Testament theilweise 1523—34, die ganze Bibel 1534. (Niederdeutsche Uebers. von Joh. Hodderßen, Prediger zu Hammelwarden an der Weser, hgg. von Bugenhagen, zuerst Lübeck, 1534). Ueberarbeitet 1541; Ausg. letzter Hand, 1545. H. Schott, Geschichte der Bibelübersetzung Dr. Luther's, 1836. G. W. Hopf, Würdigung der Luther'schen Bibelübersetzung ꝛc., 1847. [3] Ausg. seiner Werke von Schuler und Schultheß, 1828 ff. 10 Bde. (Bd. 1. und 2. die deutschen Schriften).

§. 60. Durch Luther wurden deutsche Predigt und deutscher Kirchengesang Hauptbestandtheile des öffentlichen Gottesdienstes. Bisher ward die geistliche Liederdichtung nicht von den Geistlichen begünstigt. Doch entstanden einige religiöse Volkslieder (z. B. Christ ist erstanden ꝛc.); auch wurden weltliche Lieder geistlich umgedichtet (Heinrich von Laufenberg) und von Mönchen Uebertragungen lateinischer Kirchenhymnen verfertigt (der Mönch Johannes von Salzburg, um 1400)[1].

Erst durch Luther erhielt das geistliche Lied seine Ausbildung. Seine (37) Lieder[2], an Kraft und Innigkeit von Wenigen erreicht, wurden die ersten Muster des evangelischen Kirchenliedes („Ein' feste Burg" ꝛc.; „Aus tiefer Noth" ꝛc.; „Komm heiliger Geist ꝛc. u. a.). Sowohl aus diesen als aus der Bibelübersetzung nahmen die protestantischen Theologen Ton und Form für ihre Kirchengesänge[3]; z. B. Paul Speratus (1484—1554 — „Es ist das Heil" ꝛc. „Ich ruf' zu dir" ꝛc.), Nicolaus Decius († 1541 — „Allein Gott" ꝛc.), „O Lamm Gottes" ꝛc.), Justus Jonas 1493—1555), Paul Eber (1511—69), Johann Matthesius (1504—65), Erasmus Alberus († 1553). Andere gehen mehr auf die Weise des schlichten Volksliedes ein, besonders Nicolaus Hermann († 1561 als Cantor in Joachimsthal): „Erschienen ist der herrlich' Tag" ꝛc. „Wenn mein Stündlein vorhanden ist" ꝛc. — Zu den protestantisch-didaktischen Poesieen gehören auch die zahlreichen poetischen Bearbeitungen der Psalmen, z. B. von Burkard Waldis, früher Franciscanermönch, zuletzt Pfarrer in Hessen, (1553), der Evangelien und Episteln, sowie die gereimten Gebete und Ermahnungen.

Auch in den Predigten bildeten sich Luther's Anhänger nach dem von ihm gegebenen Muster, obwohl ihn keiner zu erreichen vermochte; z. B. Joh. Bugenhagen († 1558), Joh. Matthesius.

[1] H. Hoffmann, Gesch. des deutschen Kirchenliedes bis auf Luther's Zeit, 1832. 2. A. 1854. [2] Erste Sammlung 1524. Ausg. von Walther, 1525. Ausgaben von Luther, 1533 und öfter; vollständigste Ausg. 1545. Neueste Ausgg. von Phil. Wackernagel, 1848; von K. E. Th. Schneider, 1856. [3] K. E. Ph. Wackernagel, das deutsche Kirchenlied von Luther bis auf N. Hermann und Ambrosius Blaurer, 1841. 2 Thle.; das deutsche Kirchenlied von der ältesten Zeit bis zu Anfang des 16. Jahrhunderts, 1862 ff. J. Mützell, geistliche Lieder der evangelischen Kirche aus dem 16. Jahrh., 1854. 2 Bde. F. A. Cunz, Gesch. des deutschen Kirchenliedes vom 16. Jahrh. bis auf unsere Zeit, 1855. 2 Thle.

§. 61. Noch eine andere Gattung der Literatur findet sich im Gefolge der Reformation, die der Streit- und Schmähschriften, welche Zeugnisse von der Aufregung der um die höchsten Güter kämpfenden Zeit sind. Mit ähnlicher Unumwundenheit der Satire, wie Luther, schrieben seine Anhänger, unter denen auch in dieser Hinsicht Erasmus Alberus zu nennen ist, dessen Spottschrift wider die Franciscaner „der Barfüßer Mönche Eulenspiegel und Alcoran“ (1542) von Luther mit einer Vorrede eingeleitet wurde. Die Anhänger der alten Lehre suchten die Angriffe mit gleicher Derbheit zu erwidern (Thomas Murner's Gedicht von dem großen lutherischen Narren, 1522, u. and.). Aus dem gelehrten Stande leitet der Faden dieser Literatur in die untern Volksclassen hinein, wo der derbe Volkswitz im satirischen Volksliede sich Luft machte. Auch die Fastnachtsspiele dienten als Form für die Satire gegen die Geistlichkeit; z. B. die Fastnachtsspiele des Niclaus Manuel zu Bern[1].

[1] Hgg. 1524 und öfter; neugedr. 1836. Niclaus Manuel's Leben und Schriften, von Grüneisen, 1837.

4. Fortschritte der didaktischen und historischen Prosa.

§. 62. War auch im kirchlichen Leben der Muttersprache ein größeres Recht eingeräumt, so behauptete sich doch in der strengern Wissenschaft die lateinische Sprache. Melanchthon, von dem die Deutschen wissenschaftliche Behandlung der Philosophie und Theologie lernten, schrieb meist lateinisch; doch waren Uebersetzungen gelehrter Werke nicht selten. In Luther's Auslegungen hatte die Lehrprosa eine hohe Ausbildung erlangt. Ihm nähert sich Johann Agricola († als Hofprediger zu Berlin 1566) durch seinen gebildeten populären Vortrag in den „Sprichwörtern (1529). Nicht minder werthvoll ist das ähnliche Werk (1541) des Sebastian Franck († um 1545), von dem auch theologische Schriften (z. B. Lob des göttlichen Wortes) herrühren. Wie sich die deutsche Prosa auch für andere Zweige der Wissenschaft ausbildete, beweisen die Schriften des großen Malers Albrecht Dürer (geb. zu Nürnberg 1471, † 1528): Unterweisung der Messung mit dem Zirkel und Richtscheit (1525); vier Bücher von menschlicher Proportion (1528) u. a.

§. 63. In der Geschichtsschreibung bedienten sich die Gelehrten noch vorzugsweise der lateinischen Sprache und bemühten sich die classische Form römischer Historiker nachzuahmen (z. B. Sleidan). Doch wurden auch Chroniken in deutscher Sprache immer häufiger und zugleich kritischer. Der trefflichste Historiker dieser Zeit ist Johann Turnmayr von Abensberg (1477—1534), genannt Aventinus, dessen bayersche Chronik[1] sowohl durch großartige Auffassung der Begebenheiten als durch lebendige Darstellung, worin der Einfluß der antiken Geschichtschreibung nicht zu verkennen ist, anzieht. Gewandter Ausdruck bei tiefer evangelisch-religiöser Auffassung der Geschichte ist auch von Sebastian Franck's Chroniken, einer Weltchronik und einer deutschen Chronik[2], zu rühmen.

Landes- und Stadtchroniken entstanden in allen Theilen Deutschlands, vornehmlich des protestantischen, sowohl in hoch- als in niederdeutscher Mundart. Als Beispiele dienen: Thomas Kantzow's († 1542) Chroniken von Pommern, die er zuerst niederdeutsch abfaßte und später dreimal hochdeutsch bearbeitete[3]; ferner die etwas jüngeren: die Schweizerchronik des Aegidius Tschudi[4] (1505—1572) aus Glarus und die preußische Chronik des Lucas David († 1583) aus Altenstein[5]. Anderen für die Zeitgeschichte brauchbaren Werken, wie den Selbstbiographieen des Götz von Berlichingen († 1562), des Sebastian Schärtlin und ähnlichen Werken, geht dagegen alles Verdienst der Sprachdarstellung ab.

Das allseitige Fortstreben des wißbegierigen Zeitalters giebt sich auch in den geographisch-statistischen Arbeiten kund, unter denen Sebastian Franck's „Weltbuch" (1534) und Sebastian Münster's († 1552) Cosmographie (1544) auch durch das Streben nach gefälliger Darstellung sich auszeichnen.

[1] Auszug 1522, vollständig latein. 1554, deutsch 1566. Th. Wiedemann, J. T., gen. Aventinus, nach Leben und Schr. 1858. [2] Chronica, Geschichte und Zeitbuch rc. (bis 1531, fortgesetzt bis 1536); Germania, von des ganzen Deutschlands, aller deutscher Völker Herkommen rc. 1538 und öfter. H. Bischof, Seb. Franck u. d. deutsche Geschichtschr. 1857. [3] Ausg. der niederdeutschen Chronica, nebst einem Bruchstück der dritten hochdeutschen Abfassung, von W. Böhmer, 1835. Ausgabe der ältesten hochdeutschen Abfassung von v. Medem, 1841; der zweiten (mit Ergänzungen von Andern) von Kosegarten: Pommerania, 1816. [4] Zuerst: Rhätia, hgg. 1538; ein Theil der Chronik, hgg. v. Iselin, 1734. 36. 2 Bde. Leben und Schriften Tsch., hgg. von J. Fuchs, 1805. 2 Bde. J. Vogel, Tsch. als Staatsmann und Geschichtschr. 1856. [5] Hgg. Königsb. 1812—17. 8 Bde.

5. Weltliche Poesie im Zeitalter Luther's.

§. 64. Der weltlichen Poesie war das Zeitalter nicht günstig. Die Richtung desselben war theils polemisch (und hier begegnen sich die Volkssatire und die Streitschriften der Gelehrten), theils theologisch-didaktisch, und diese leitet in die herrschend gewordene Gelehrtenpoesie über. Die Meistersänger bestehen als geehrte Genossenschaften fort. Der Meistergesang hatte seinen Hauptsitz in protestantischen Städten (Nürnberg, Straßburg u. s. w.); daher nahm er die „reine Bibelwahrheit" zu seinem Inhalt und schloß sich dem Lutherschen Bibeltexte an.

In diesem Sängerkreise finden wir den bedeutendsten Dichter dieses Zeitalters, den Nürnberger Schuhmacher **Hans Sachs** (1449—1576)[1]. Den trocknen Meistergesang konnte er freilich nicht beseelen, so viel er auch zur Blüthe der Nürnberger Schule beitrug; er scheint selbst auf die Gesänge der Singschule keinen Werth gelegt zu haben. Dagegen zeigt er sein heiteres, bewegliches Talent in andern Gattungen der Poesie, besonders in dem Schwank und in der didaktischen Erzählung. Er wurzelt noch in dem Boden der älteren Volksdichtung; aber der Geist der Reformation, die er in seinem Liede „die wittenbergische Nachtigall" 1523 freudig begrüßte, hat ihn durchdrungen (Kirchenlied: „Warum betrübst du dich mein Herz" rc.). Mit redlich-bürgerlichem Sinne überschaut er das Treiben der Welt, preist die Tugend und verfolgt die Laster und Thorheiten. In den älteren Dichtungen ist er mehr ernst und lehrhaft, so daß die allegorische Form vorherrscht; in den spätern geht er mehr auf das gewöhnliche Leben ein und stellt es in seinen Schwänken, komischen Legenden und Fastnachtsspielen, die uns unter die bürgerlichen Kreise führen, mit schalkhafter Laune dar.

Nach dem Zuschnitt des lateinischen Drama's, woher man wenigstens die Eintheilung in Acte und Scenen lernte, verfaßte er eine Menge von **Tragödien** und **Komödien** (je nach dem mehr oder minder schrecklichen Ausgange benannt), zu denen seine außerordentliche Belesenheit die Stoffe bald aus dem alten und neuen Testamente, bald aus den Sagen und Romandichtungen des Mittelalters (z. B. der trojanische Krieg, Alexander, der hörnene Siegfried, Tristan, Magelone), bald aus der Geschichte alter und neuer Zeit (z. B. Lucretia, schon 1527; Virginia, 1530) wählte; selbst den griechischen und römischen Dramatikern wurden Stoffe entlehnt. Der größere Theil seiner überaus zahlreichen Gedichte ist von geringem Werthe, und

Vieles wenig mehr als müssige Reimerei; allein wir finden überall Keime zu einer nationalen Entwickelung der Poesie.

[1] Samml. eines Theils der Gedichte, Nürnb. 1558 ff. 3 Bde. Fol. 1570 ff. 5 Fol. Kempten 1612 ff. 5 Bde. 4. — Ausw. von J. A. Göz, 1824—30, 4 Bde.; von G. W. Hopf, 1856. H. S. Leben und Wirken, aus seinen Dichtungen nachgewiesen von J. L. Hoffmann, 1847.

§. 65. Die Fabel und die poetische Erzählung war wegen der didaktischen und satirischen Tendenz in der Reformationszeit besonders beliebt und bildet den Uebergang von der Volkspoesie zur Gelehrtenpoesie. Luther's Fabeln (nach Aesop) verschafften dieser Dichtungsart Ansehen. Vortrefflich sind die Fabeln und Schwänke des Burkard Waldis[1], zum Theil auch die des Erasmus Alberus[2] mit polemischer Beimischung (vgl. über diese §. 60). Die Sammlungen von Schwänken (Peter Leu „der andere Kalenberger" durch Widmann gereimt) und von Anekdoten (Schimpf und Ernst von Johannes Pauli[3], verfaßt 1519) schließen sich an die ältere Volksliteratur an.

[1] Esopus ganz neu gemacht und in Reimen gefaßt mitsammt hundert neuer Fabeln, 1548. Ausg. von Kurz, 1862. 2 Thle. Ein niederdeutsches Fastnachtsspiel von B. Waldis: Der verlorne Sohn, (in Höfer's Denkmälern niederdeutscher Spr. und Lit. 1850. 2 Bdchn.) [2] Buch von der Tugend und Weisheit, 1534. 1539. (17 Fabeln); 1550 (49 Fabeln). [3] Abdruck von Dithmar, 1856. K. Veith, über den Barfüßer Joh. Pauli ꝛc. 1839.

§. 66. Das Drama wird in seiner volksmäßigen Richtung von Hans Sachs vertreten. Auch in den Städten der Schweiz zeigt sich ein lebhafter Eifer für das Volksschauspiel.[1] Daneben bildet sich, besonders in Sachsen und Hessen, mit der Wiederbelebung des Studiums der alten Sprachen (Nachahmungen und Uebersetzungen der Komödien des Plautus und Terenz) und der Verbesserung des Schulwesens die lateinische (Reuchlin, Thomas Naogeorg u. And.) und darauf auch die deutsche Schulkomödie aus. Der Inhalt ist meist biblisch oder steht in Beziehung zu eligiösen Zeitbewegungen. Sprache und Metrik befanden ı einem rohen, regellosen Zustande; in der Versmessung Sylbenzählung fast einzige Norm. Einen beachtenswerthen, gleich noch erfolglosen, Versuch, eine Sylbenmessung nach :n und Kürzen herzustellen, machte Paul Rebhun, Rector der Schule zu Zwickau (später in andern sächsischen Städten), in den Dramen „Susanna“ (1535 zu Zwickau aufgeführt) und „Hochzeit zu Cana“ (1538).[2]

[1] Emil Weller, das alte Volkstheater der Schweiz, 1863.
[2] Ausg. von H. Palm, 1858.

B. Verschwinden des Nationalen. Herrschaft der gelehrten Literatur. Aufnahme des Ausländischen.

Ca. 1550 — ca. 1620.

Ferdinand I. — 1564. (Schluß des Tridentiner Concils, 1563.) Maximilian II. — 1576. Rudolf II. — 1612. Matthias — 1619. Anfang des dreißigjährigen Kriegs, 1618.

1. Rückschritte deutscher Bildung während der kirchlichen Streitigkeiten.

§. 67. Die deutsche Nation war nicht bloß in die zwei feindlichen Hälften, Katholiken und Protestanten, getheilt, sondern auch die letzteren zerfielen unter sich in mehrere Parteien, die sich einander aufs schroffste gegenüberstanden. Der Gewissenszwang kehrte nach der Mitte des Jahrhunderts bei den Protestanten unter andern Formen zurück, und das neuerregte geistige Leben erstarrte unter der Unduldsamkeit und dem Wortgefecht auf Kanzel und Katheder. Es war eine natürliche Gegenwirkung, wenn einzelne mit lebhafter Phantasie begabte Männer auf die Abwege mystischer Schwärmerei geriethen, welcher die noch herrschenden abergläubischen Vorstellungen des Volkes (man gedenke der unzähligen Hexenprocesse) Nahrung und Anhang verschafften. Wie einsam der gründlich-wissenschaftliche Forscher stand, beweisen die Lebensschicksale des großen Astronomen J. Keppler (1571—1630). Bei der Zwietracht der Protestanten gewann die katholische Partei immer mehr Boden. Maximilians II. hochsinnige Duldsamkeit vererbte sich nicht auf seine Nachfolger. Die Jesuiten, mit dem Scheine gelehrter Ausrüstung und religiösen Eifers blendend, bemächtigten sich immer mehr der Leitung der süddeutschen Fürsten und des Jugendunterrichts in den katholischen Ländern. Am kaiserlichen Hofe, von wo Maximilian sie fern gehalten hatte, wurde ihr Einfluß herrschend unter Rudolf II., durch dessen Schwäche die innere Verwirrung aufs Höchste stieg. Der verheerende (dreißigjährige) Krieg brach aus (1618) unter trüben Aussichten für die Anhänger der evangelischen Lehre.

2. Verfall der Sprache in der wissenschaftlichen und rednerischen Prosa.

§. 68. Der Verfall der Sprache entspricht der Abnahme der geistigen Bildung. Der prosaische Vortrag, von Luther und mehreren seiner Zeitgenossen so vortrefflich ausgebildet, sank immer tiefer herab. Zwar erlangte der hochdeutsche Dialekt größere Herrschaft und verdrängte allmählich die niederdeutsche Mundart aus den Kirchen und Kanzleien; aber schon schlich das Unwesen der Sprachmengerei ein. An den Höfen und bei den höheren Ständen griff die Vorliebe für das Französische um sich, gefördert durch das Vordringen des Calvinismus und die Einwanderung flüchtiger Hugenotten. Die Gelehrten, um so stolzer auf ihr scholastisches Latein, je mehr die classischen Studien durch die theologischen Streitigkeiten verdrängt wurden, vernachlässigten die Muttersprache. Selbst die Predigten verlieren die Kraft des volksmäßigen Ausdrucks.

Am größten erscheint das Sprachverderbniß in den Schriften der Mystiker und Schwärmer, z. B. in den Werken (zum Theil Uebersetzungen) des Theophrastus (Paracelsus Bombastus) von Hohenheim († 1541)[1]; in den Schriften Valentin Weigel's, Predigers zu Zschopau im Erzgebirge († 1588)[2]. Anziehend durch ihren Gedankengehalt sind die Werke des Jacob Böhme[3], Schuhmachers zu Görlitz, (1575—1624), der mit tiefsinniger Mystik die höchsten Aufgaben der Philosophie zu erfassen suchte. Die vorzüglichsten derselben sind: Aurora (oder Morgenröthe im Aufgang) 1612; Beschreibung der drei Principien göttliches Wesens; dreifaches Leben des Menschen; Weg zu Christo; Betrachtung göttlicher Offenbarung.

Der fromme Johann Arndt (1555—1621), zuletzt Superintendent in Celle, ist einer der Wenigen, welche in evangelischem Geiste wirkten. Durch seine vier Bücher vom wahren Christenthum (1605 ff.), sein Paradiesgärtlein (1612), seine Postille 1616) und andere Erbauungsschriften hat er zur Beförderung eines milden, tröstlichen Christenthums in weitern Kreisen des Volks beigetragen[4]. Der tüchtige würtembergische Theolog Johann Valentin Andreä[5] (1586—1654) nimmt neben ihm eine vorzügliche Stelle ein (§. 73); doch hatte er weniger Einfluß auf das Volk, weil er seine besten Schriften in lateinischer Sprache abfaßte.

[1] Bücher und Schriften ꝛc. 1589. 90. 11 Bde. und öfter. [2] Bericht und Anleitung zur deutschen Theologey, 1571; güldener Griff, d. i. Anleitung, alle Dinge ohne Irrthum zu erkennen, 1587; [3] Böhme's Schriften erst nach seinem Tode gedruckt, die Aurora zuerst 1634. Ausg. von Gichtel, 1682. 10 Bde. Jacob Böhme's Leben und Lehre, dargestellt von W. L. Wullen, 1836. [4] Leben von F. Arndt, 1838. [5] Leben von Hoßbach, 1830.

§. 69. Die verderblichen Einflüsse der Zeit nimmt man auch in den Geschichtswerken wahr. Chroniken, wie Christoph Lehmann's († 1638) Chronik der freien Reichsstadt Speyer (1612), Johann Köster's (gen. Neocorus, † 1630) dithmarsche Geschichte (1616),[1] sind nur als Ausnahmen anzusehen. In der gelehrten Geschichtsforschung zeigt sich mehr Sammlerfleiß als klare Beherrschung des Stoffs; lateinische Sprache blieb hier in ihrer Geltung.

[1] Hgg. von Dahlmann, 1827. 2 Bde.

3. Johann Fischart.

§. 70. Der begabteste Schriftsteller dieses Zeitraums ist Johann Fischart (geb. zu Mainz oder Straßburg um 1545, um 1580 als Advocat in Speyer, um 1583 Amtmann zu Forbach bei Saarbrück, später in Straßburg, † 1589), dessen Humor man schon an den vielfachen Umwandlungen seines Namens erkennt, indem er sich auch Menzer (Mainzer) oder mit Umkehrung der Buchstabenfolge Reznem oder mit griechischer Namensform Elloposcleros[1] u. dgl. m. nennt. Unerschöpflich ist die Laune, die er über die Thorheiten nicht nur seiner Zeit, sondern der Menschheit überhaupt ausschüttet. Sie durchbricht in üppigem Erguß ihrer kecken Bitterkeit und Derbheit die Fesseln der Sprache, die er mit seltener Kraft beherrscht, und der herkömmlichen Formen; doch eine biedere, aller Unnatur und allem Heuchelwesen feindliche Gesinnung dient zur Grundlage und weiß auch die gemessene Sprache des strengen Ernstes zu reden. So steht er in seiner Manier auf der Seite der derben volksmäßigen Satire, während seine Bildung und Weltansicht überall den Gelehrten verräth. Sein berühmtestes Werk ist der satirische Roman Gargantua und Pantagruel,[2] eine völlig freie Bearbeitung des ersten Buches des Gargantua des Franz Rabelais († 1553). Zu derselben Gattung gehören mehrere andere satirische Schriften, worin er bald das Mönchthum geißelt, wie in dem „Bienenkorb des heiligen römischen Immenschwarms, seiner Hummelszellen" ꝛc. 1579,[3] nach dem Holländischen des Philipp Marnix von St. Aldegonde, und der „Legende und Beschreibung des ꝛc. vierhörnigen Hütleins ꝛc." 1580 (wider die Jesuiten),[4] bald den Aberglauben seiner Zeit verspottet (Aller Praktik Großmutter, 1572), bald durch gutmüthigen Scherz ergötzt, wie in dem „podagrammischen Trostbüchlein" (1577). In ernstem Tone sind das „philosophische Ehezuchtbüchlein" (1577), das Gedicht „Anmahnung zu christlicher Kinderzucht" und die Bearbeitung einiger Psalmen und geistlichen Lieder gehalten.[5] In engeren Grenzen, doch mit frischer Lebendigkeit bewegte er sich in dem erzählenden Gedichte das glückhafte Schiff,[6] worin die rasche Fahrt eines Schiffes von Zürich aus zum Straßburger Schützenfeste (d. 21. Juni 1576) geschildert wird, welches einen Topf mit warmem Hirsebrei den Straßburgern überbrachte, um diese durch solchen Beweis von der Nähe beider Städte auf eine heitere Weise zu überzeugen, wie schnell sie sich auch in Zeiten der Gefahr Hülfe bringen könnten.

[1] Von ἔλλοψ Fisch, und σκληρός hart. [2] Erste Ausg. 1575, unter dem Titel: Affenteuerliche und Ungeheurliche Geschichtschrift ꝛc. 2. Ausg. 1582 (Affentheurliche Naupengeheurliche Geschichtklitterung ꝛc. 10. Aufl. 1631. [3] Ausgabe von Eiselein, 1847. [4] Ausg. von Chr. Schad, 1845. [5] Fischart's geistliche Lieder und Psalmen aus dem Straßburger Gesangbüchlin von 1576, auch dessen Anmahnung zu christl. Kinderzucht ꝛc., hgg. (von Below und Zacher) 1849. [6] Ausg. von Halling, 1828.

4. Volkspoesie. Poesie der Gelehrten.

§. 71. Die Ritter- und Liebesromane waren beim Volke noch beliebt und wurden häufig gedruckt; z. B. das Buch der Liebe (eine Sammlung solcher Erzählungen), hgg. vom Buchdrucker Feierabend, Frankfurt 1587; die Uebersetzung des berühmten Romans Amadis von Gallia, zuerst 1561? (Vorrede von 1569); 1583 (13 Bücher); vollständig (24 Bücher) 1594. Vorzüglich reich ist dieser Zeitraum an lustigen und satirischen Geschichten, meist Sammlungen volksthümlicher Schwänke; auszuzeichnen ist das Volksbuch „das Lalenbuch“ (1597) oder „die Schildbürger“ (1598). Der vielschreibende Georg Wickram bearbeitete eine Reihe unterhaltender Erzählungen in seinem Rollwagenbüchlein (1555), ferner in dem „Goldfaden“ (1557) die „Geschichte von eines armen Hirten Sohn.“ Jacob Frey's Gartengesellschaft (1556), Hans Wilhelm Kirchhoff's Wendunmuth (1563. 1602. 3.) und ähnliche Anekdotensammlungen setzten diese Volksliteratur bis ins 17. Jahrhundert fort.

Gegen das Ende des 16. Jahrhunderts schwindet mit dem heitern Volkssinn jene Gattung von Volksbüchern mehr und mehr. Den ernsteren Charakter, nicht ohne Spuren des Einflusses der Verfinsterung, trägt schon der aus verschiedenen Ueberlieferungen hervorgegangene Roman vom Schwarzkünstler Faust (Johann Faust von Kundlingen, † kurz vor 1540) und Christoph Wagner.[2] Die Geschichte vom ewigen Juden, der sich seit 1547 in mehreren europäischen Städten gezeigt haben soll, wurde gleichfalls um diese Zeit als Volksbuch[3] bearbeitet.

[1] Hgg. von Cl. Brentano, 1809. [2] Aeltester Druck 1587; bearbeitet von G. R. Widman, 1599 f. 3 Bde., erweitert (verschlechtert) durch J. N. Pfitzer, 1674 (und öfter), neu hgg. von K. Simrock, 1846 und öfter; die Sage von Wagner, als Fortsetzung des Faust, zuerst 1593. Am vollständigsten nebst Abhandlung über die Sage in J. Scheible's Kloster, II. III. und Schatzgräber VI. VIII. Auszug als Volksbuch (auch als Puppenspiel). Vgl. die Sage vom Doctor Joh. Faust, untersucht von H. Düntzer, 1846. [3] Erster Druck 1602. Vgl. J. G. Th. Gräße, die Sage vom ewigen Juden rc. 1844.

§. 72. Die Kluft zwischen dem Volke und den Gelehrten erweiterte sich; selten vermochten sich diese der Formen ihres gelehrten Wissens so weit zu entäußern, um in ihren Dichtungen den Volkston zu treffen. Eben deßhalb verdient der Magdeburger Rector Georg Rollenhagen (1542—1609) eine rühmliche Erwähnung, der in dem Froschmäuseler, der Frösch' und Mäuse wunderbare Hofhaltung (1595), einem satirisch-didaktischen Gemälde der Welt, das die Einkleidung von der Homerischen Batrachomyomachie entlehnt hat, den Ton des Reineke mit Glück nachahmte. Es ist einer der letzten Versuche in der Thierfabel, die auf ein Jahrhundert verstummte. — Das lyrische Volkslied entartet immer mehr und giebt einen Beweis von der im Volke zunehmenden Rohheit. Eine Menge von Volksliedern war noch in Umlauf, sowohl auf fliegenden Blättern („gedruckt in diesem Jahr") als gesammelt in Liederbüchern.

Unter dem, was die Gelehrten dichteten, findet sich am meisten Volksmäßiges in den, meist von Predigern verfaßten, geistlichen Liedern, die schon zu bedeutender Anzahl anwuchsen (das Greifswalder Gesangbuch von 1597 enthält 600 Lieder). Kirchenlieder verbreiteten sich, gleich dem Volksliede, oft ohne Namen des Verfassers. Viele entstanden durch Umdichtung weltlicher Lieder. Einer der fruchtbarsten und trefflichsten Kirchenliederdichter ist Bartholomäus Ringwaldt[1] (geb. 1530 zu Frankfurt a. d. O., † als Prediger zu Langfeld in der Neumark, wahrscheinlich 1598), der sich zugleich als Lehrdichter hervorthat: „die lautere Wahrheit..... wie sich ein weltlicher und geistlicher Kriegsmann in seinem Beruf verhalten soll" (1585). Neben ihm sind hervorzuheben: Nicolaus Selnecker, † als Superintendent zu Leipzig 1592 („Ach bleib bei uns Herr Jesu" &c.); Philipp Nicolai[2], † als Prediger zu Hamburg 1608 („Wie schön leuchtet &c." „Wachet auf! ruft &c."); Ludwig Helmbold[3], † als Superintendent zu Mühlhausen 1598 („der deutsche Assaph"). Unter der großen Masse von Liedern ist indeß auch viel Mattes und Schwaches; dahin ist auch die Psalmenbearbeitung (nach französischen Paraphrasen) des Ambrosius Lobwasser, Professors zu Königsberg († 1585), zu rechnen (1573); der französischen Melodieen wegen, denen sie angepaßt war, kam sie vornehmlich in calvinistischen Kirchen und Schulen in Gebrauch.

[1] B. Ringwaldt u. Benj. Schmolck, ein Beitrag &c. von Hoffmann, 1833. [2] L. Curtze, Ph. Nicolai's Leben und Lieder, 1859. [3] L. Helmbold nach Leben und Dichten &c. von W. Thilo, 1851.

§. 73. Die Gelehrten, welche mit den lateinischen Dichtern vertraut waren, dichteten lieber in lateinischer, als in deutscher Sprache, und viele bewährten darin eine anerkennenswerthe Gewandtheit. Nur wenige bemühten sich, ihre Kenntnisse der metrischen Gesetze auf die Muttersprache anzuwenden; daher sind selbst die Gedichte des J. V. Andreä, welche durch edlen, religiösen Sinn anziehen, in Sprache und Versbau hart und ungelenkig: Christliche Gemäl, 1612; Geistliche Kurzweil, 1619; die Christenburg (eine Reihe allegorischer Gesänge), 1626.[1] Doch sind die Versuche Einzelner, die Metrik sowohl, als die Dichtersprache nach bestimmteren Gesetzen zu regeln, nicht zu übersehen. Dahin gehören die Nachbildungen des Hexameters und Pentameters, z. B. von Fischart[2]; ferner die Versuche in den künstlichen Formen der romanischen Sprachen, z. B. dem Sonett, worin ebenfalls Fischart mit seinem Beispiel voranging. Am angemessensten erschien bald das bei den Holländern und Franzosen gebräuchliche Versmaß des Alexandriners, dessen gemächliche Breite sich dem auch in der Poesie mehr und mehr nüchtern-verständigen Zeitalter ganz besonders empfahl (Ernst Schwabe von der Heyde, 1616).

Die erste Ausbildung einer weltlichen Gelehrtenpoesie ging von dem südwestlichen Deutschland aus. Paul Melissus-Schede (1539 — 1602, zuletzt Bibliothekar in Heidelberg) hat noch viel von der Volksmanier, versuchte sich aber in ausländischen Formen (Sonetten und Terzinen).[3] Aehnlich war die Poesie des Peter Denaisius (geb. zu Straßburg 1561, † zu Heidelberg 1610), so weit sich nach den geringen Ueberbleibseln über ihn urtheilen läßt[4]. Bedeutender ist Georg Rudolf Weckherlin (geb. zu Stuttgart 1584, seit 1620 Secretär der deutschen Kanzlei in London, † gegen 1651)[5]. Da er den größten Theil seiner männlichen Jahre in England verlebte, so hatte die englische Literatur nicht geringen Einfluß auf die Entwickelung seines Talents. Doch behielt er auch im Auslande ein Herz für die Schicksale seines Vaterlandes, und seine patriotischen Gesänge haben Feuer und Kraft, z. B. „des großen Gustav Adolfen Ebenbild. Das Sonett und das Hirtengedicht findet sich auch bei ihm. Wie bei den obengenannten Dichtern ist jedoch auch in seinen Poesieen die Sprache noch rauh; die Verskunst beruht auf Sylbenzählung, obwohl in seinen späteren Gedichten der Einfluß von Opitz' metrischer Reform nicht zu verkennen ist. Dem Volkstone nähern sich die Gedichte des Julius Wilhelm Zinkgref aus Heidelberg (1591—1635), so sehr ihn auch Freundschaft und Bewunderung in Opitz sein Muster erkennen ließen[6]. Als Prosaiker verdient er Beachtung wegen seiner Sammlung „deutsche Apophthegmata oder der Deutschen scharfsinnige kluge Sprüche"[7].

[1] Hgg. von K. Grüneisen, 1836. [2] W. Wackernagel's Geschichte des deutschen Hexameters und Pentameters bis auf Klopstock,

1831. [3] Bearbeitung der ersten 50 Psalmen (nach französischen Melodieen und Texten), 1572. Weltliche Gedichte in Zinkgref's Ausg. des Opitz, 1624. [4] In Zinkgref's Ausg. des Opitz, 1624. [5] Oden und Gesänge, 1618. 19. Geistliche und weltliche Gedichte, 1641. Vgl. F. Höpfner, G. R. Weckherlins Oden ꝛc. ein Beitrag ꝛc. 1865. [6] Gedichte in der Ausg. des Opitz, 1624. Soldatenlob (Nachbildung des Tyrtäus), 1632 (gedichtet 1622). [7] 1626, und später fortgesetzt. Auswahl von V. F. Guttenstein, 1845.

5. Dramatische Poesie.

§. 74. Lateinische und deutsche Schulkomödien wurden von Predigern und Schulrectoren in Menge verfaßt und bei öffentlichem Schulactus zur Aufführung gebracht. Die große Theilnahme der nichtgelehrten Bürger begünstigte den Gebrauch der deutschen Sprache. Daher wurden von den meisten lateinischen Stücken (z. B. des Nicodemus Frischlin, † 1590) auch deutsche Texte, oft von demselben Verfasser, angefertigt, und überhaupt die Schulkomödien mehr und mehr dem Volksgeschmack genähert. Je mehr außer den Studenten und Schülern die Bürger an den öffentlichen Aufführungen Theil nahmen, desto beliebter wurden burleske Volksscenen. Beispiele solcher volksmäßigen Schauspiele sind die Stücke des Martin Hayneccius aus Borna, Professors zu Grimma (1611), die er selbst ins Deutsche übertrug, z. B. Hans Pfriem oder Meister Kecks (1582); Franz Omichius', Lehrers zu Güstrow, „Comoedia von Dionisii Syracusani und Damonis und Pythiae Brüderschaft" (1578), worin die Bauern im mecklenburgischen Niederdeutsch reden; ferner die Sittengemälde: Johann Stricker's († 1598) „der deutsche Schlemmer" (1588), Bartholomäus Ringwaldt's „Speculum mundi" (1590). Martin Rinckhart's „der eislebische christliche Ritter" (1613) und „Thomas Münzer" (1625) behandeln Stoffe aus der Reformationsgeschichte.

§. 75. Eine noch größere Theilnahme fand das Schauspiel in den süddeutschen Reichsstädten, vornehmlich in Nürnberg, wo Hans Sachs bis in sein Alter für das Theater geschrieben hatte und die Bürgerschaft sich desselben eifrig annahm. Nicht geringen Einfluß auf die Entwickelung des Drama's hatte die Bekanntschaft mit dem englischen Theater, das damals in seiner höchsten Blüthe stand (W. Shakspeare 1564—1616). Schauspielertruppen reisten unter den Namen „englische Komödianten" gegen

1600 in Deutschland umher und brachten ihre Schauspiele von mehr weltlichem Inhalt und lebhafterer Handlung mit vielem Gepränge und daher mit größtem Beifall in Residenzen und Reichsstädten zur Aufführung. Schlechte Uebersetzungen von mehreren dieser Stücke, auch einigen von Shakspeare, nebst Nachahmungen „in englischer Manier", wurden später gedruckt (1620 ff.).

Der Einfluß der englischen Bühne ist unverkennbar in den Dramen des Herzogs Heinrich Julius von Braunschweig[1] (1564—1613), des ersten Fürsten, der eine stehende Schauspielertruppe an seinem Hofe hielt, des Georg Mauricius, Rectors zu Nürnberg († 1610): „von allerlei Ständen," „vom Schulwesen," „Graf Walther von Salutz und Griselde" u. and. und des Nürnbergers Jacob Ayrer, (schrieb gegen 1600, † 1605), der im Uebrigen sich an Hans Sachs' Manier anschließt und auch noch Fastnachtsspiele dichtet.[2] Seine Schauspiele sind theils nach den Sagen des Heldenbuchs (Otnit, Hug- und Wolfdietrich), theils nach altrömischen Geschichten (Roms Erbauung, Alba Longa, Tarquinius Priscus, Servius Tullius), meistens nach romanischen Geschichten und Novellen, einige ausdrücklich nach englischen Originalen gedichtet. Das Singspiel,[3] schon früher als lyrisches Zwischenspiel beliebt, hat er weiter ausgebildet. — Es war der Weg bezeichnet, auf welchem die Deutschen zu einem nationalen Drama hätten gelangen mögen; allein die Verhältnisse gestalteten sich bald anders.

[1] Nach alten Drucken und Handschr. hgg. von W. L. Holland, 1855. [2] Ausg. 1618: Opus theatricum, dreißig ausbündige schöne Komödien und Tragödien — sammt noch andern sechs und dreißig schönen, lustigen und kurzweiligen Fastnachts- und Possenspielen. [3] H. M. Schletterer, das deutsche Singspiel von seinen ersten Anfängen bis auf die neueste Zeit, 1863.

II. Vom dreißigjährigen Kriege bis zum Wiedererwachen des Nationalgefühls.

C^a. 1620 — c^a. 1740.

Ferdinand II. 1619 — 1637. Ferdinand III. — 1657. (Westphälischer Friede, 1648). Leopold I. — 1705. Joseph I. — 1711. Karl VI. — 1740.

A. Die Zeiten des dreißigjährigen Krieges und der Erschlaffung.

C^a. 1620 — c^a. 1680.

1. Der Krieg und dessen Folgen. Verschwinden der Volkspoesie. Fortbildung der Poesie unter den Händen der Gelehrten.

§. 76. Der dreißigjährige Krieg (1618—1648) brachte unermeßliches Elend über Deutschland. Das Volk wurde ausgeplündert; Handel und Gewerbfleiß lagen danieder; der Wohlstand der Städte schwand dahin. Konnte gleich die sittliche Kraft der Deutschen nicht vernichtet werden, so führte doch der fortwährende Kriegszustand, durch den die Waffenführung zum Gewerbe wurde, eine immer größere Verwilderung herbei, der die Erschlaffung der nationalen Bande folgte. Daher tritt das Volk und die Volkspoesie mehr und mehr in den Hintergrund. Gering sind die Ueberbleibsel älterer Nationaldichtungen; die alten Volksbücher erhalten sich noch, aber in immer dürftigerer Gestalt. Das historische Volkslied wird durch die Bewegungen des Krieges noch einmal wiedererweckt, aber es hat nur als Zeugniß von dem traurigen Zustande jener Zeiten Werth. Die höheren Stände sonderten sich noch mehr, als bisher, vom Volke ab. Der Adel begünstigte das Verderbniß der Sitte und Sprache durch die Sucht, mit ausländischer Bildung zu prunken; Reisen ins Ausland wurden häufiger. Von den Fürsten war wenig für Belebung der Volksbildung zu erwarten. Die Gelehrten wurden durch engherzige Abgeschlossenheit von dem Volke und wieder unter sich getrennt. Dem wissenschaftlichen Studium mangelte der Sinn für das Allgemeine; hier starres Formelwesen, dort Sammlerfleiß ohne geistiges Band. Selbst die Beschäftigung mit den Werken des Alterthums ging mehr auf Sprachfertigkeit und unkritisches Realienwissen aus, als auf tiefere Ergründung der Meisterwerke. Gleichwohl war der Geist, der von dorther kam, noch immer mächtig genug, um einem erschlafften Zeitalter eine höhere Weltansicht mitzutheilen, als die Gegenwart geben konnte.

§. 77. In der gelehrten Prosa blieb die lateinische Sprache herrschend. Daher bildete sich keine eigentliche deutsche Büchersprache fort, sondern man ließ in die deutsche Prosa das bunte Gemisch, das die Sprache der Conversation verunstaltete, ungehindert einfließen. Die deutsche Poesie fand dagegen im Gelehrtenstande eine sorgfältigere Pflege. Nicht nur räumte man hier der Muttersprache einen Platz neben, ja über dem Lateinischen ein, so daß auch die Dichterkrone nicht mehr an letzteres geknüpft war: man hielt sich auch von der Sprachmengerei frei, und zwar aus Grundsatz, so daß man die Strenge darin oft bis zur Pedanterie trieb. Die Sprachgesellschaften dieses Jahrhunderts haben in dieser Hinsicht große Wichtigkeit.[1] Die älteste und einflußreichste, die fruchtbringende Gesellschaft oder der Palmenorden,[2] wurde 1617 nach dem Muster italienischer Sprachgesellschaften von dem Fürsten Ludwig von Anhalt auf den Vorschlag Kaspars von Teutleben gestiftet, um deutsche Sitte und Sprache in ihrer Reinheit zu erhalten. Sie hatte ihren Sitz anfangs in Cöthen, dann in Weimar, endlich in Halle, und bestand bis 1680. Den Mittelpunct ihres Wirkens hat sie daher in Obersachsen, so daß durch sie die obersächsische Mundart aufs neue befestigt worden ist. Aus diesem Orden sind die übrigen Sprachgesellschaften, deren später Erwähnung geschehen wird, hervorgegangen.

Die gelehrten Dichter sagten sich von der Manier der älteren Volksdichtung völlig los; sie schlossen sich an die lateinischen Muster an, in derselben Weise, wie bereits die Gelehrtenpoesie in lateinischer Sprache die älteren Gattungen nachgebildet hatte. Die römische Mythologie wurde eingeführt; Phrasen künsteln und „sinnreiche Beiwörter" auffinden ward zur Hauptsache; Wahrheit und Unmittelbarkeit der Empfindung ging verloren. Die schleppenden Alexandriner wurden in den nichtlyrischen Gattungen das herrschende Versmaß. In dieser Geschmacksrichtung waren namentlich schon die Niederländer vorangegangen, die sich von dem gemeinsamen Sprachverband losgesagt und, von den Großthaten ihrer letzten Vergangenheit gehoben, in Wissenschaft und Dichtkunst ihre stammverwandten Nachbarn überholt hatten (Jacob Cats 1577—1660, Daniel Heinsius 1582—1655, Jost van den Vondel 1587—1679). Neben ihnen dienten die nüchtern-allegorischen französischen Dichter zu Mustern (Ronsard 1525—85 u. A.); bald gefielen auch die süßlich gespreizten Mariuisten (G. B. Marino 1569—1625), die in der Dichtung des südlichen Europa's herrschten. Die englische Poesie, von der eine schnell vorübergehende Belebung des Drama's ausgegangen war, ward kaum noch beachtet.

[1] O. Schulz, die Sprachgesellschaften des siebzehnten Jahrhunderts, 1824. [2] K. G. v. Hille, deutscher Palmbaum, 1647. (G. Neumark) der neusprossende deutsche Palmbaum, 1668. F. W. Barthold, Geschichte der fruchtbringenden Gesellschaft rc., 1847.

2. Reform der Sprache und Metrik durch Opitz und seine Anhänger (die erste schlesische Dichterschule).

§. 78. **Martin Opitz** (geb. zu Bunzlau 1597), vertraut mit der Poesie alter und neuer Zeit, selbst mit der älteren deutschen nicht unbekannt, zugleich mit vielseitiger gelehrter Bildung ausgerüstet, kann in mancher Hinsicht der Begründer der neueren deutschen Poesie genannt werden, indem er der deutschen Sprache Correctheit, Wohlklang und feste metrische Gesetze (Messung nach der **Betonung**) wiedergab; er nahm sich hierbei die holländischen Dichter, vornehmlich Daniel Heinsius, zum Vorbilde. Seinem poetischen Talente müssen wir das überschwängliche Lob versagen, welches ihm seine Zeit, die zunächst sein Verdienst um die Form bewunderte, gespendet hat, da es ihm an Tiefe und schöpferischer Phantasie fehlt; selbst die moralische Weltansicht, die sich in seinen Gedichten ausspricht, geht nicht aus dem Charakter und dem Innern des Gemüths hervor, sondern ist mehr eine angelernte Phrasenmoral. Außer den zahlreichen Gelegenheitsgedichten, der von ihm beförderten Modedichtung seiner Zeit, besitzen wir von ihm eine Reihe lyrischer Gedichte, sowohl weltliche als geistliche (z. B. Nachbildung des hohen Liedes, der Psalmen, der Sonn- und Festtagsepisteln rc.), nebst Sonetten und Epigrammen. Besonders fühlte er sich zur Lehrdichtung hingezogen: **Trostgedicht in Widerwärtigkeit des Kriegs**, 1621 in Jütland verfaßt; **Zlatna** (ein Flecken in Siebenbürgen, wo sich Opitz während seiner Anstellung an der Schule zu Karlsburg [Weißenburg] oft aufhielt) oder von der Ruhe des Gemüths, 1623; Vielgut (ein schlesischer Landsitz) oder vom wahren Glück, 1629. Aehnlich ist die poetische Behandlung in dem philosophisch-beschreibenden Gedichte Vesuvius, 1633, welches neben dem „Trostgedicht" die erste Stelle unter seinen Dichtungen einnimmt. Schon in diesen zeigt sich seine Neigung zur idyllischen Dichtung, die noch mehr in seiner Schäferei von der Nymphe Hercinia (1622) hervortritt, worin Prosa mit Versen abwechselt. Im dramatischen Fache arbeitete er nur als Uebersetzer, indem er Seneca's Trojanerinnen (1625) und Sophokles' Antigone (1636) sowie das italienische Singspiel Daphne nachbildete, welches 1627 in Torgau zur Vermählung einer sächsischen Prinzessin aufgeführt wurde. Seine Uebersetzungen hatten großen Einfluß auf die dramatische Literatur und wurden die Vorbilder sowohl für das ernste Drama als für die bald sehr beliebte Opernpoesie. Die Regeln seiner Verskunst stellte er in seinem Büchlein von der deutschen Poeterei (1624, 10. Aufl. 1678) zusammen[1]. — Opitz' Ruhm verbreitete sich über ganz Deutschland; Ferdinand II. ehrte 1625 den protestantischen Dichter mit dem Lorbeerkranze und erhob ihn 1628 in den Adelstand (Opitz von Boberfeld). 1629 ward Opitz Mitglied der fruchtbringenden Gesellschaft. Auf der Höhe des Dichterruhms in der Kraft der männlichen Jahre wurde er 1639 zu Danzig von der Pest hingerafft.

An Opitz entzündete sich ein lebhafter Eifer für die Dichtkunst, nicht nur in Schlesien, sondern auch in andern Theilen Deutschlands. Alles, was auf gelehrte Bildung Anspruch machte, übte die Verskunst; auch die Frauen blieben nicht zurück, und die Sprachgesellschaften nahmen sie auf. Universitätslehrer bemühten sich, durch Lehre und durch Beispiel der deutschen Poesie mehr Eingang zu verschaffen. Wenn gleich eine Masse von werthlosen Reimereien, besonders durch die herrschend gewordene Gelegenheitspoesie, zu Tage gefördert wurde, so finden wir doch auch manche ausgezeichnete Dichter, die nur in der Form für Opitz' Nachfolger (erste schlesische [protestantisch-norddeutsche] Dichterschule) gelten können und im Uebrigen ihren eignen Weg einschlugen.[2]

[1] Schon 1618: Aristarchus sive de contemptu linguae teutonicae. Erste Ausgabe der Opitz'schen Schriften von Zinkgref, 1624; von Opitz selbst 1625, und später vervollständigt, am besten 1637 und 1641. Erweiterte (doch nicht vollständige) Ausg. Breslau 1690. 3 Bde. — M. Opitz, eine Monographie von Fr. Strehlke, 1856; von Weinhold, 1862. [2] Vgl. Schlesiens Antheil an der deutschen Poesie, von August Kahlert, 1835. — Auswahl aus den Dichtern des 17. Jahrh. nebst Biographieen: W. Müller's Bibliothek deutscher Dichter 2c. fortgesetzt von Karl Förster, 1822—38. 14 Bde.

3. Lyrische Dichtung. Geistliches Lied.

§. 79. Opitz' Beispiel hatte zunächst in Schlesien einige junge Dichter aufgemuntert; bis auf die Schuljugend erstreckte sich diese Einwirkung, wovon Andreas Scultetus aus Bunzlau, Gymnasiast zu Breslau (seit 1639), einen Beweis giebt[1]. Andreas Tscherning aus Bunzlau (1611—59) schloß sich treu seinem Vorbilde an und zeichnete sich, wenn gleich nicht durch Gedankenreichthum, doch durch metrische Gewandtheit aus[2]. Er wirkte später (seit 1644) als Lehrer der Dichtkunst an der Universität zu Rostock, wo schon ein lebhafter Eifer für deutsche Dichtkunst angeregt war. Der begabteste aller schlesischen Dichter ist Andreas Gryphius, von dem wir außer den dramatischen Werken vortreffliche lyrische Gedichte, namentlich Sonette, besitzen[3] (s. §. 84).

Fast in noch höherem Grade als Schlesien ward Sachsen der Mittelpunct für die neuen poetischen Bestrebungen. Hier hatte die fruchtbringende Gesellschaft ihre thätigsten Mitglieder. In Wittenberg lehrte August Buchner aus Dresden (1591—1661) nach Opitz'schen Grundsätzen[4] und bildete um sich einen Kreis von jungen Dichtern. — Sachsen war auch das Vaterland des größten Lyrikers dieser Zeit, Paul Flemming (Fleming), der 1609 zu Hartenstein an der Mulde geboren wurde. Bald nach Beendigung seiner medicinischen Studien schloß er sich der Gesandtschaft an, welche Herzog Friedrich von Holstein an den russischen Czaren (1633) sandte, und später (1635) einer größeren nach Persien, für welche jene um Durchzug gebeten hatte. Er starb zu Hamburg nicht lange nach seiner Rückkehr 1640. In ihm war eine lebhafte, durch vielfache äußere Anregungen gehobene Phantasie mit einem für heitern Lebensgenuß empfänglichen, von Liebe und Gottvertrauen erfüllten Herzen vereinigt. Seine besten Gedichte sind in den fünf Büchern der Oden und in den drei Büchern der Sonette enthalten[5]. — Neben ihm verdient sein Freund und Reisegenoß Adam Olearius aus Aschersleben (1600—1671) eine Stelle, welcher in lobenswerther Prosa die Gesandtschaftsreise geschildert hat[6]. Um die poetische Literatur hat er sich durch eine Bearbeitung von Saadi's (eines der berühmtesten persischen Dichter des 13. Jahrhunderts) Gulistan oder Rosengarten, einer Sammlung von Fabeln, Parabeln und Sprüchen in Prosa und Versen (nebst Lokman's Fabeln), verdient gemacht[7].

Simon Dach (1605—59), seit 1639 Lehrer der Dichtkunst zu Königsberg, machte Opitz' Manier in Preußen geltend. Er behandelte das eigentliche Lied mit Leichtigkeit und Anmuth, so daß er sich zuweilen dem Ton des alten Volksliedes nähert (z. B. „Anke von Tharaw" im preußischen Volksdialekte). Nicht minder flossen die Lieder voll religiöser Wärme aus der Tiefe seines Herzens („Ich bin ja, Herr, in deiner Macht" ꝛc. „O wie selig seid ihr doch, ihr Frommen" ꝛc.). Sein Freund Robert Roberthin (1600—48), Rath und Regierungssecretär zu Königsberg, hat sich ebenfalls als Dichter bekannt gemacht. Heinrich Albert aus Lobenstein im Fürstenthum Reuß (1604—68), seit 1631 Organist zu Königsberg, hatte durch seine musikalischen Arbeiten einen bedeutenden Einfluß auf jenen Dichterkreis, dem er sich zugleich als Verfasser geistlicher Lieder („Gott des Himmels und der Erden" ꝛc.) anschließt[8]. Zu demselben Kreise gehörten eine Zeitlang der Schlesier Christoph Kaldenbach (1613—98), der später zu Tübingen mit vielem Erfolge als Lehrer der Dichtkunst und Beredsamkeit wirkte. Dagegen steht Esaias Römpler von Löwenhalt, der Stifter der Tannengesellschaft zu Straßburg (1633), die nur kurze Zeit bestand, den oberrheinischen Dichtern (§. 73) näher, wie denn auch Weckherlin Mitglied der Tannengesellschaft war.

[1] Oesterliche Triumphposaune, 1642. Ausgabe von Lessing, 1771. [2] Deutscher Gedichte Frühling, 1642. 46. [3] Erste Sammlung von Gryphius' Epigrammen und Sonetten, 1639. [4] Kurzer Wegweiser zur deutschen Dichtkunst, 1663. W. Buchner: August Buchner, sein Leben ꝛc. 1863. [5] Erste Ausg. Lübeck, 1642. Flemming's erlesene Gedichte und Leben von G. Schwab, 1820. Biographie von Varnhagen von Ense in dessen biogr. Denkmalen, Bd. VI. 1827. Neue orientalische Reisebeschreibung, 1647. (Moskowitische und Persianische

Reisebeschreibung, 1656). [7] Persianisches Rosenthal, 1654. [8] A. Gebauer, Simon Dach und seine Freunde als Kirchenlieder-Dichter, 1828.

§. 80. Die geistliche Liederdichtung war ein Hauptzweig der Lyrik und wurde am wenigsten von fremden Einflüssen beherrscht; sie war daher die einzige Dichtgattung, die echt-deutsch und volksthümlich blieb, obwohl auch sie die neuen Kunstformen annahm. Noch bewahrt sie die Wärme und Kraft des Glaubens, erstarkt unter den Drangsalen der Zeit. Der bedeutendste unter den älteren Kirchenlieder-Dichtern ist Johann Heermann (1585—1647), 1611—1638 Prediger zu Köben im schlesischen Fürstenthum Glogau (1608 auf Befehl Rudolf's II. mit dem Lorbeerkranze geehrt) — („Herzliebster Jesu, was hast du" rc. „So wahr ich lebe, spricht dein Gott" rc. „O Gott, du frommer Gott" rc. „O Jesu, Jesu, Gottessohn" rc.). In Opitz' geistlichen Liedern wird die künstliche Form zur Hauptsache. Der Verdienste der Königsberger, Dach und Albert, ist schon gedacht worden (§. 79). Rist: s. §. 88).

Paul Gerhardt (1607—76) ist der vorzüglichste Vertreter der geistlichen Lyrik.[1] Als er wegen seines Widerstandes gegen einige Religionsedicte des Kurfürsten Friedrich Wilhelm seiner Stelle als Diaconus zu Berlin verlustig ging (1667), folgte ihm die Verehrung seiner Zeitgenossen und das gläubige Vertrauen, das nicht getäuscht wurde, indem ihn die Gemeinde zu Lübben (in der Lausitz) 1669 als ihren Diaconus aufnahm: („Befiehl du deine Wege" rc. [schon vor 1660]. „Wach' auf, mein Herz, und singe" rc. „Ich singe dir mit Herz und Mund" rc. „Nun ruhen alle Wälder" rc. „O Haupt voll Blut und Wunden" rc. „Sollt' ich meinem Gott nicht singen" rc.).

Neben ihm stehen Johannes Franck (1618—77), Bürgermeister zu Guben in der Niederlausitz, („Schmücke dich, o liebe Seele" rc.)[2], Georg Neumark (1621—81), Bibliothekar zu Weimar, („Wer nur den lieben Gott läßt walten" rc.) und Joachim Neander[3], geb. zu Bremen 1650 (nicht 1610), 1674—79 Rector zu Düsseldorf, dann reformirter Prediger in Bremen, † 1680 („Lobe den Herrn den mächtigen" rc. „Jehovah ist mein Licht" rc. „Wie fleucht dahin der Menschen Zeit" rc.), in deren Liedern sich religiöse Innigkeit mit einfachem Ausdruck vereinigt. Mehrere Kirchenlieder rühren von Fürsten, z. B. Herzog Anton Ulrich von Braunschweig und Lüneburg (1623—1714), und Fürstinnen her, z. B. das Lied „Jesus meine Zuversicht" von der hochherzigen Luise Henriette († 1667), der Gemahlin des Kurfürsten Friedrich Wilhelm von Brandenburg.

[1] Haus- und Kirchenlieder, zuerst 1667. Ausg. von Feustking, 1707 und öfter. Viele neuere Abdrücke, am besten von Langbecker (Leben und Lieder von Paul Gerhardt, 1841), Otto Schulz (P. G. geistliche Andachten in 120 Liedern 2c. mit Anmerkungen, einer geschichtlichen Einleitung und Urkunden, 1842) und K. F. Ph. Wackernagel, 1843. — P. Gerhardt, nach seinem Leben und Wirken dargestellt von E. G. Roth, 1829. 2. A. 1832. C. A. Wildenhahn, P. Gerhardt. Kirchengesch. Lebensbild 2c. 1845. [2] J. Franck's geistliche Lieder, hgg. von Pasig, 1846. [3] J. Neander's Leben und Lieder. Von R. Vormbaum, 1860.

§. 81. Gering ist, was das katholische Deutschland in deutscher Poesie leistete. Das Beste wurde in lateinischer Sprache gedichtet, z. B. von Jacob Balde (1603—68), einem bayrischen Jesuiten, der aber sogleich ins Platte verfällt, wenn er, um populär zu sein, sich in deutscher Sprache auszudrücken versucht; z. B. Ehrenpreis Mariä. Auszeichnung verdient vor Allen der fromme Jesuit Friedrich von Spee (1595—1635), Professor zu Köln, später zu Hildesheim und Trier, auch bemerkenswerth als Bekämpfer der Hexenprozesse.[1] Ueberall kleidet er sein inniges Gefühl in das Gewand religiöser Andacht, wobei er vom Zarten und Lieblichen nicht selten ins Gezierte geräth; er erinnert mehr an den religiösen Minnegesang, als an die Opitzianer, denen er im Versbau sich nähert, ohne sie zum Muster genommen zu haben.[2] Diese Art des geistlichen Liedes findet sich auch bei einem Theil der protestantischen Dichter wieder (Scheffler, §. 82).

[1] Cautio criminalis s. de processibus contra sagas liber, auctore incerto theologo romano, 1631 und öfter. [2] Sammlung: Trutz Nachtigall, 1649. Güldenes Tugendbuch (größtentheils in Prosa), 1649. Neuester Abdruck seiner Gedichte von Hüppe und Junkmann (mit biographischer Einleitung), 1841.

4. Lehrdichtung. Epigramme. Satiren in Versen und Prosa.

§. 82. Obwohl Opitz im eigentlichen Lehrgedicht nur wenig Nachfolger fand, so behielt doch die Poesie die didaktische Richtung, wenn auch unter andern Formen. Es war Grundsatz, daß die Poesie, um einen würdigen Zweck zu haben, durch Moral und Gelehrsamkeit nützen müsse: dies zeigen schon die lyrischen Poesieen, vornehmlich die geistlichen Lieder. Fabel und Parabel hatten aufgehört, die Hauptgattung des Didaktischen zu sein; die Poesie ist epigrammatisch geworden, und das Sinngedicht tritt in den Vordergrund, bald spruchartig, bald satirisch zugespitzt. Es entstanden Uebersetzungen der bedeutendsten Epigrammendichter alter und neuer Zeit (Martial's, Owens u. a.); mehrere der oben genannten Lyriker (z. B. Gryphius, Flemming) haben sich auch im Sinngedichte versucht.

Scharfe Beobachtung der sittlichen und politischen Zustände macht die Sinngedichte des Schlesiers Friedrich von Logau (1604—55) zu einem der schätzenswerthesten Erzeugnisse dieser Zeit, wenn sie gleich, in Nebenstunden flüchtig hingeworfen, in der Form vernachlässigt und an Werth sehr ungleich sind. [1] Johann Scheffler aus Breslau (1624—77), bekannt unter dem angenommenen Namen Angelus Silesius, welcher 1653 zur katholischen Kirche übertrat und in Breslau in geistlichen Aemtern wirkte, gebraucht die epigrammatische Form für seine religiöse (pantheistisch-mystische) Poesie. [2] Viele seiner geistlichen Lieder [3] zeichnen sich durch Innigkeit des Gefühls aus („Liebe, die du mich zum Bilde"; „Mir nach, spricht Christus, unser Held").

[1] Reimsprüche Salomon's von Golaw, 1638; S. v. G. deutscher Sinngedichte drei Tausend, o. J. (1654). Auswahl (überarbeitet) von Lessing und Ramler, 1759. 1791. [2] Cherubinischer Wandersmann, anfangs unter dem Titel: geistreiche Sinn- und Schlußreime, 1657 und öfter. [3] Heilige Seelenlust oder geistliche Hirtenlieder der in ihren Jesum verliebten Psyche, 1657 und öfter. Sämmtl. poetische Werke, hgg. von D. A. Rosenthal, 1862. Vgl. Angelus Silesius, eine literar-historische Untersuchung von A. Kahlert, 1853.

§. 83. Die poetische Satire erhielt einen neuen Aufschwung besonders in den nördlichen deutschen Landschaften. Den älteren nationalen Dichtungen steht noch Hans Wilmsen Lauremberg (1591—1659), Lehrer der Mathematik zu Rostock (1619—24) und später zu Soröe, nahe. In seinen mehr heiteren als strafenden „Scherzgedichten" [1] bediente er sich der niederdeutschen Mundart. Andreas Gryphius („Strafgedichte") und Joachim Rachel [2] (1618—69), aus dem Dithmarschen, seit 1660 Rector zu Norden in Ostfriesland und seit 1667 zu Schleswig, ahmten den strengen Ton der römischen Satiriker nach.

An die poetischen Erzeugnisse reihen sich mehrere in Prosa verfaßte satirische Gemälde dieser an Verkehrtheiten so reichen

Zeit. Freimüthigkeit und sittlicher Ernst beherrschte den, in einem bewegten Leben gereiften, Hans Michael Moscherosch (geb. 1601 zu Wilstädt in der Herrschaft Hanau-Lichtenberg (unweit Straßburg), † als hanauischer Kanzlei-, Kammer- und Consistorialpräsident 1669), welcher nach dem Vorbilde der sueños des Spaniers Don Francisco de Quevedo Villegas seine Sittenschilderungen in der Form von Traumgesichten verfaßte: Wunderliche und wahrhafte Gesichte Philanders von Sittewald, d. i. Strafschriften H. M. Moscherosch.[3] Dies Werk fand großen Beifall sowie zahlreiche Fortsetzer und Nachahmer. Es macht den Uebergang zu den satirischen Romanen. — Durch gleiche edle Gesinnung und eine noch reinere Prosa zeichnen sich die Sittenschilderungen und Parabeln des Schlesiers Samuel von Butschky (geb. 1612, † 1678 als kaiserlicher Rath zu Breslau) aus.[4]

Satirischen Sittengemälden und Strafpredigten begegnen wir auch häufig unter den Schriften der Theologen. Treffender Witz, klare Einsicht in das Treiben der Welt, redliche, tüchtige Gesinnung giebt den zahlreichen bald ernsten, bald humoristischen Flugschriften[5] des Johann Balthasar Schupp (Schuppius) (geb. zu Gießen 1610, seit 1649 Prediger zu Hamburg, † 1661) einen großen Werth. Die Verbindung von Satire und Sittenpredigt finden wir noch am Schluß des Jahrhunderts bei Abraham a Sancta Clara (eigentlich Ulrich Megerle), Hofprediger zu Wien (1642—1709). Seine zahlreichen Predigten und Volksschriften sind von Begeisterung für Religion und tugendsamen Wandel durchdrungen und haben einen Schatz von schlagendem Witz und freimüthigem Spott, wodurch der Leser für die Seltsamkeit, ja Geschmacklosigkeit seiner Manier entschädigt wird.[6]

[1] Veer Schertzgedichte. (I. Van der Minschen itzigem Wandel und Maneeren. II. Van almodischer Kledertracht. III. Van almodischer Sprake und Titeln. IV. Van Poesie und Rymgedichten.) 1652. Ausg. von Lappenberg, 1861. [2] Rachel's satirische Gedichte, 1664. 68. Ausg. mit Biogr. von H. Schröder, 1828. [3] Seit 1640 einzeln; gesammelt 1643 u. 1650. 2 Bde. Neue Ausg. von Dittmar, 1830. 1. Bd. (nur die 4 ersten Gesichte). [4] A—Z! fünfhundert sinnen-, geist-, und lehrreiche Reden 2c. 1666; Pathmos, enthaltend sonderbare Reden und Betrachtungen 2c. 1667; Rosenthal 2c. 1679; Auszüge in Hoffmann's Spenden zur deutschen Lit. I. 1844. [5] Gedenk daran Hamburg, 1656; Salomo oder Regentenspiegel, 1659

u. s. w. Sammlung: Lehrreiche Schriften, 1663. Leben von Wachler in dessen vermischten Schriften, 1835. Thl. I. J. B. Schuppius &c. von A. Vial, 1857; von K. E. Bloch, 1863. [6] Judas der Erzschelm &c. 1689; Reim dich oder ich liß dich (eine Sammlung von Flugschriften 1688); Etwas für Alle &c. 1699. Ganz neu ausgehecktes Narrennest, 1707, u. v. a.

5. Das Drama. A. Gryphius.

§. 84. Bei der allgemeinen regen poetischen Thätigkeit mußte auch endlich dem Drama eine größere Aufmerksamkeit von Seiten der gelehrten Dichter zu Theil werden. Schon Opitz fühlte das Bedürfniß einer Reform des Drama's, aber in richtiger Schätzung seiner Kräfte hatte er sich nicht an eigene Schöpfungen gewagt, sondern nur durch Uebertragungen auf antike Muster hingewiesen; in ähnlicher Absicht hatte auch die fruchtbringende Gesellschaft 1620 eine neue Uebersetzung des Terenz veranstaltet. Allein die italienischen Singspiele und Schäferstücke, zu denen auch Opitz mit der Bearbeitung der Daphne einen Beitrag geliefert hatte, fanden mehr Nachahmung.

Die Würde der Tragödie erkannte zuerst Andreas Gryphius (geb. zu Glogau 1616), der selbstständigste Dichter dieser Literaturperiode, auf dessen lyrische und epigrammatische Dichtung schon (§. 79) aufmerksam gemacht worden ist. Als Jüngling den Unruhen in der Heimat entfliehend, widmete er sich in Holland den gelehrten Studien und lernte als Reisebegleiter Frankreich und Italien kennen. Nach seiner Rückkehr ins Vaterland bekleidete er seit 1650 die Stelle eines Landsyndicus des Fürstenthums Glogau bis an seinen 1664 erfolgten Tod. Dem Drama des Seneca und dem der Holländer (Jost van den Vondel) entnahm er die Grundsätze, nach denen er der deutschen dramatischen Kunst eine edlere Richtung geben wollte („Vater der deutschen Tragödie"). Seine Stücke enthalten manche lebendige Schilderung und manche ergreifende Scene, worin der Reichthum seiner dichterischen Phantasie oder die Würde seines sittlichen Charakters hervortritt. Dagegen läßt er sich vielfache Fehler in der Anlage und Darstellung der Charaktere zu Schulden kommen, sowie er durch rhetorische Uebertreibung und Anhäufung des Gräßlichen die poetische Wirkung nicht selten wieder vernichtet. Unter seinen sieben Trauerspielen ist Cardenio und Celinde (nach einer italienischen Novelle, 1647) vielleicht das werthvollste, wenn er gleich in dem Leo Armenius (1646) und den späteren: die heilige Felicitas (1647), Katharina von Georgien (1647), Carolus Stuardus (1650, umgearbeitet 1663) und dem sterbenden Papinianus (1659) nach größerem tragischen Effecte strebt. Lyrische Chöre („Reien") schließen die einzelnen Acte.

Daß er zum Lustspiel ausgezeichnete Anlage besaß, beweisen die seinen späteren Jahren angehörenden „Schimpf- und Scherzspiele": Herr Peter Squenz (1657?), Horribilicribrifax (1661?)[1] und das in das Singspiel „das verliebte Gespenst" (1660) eingelegte Scherzspiel die geliebte Dornrose[2] (in schlesischer Mundart), in denen er sich dem einfachen Volkstone nähert.

Dem Volke lag die höhere Gattung des Drama's fern; daher dauerte daneben noch viel von der früheren Manier, nur noch mehr und mehr ins Rohe gezogen, fort: Possenspiele, satirische Stücke mit Beziehung auf die Zeitereignisse, auch geistliche Stücke nach alt- und neutestamentlichen Geschichten. Letztere gingen selbst in die Oper über, welche in der zweiten Hälfte des Jahrhunderts die Bühnen der bedeutenderen Städte beherrschte (§. 94).

[1] Ausg. (unvollständig) 1657. 1663 und durch Chr. Gryphius, 1698. Leben von Bredow in dessen nachgelassenen Schr. 1816. A. Gryphius, als Dramatiker von O. Klopp, 1851. Ueber A. Gryphius, von J. Herrmann, 1851. [2] Hgg. (mit Einleit.) von H. Palm, 1854.

6. Ausartung der Poesie in verschiedenen Richtungen.

§. 85. Ungeachtet des Fortschrittes in der Behandlung der metrischen Form war doch kein fester Haltpunct des Geschmacks gewonnen. Indem Opitz und die sich ihm anschließenden Theoretiker das Wesen der Poesie mehr in äußerlichen Dingen suchten, gaben sie Veranlassung, daß auch die nüchternste Reimerei für Poesie ausgegeben wurde. Die Ausartung der von ihm ausgegangenen Geschmacksrichtung folgte ihm auf dem Fuße nach. Man fühlte die Leere und Kälte der phantasielosen Correctheit; jedoch statt zur Naturwahrheit den Weg zu finden, verfiel man in geschmacklose Ziererei, um anmuthig, und in hohle Schwülstigkeit, um erhaben zu erscheinen. Die holländischen und französischen Muster vergaß man jetzt über den Erzeugnissen der damal zu tändelndem Wortgeklingel herabgesunkenen italienischen un spanischen Literatur.

Für epische Dichtung war der Sinn erstorben. Auf Tasso und Ariost hatte vergebens Dietrich von dem Werder (1584—1657) durch Uebersetzungen (in Alexandrinern) hingewiesen.[1] Was wir in der epischen Gattung besitzen, ist nur eine breite Chronikenerzählung in Reimen mit etwas allegorischem Beiwerk; z. B. Sebastian Wieland's Held von Mitternacht (Gustav Adolf), 1633; Johann Freinsheim's (des berühmten Philologen) Gesang von dem Stamm und Thaten des alten und neuen deutschen Hercules (Bernhards von Weimar), 1639. — Verfolgen wir die einzelnen Richtungen, wie sie in verschiedenen Theilen Deutschlands hervortreten.

[1] (Tasso) Gottfried rc. oder das erlösete Jerusalem, 1626; 1651. Ariosto, Gesänge vom rasenden Roland [30 Gesänge], 1632—36. 4 Thle. Die Historia vom rasenden Roland rc., 1636 (Ges. 1—30).

a. Die Nürnberger Dichterschule oder die Hirten an der Pegnitz.

§. 86. Georg Philipp Harsdörffer (1607—58), ein Nürnberger Rathsherr, der sich auf Akademieen und mehrjährigen Reisen viel gelehrtes Wissen und vorzügliche Sprachkenntnisse erworben hatte und später mit unermüdlichem Fleiße sich mit Schriftstellerei beschäftigte, machte in der poetischen Literatur Aufsehen, indem er sich der süßlichen allegorisch-witzelnden Manier der Italiener und Spanier hingab. Vorzüglich sorgte er für seinen Ruhm und den seines Freundes Johann Klaj oder Clajus (geb. zu Meißen 1616, † als Pfarrer zu Kitzingen in Franken 1656) durch die gemeinschaftliche Stiftung (1644) des gekrönten Blumenordens oder der Gesellschaft der Hirten an der Pegnitz, eines mit pedantischen Formen einer poetischen Schäferwelt bekleideten Dichtervereins, der mit seinen geschmacklosen Tändeleien nur dazu gedient hat, die Poesie von der bessern Richtung abzuziehen. Nach Harsdörffer's Tode wurde Sigmund (Betulius) von Birken (1626—81) der nicht minder gefeierte Vorsteher der Gesellschaft (seit 1660).

Die Poesie der genannten Dichter ist ein geschmackloses Haschen nach Allegorie und Sinnbildnerei. Mittelpunct ist das Schäfergedicht, eine Art von allegorischem Roman mit eingestreuten Liedern, dem schon Opitz durch seine Hercinia Eingang verschafft hatte. Das Gezierte und Bilderreiche herrscht auch in den lyrischen Dichtungen, selbst im Kirchenliede. Die Oper fand in Nürnberg eine vorzügliche Stätte, und viele Mitglieder des Pegnitzordens waren für dieselbe thätig. Als Klaj sich an das Tragische wagte, lieferte er nur Verzerrungen, die den ersten rohen Anfängen des Drama's im Mittelalter gleichen: die Auferstehung Jesu Christi, die Höllen- und Himmelfahrt Jesu Christi (1644), der leidende Christus, Herodes der Kindermörder (1645), Engel- und Drachenstreit (1645) u. a.

Ihre poetischen Grundsätze haben Harsdörffer und Birken in besonderen Anweisungen zur Dichtkunst vorgetragen, jener in seinem „poetischen Trichter, die deutsche Dicht- und Reimkunst ohne Behuf der lateinischen Sprache in sechs Stunden einzugießen" (1647 ff. 3 Thle.), dieser in seiner „deutschen Redebind- und Dichtkunst" (1679).

Amarantes (Johann Herdegen's) historische Nachricht von des löblichen Hirten- und Blumenordens an der Pegnitz Anfang und Fortgang rc.; 1744. Jul. Tittmann, die Nürnberger Dichterschule, 1847.

b. Dichtergesellschaften in Niedersachsen. Historische Heldenromane.

§. 87. Fast gleichzeitig mit dem Pegnitzorden wurde durch Philipp von Zesen (aus Sachsen, 1619—89) zu Hamburg die deutschgesinnte Genossenschaft gegründet (1643, eingegangen um 1705), welche sich nicht minder in Seltsamkeiten verlor, als sie sich eine gewaltsame Reinigung und Verbesserung der Sprache zur Ausgabe machte. Die Grundsätze dieser neuen Grammatik und Poetik sind in Zesen's hochdeutschem Helikon (1640), hochdeutscher Sprachübung (1643) und anderen Schriften niedergelegt. Er hatte wegen seiner Sprachbemühungen vielen (zum Theil unverdienten) Spott zu leiden. Daß er nicht ohne poetisches Talent war, beweisen mehrere seiner lyrischen Gedichte.

Nach französischen Vorbildern führte Zesen die historischen Heldenromane, als Gegensatz gegen die noch nicht verschollenen Volksbücher und Rittergeschichten, in die Literatur ein (Ibrahim Bassa, nach dem Französischen, 1645; die adriatische Rosemund, 1645; Sophonisbe, 1647; Assenat, d. i. derselben und des Josephs heilige Staats-, Liebes- und Lebensgeschichte, 1670; Simson, eine Helden- und Liebesgeschichte, 1679). Er fand viele

Nachahmer, unter denen besonders Andreas Henrich Bucholtz (1607—71), zuletzt Superintendent zu Braunschweig, berühmt wurde: Des christlichen deutschen Großfürsten Herkules und der böhmischen königlichen Fräulein Valiska Wundergeschichte (1659. 60); des christlichen königlichen Fürsten Herkuliskus und Herkuladisla 2c. anmuthige Wundergeschichte (1665). Denselben Weg betrat Herzog Anton Ulrich von Braunschweig (§. 80) in seinen vielgelesenen Romanen: der durchlauchtigen Syrerin Aramena Liebesgeschichte (1669—73, 5 Thle.), Octavia 2c. (1677 ff. 6 Thle.).

Unter den Nachahmern dieser Gattung befindet sich auch der oberrheinische Dichter Hans Jacob Christoffel von Grimmelshausen (geb. um 1625, † 1676 als Schultheiß zu Renchen im Badischen, früher in Kriegsdiensten), der sich unter verschiedenen anagrammatisch gebildeten Namen versteckt: Samuel Greiffenson von Hirschfeld, German Schleifheim von Sulsfort u. and. Ein weit größeres, mehr selbstständiges Talent offenbart er in der volksmäßigen Gattung des Romans, die durch Moscherosch eingeleitet war und in spanischen Romanen neue Muster fand, in den Schilderungen eines abenteuerlichen Umhertreibens in der Welt. Sein Simplicissimus (fünf Bücher, 1669, später das sechste), nebst den Fortsetzungen unter verschiedenen Titeln (Courasche, Springinsfeld, Vogelnest u. s. w.) ist ein lebendiges Gemälde der Sittenzustände im dreißigjährigen Kriege.[1] Der Beifall, den dies Werk erhielt, war groß; es begründete den komischen Volksroman gegenüber der ernst-belehrenden Gattung der Hofromane. (Vgl. §. 104).

[1] Abdrücke von A. Keller, 1854. 62; von H. Kurz, 1863. 4 Thle.

§. 88. Den Ruhm, der Gründer eines Dichterordens zu sein, suchte sich auch Johannes Rist (1607—67) aus Pinneberg im Holsteinischen, zuletzt Pastor zu Wedel und herzoglich mecklenburgischer Kirchenrath, durch die Stiftung des Schwanenordens an der Elbe (1656) zu erwerben; dieser hat jedoch wenig Bedeutung erlangt und ist mit dem Tode des Stifters wieder eingegangen. Obwohl Rist nur geringes poetisches Talent besaß, so erlangte er doch in seiner Zeit einen ausgebreiteten Ruhm; er ward 1644 zum Dichter gekrönt und 1653 geadelt. Von seinen geistlichen Liedern (über 600) haben einige der besseren in den

Gesangbüchern eine Stelle behauptet („O Ewigkeit, du Donnerwort“ 2c. „Ermuntre dich, mein schwacher Geist“ 2c. „Jesu, meines Lebens Leben“ 2c. „Werde munter, mein Gemüthe“ 2c.) Auf die Zeitereignisse beziehen sich seine allegorischen Schauspiele: das friedewünschende Deutschland (1647), das friedejauchzende Deutschland (1653).

Hamburg ward in der zweiten Hälfte des 17. Jahrhunderts Hauptsitz der Poesie der Norddeutschen. Mitglied beider norddeutschen Gesellschaften war Jacob Schwieger aus Altona (geb. gegen 1630), bekannt unter dem Namen Filidor der Dorferer, der eine entschiedene Anlage für das heitere Liebeslied besaß. Ein verwandtes Talent ist Georg Greflinger (aus Regensburg, † als Notar zu Hamburg um 1677), genannt Seladon von der Donau, der auch die Geschichte des dreißigjährigen Krieges in Reime brachte (1657). Beide versuchten sich, gleich wie Rist, im Singspiel.

c. Die zweite schlesische Dichterschule.

§. 89. Christian Hoffmann von Hoffmannswaldau (1618—79), kaiserlicher Rath zu Breslau, wagte es zuerst, den frivolen Ton der höheren Stände in sogenannten „galanten“ Gedichten unverhüllt zur Schau zu stellen. Eine kräftige poetische Natur hätte wohl die Schranken der Ziererei und mattherzigen Moral mit einiger Derbheit durchbrechen mögen; hier geschah es von der Gemeinheit einer verdorbenen Phantasie (die „Heldenbriefe“) und führte zu noch größerer Unnatur.[1]

Unter seinen Nachahmern hat sich Daniel Kaspar von Lohenstein (1635—83), kaiserlicher Rath zu Breslau, besonders hervorgethan. Nach dem Vaterlande beider bezeichnet man daher gewöhnlich die Anhänger dieser Manier als die zweite schlesische Dichterschule. Lohenstein ahmt nicht sowohl Hoffmannswaldau's unsittliche Zügellosigkeit, als dessen mit Bilderprunk überladene Sprache nach. Er hängt eben so nahe mit Gryphius zusammen, dessen Dichtungen schon den Uebergang aus der verständigen Opitz'schen Manier in die phantastische der zweiten schlesischen Schule veranschaulichen. Für die dramatische Poesie durch dessen Trauerspiele begeistert, verfaßte er schon als funfzehnjähriger Jüngling das Trauerspiel Ibrahim Bassa. Mehr und mehr entfernte er sich von seinem Vorbilde und suchte die tragische Kraft, sich selbst fort und fort überbietend, in einer bis zum Ekelhaften getriebenen Darstellung des Gräßlichen und in einer widerlich schwülstigen Declamation; fünf Trauerspiele ließ er auf die Jugendarbeit folgen: Kleopatra (1661), Agrippina (1665), Epicharis (1665), Sophonisbe (1666), Ibrahim Sultan (1673).[2] Der weitschweifige Heldenroman Arminius und Thusnelda übertrifft in der Kunst der Sprache alle gleichzeitigen historischen Prosawerke; mehr noch machte denselben die Gelehrsamkeit berühmt, die hier zusammengetragen ist.[3]

[1] Deutsche Uebersetzungen und Gedichte, 1673 und öfter. Eine Anthologie nebst den Gedichten seiner Anhänger, hgg. von B. Neukirch, 1695 ff. 8 Bde. (einzeln mehrmals aufgelegt.) [2] Trauer- und Lustgedichte, 1680. [3] Großmüthiger Feldherr Arminius oder Herrmann als ein tapferer Beschirmer der deutschen Freiheit, nebst seiner durchlauchtigsten Thußnelda in einer sinnreichen Staats-, Liebes- und Heldengeschichte u. s. w. (Hgg. von B. Neukirch) 1689. 90. 2 Bde. 4. mit Fortsetzungen Anderer hgg. v. Gebauer, 1731. 4 Bde. 4.

7. Zustand der Lehr- und Geschichtsprosa.

§. 90. Der geistlosen Behandlung der gelehrten Studien während dieses Zeitalters ist schon im Allgemeinen Erwähnung geschehen. Da die lateinische Sprache für die Wissenschaft in Gebrauch blieb, so treffen wir die deutsche Sprache nur in einigen populären Werken an, wie in mancherlei Lehrbüchern für die Jugend und das weibliche Geschlecht, unter denen Harsdörffer's Frauenzimmergesprächspiele (1641 ff. 8 Thle.), philosophische und mathematische Erquickstunden (1652. 53) u. ähnl. die geschmacklose Behandlungsweise anschaulich machen können. Reich ist dies Zeitalter an Anweisungen zur Poesie: von Opitz, Tscherning, Buchner, Zesen, Harsdörffer, Birken u. A. Der Gang der Poesie hat zur Genüge gezeigt, in welchen Verkehrtheiten man sich durch Grundsätze zu erhalten vermochte. Vorzügliches Verdienst als Sprachforscher erwarb sich Justus Georg Schottelius zu Wolfenbüttel (1612—76) durch seine „Ausführliche Arbeit von der deutschen Hauptsprache“ (1663) und den „Tractat von den Sprichwörtern und sprichwörtlichen Redensarten“ (1663). Den Poetiken folgten bald die Rhetoriken und ähnliche Lehrbücher des Stils und riefen eine Menge mühsamer Redeübungen hervor. Reden und Briefe findet man auch in den Heldenromanen in großer Anzahl. Die geistliche Rede erstarrte vollends in den Fesseln geistloser Formen. Prediger, wie Joachim Lütkemann (geb. 1608, † 1655 als Abt zu Riddagshausen bei Braunschweig) und sein Schüler Christian Scriver (geb. 1629 zu Rendsburg, † 1693 als Consistorialrath zu Quedlinburg), die in Arndt's Geiste Predigten und Erbauungsschriften verfaßten, sind als Ausnahmen anzusehen.

§. 91. Unter den Geschichtswerken in deutscher Sprache haben nur einige wenige Darstellungen noch den naiv-kräftigen Ton der früheren Chroniken. Unter den Werken, die mit dem Streben nach historischer Kunst gearbeitet sind, zeichnet sich Sigmund von Birken's Spiegel der Ehren des Erzhauses Oestreich (1668) durch reine Prosa aus, wie Olearius' Werk (§. 79) unter den Reisebeschreibungen. Die meisten Geschichtswerke verunstaltet die Breite eines trocknen, durch Sprachmengerei vollends verderbten Kanzleistils. Bogislav Philipp von Chemnitz (1605—78) Geschichte des königlich schwedischen in Deutschland geführten Krieges (1648. 1653. 2 Thle., deutsch und lateinisch) gehört ungeachtet dieser Fehler noch zu den gehaltvolleren historischen Arbeiten. Am verderbtesten zeigt sich die Geschichtsprosa in den weitschweifigen Zeitchroniken.

B. Langsame Entwickelung des Bessern. Fortschritte wissenschaftlicher Bildung.

C^a. 1680 — c^a. 1740.

1. Armseligkeit der poetischen Literatur am Schlusse des XVII. Jahrhunderts.

§. 92. Wenn das Schlechte durch Grundsätze befestigt wird, wenn in Dichtergenossenschaften die Einzelnen ihr Talent unter Formen und Theorieen gefangen geben und durch gegenseitige Lobpreisungen einander täuschen, selbst wenn auch nur der Geschmack einer Schule ein solches Uebergewicht erlangt hat, daß kein gemeiner Muth dazu gehört, den eigenen Weg zu versuchen: da wird das Bessere, wenn auch im Stillen keimend, erst spät und unter Kämpfen sich Bahn brechen. Erklärlich ist daher die langanhaltende Nachwirkung der zuletzt besprochenen Verirrungen der Poesie, die Behaglichkeit schlechter Poeten ungeachtet so mancher kräftigen Regung und tüchtigen Bestrebung in anderen Gebieten des geistigen Lebens. Die Pegnitzhirten sangen in alter Manier fort und entzückten wenigstens sich, als man sie zu vergessen anfing. Die meisten Anhänger zählte dagegen die zweite schlesische Schule. Wenn auch nur wenige sich den Ton der Meister in solchem Grade aneigneten, wie Hans Anselm von Ziegler (1653—90), ein zu seiner Zeit vielgelesener Romandichter (Asiatische Banise oder blutiges, doch muthiges Pegu &c. 1688): so strebte man doch nach Hoffmannswaldau's Bilderprunk und Lohenstein's Pathos; keiner aber besaß das Talent derselben, und der niedrigen Mittel, wodurch der erstere die Aufmerksamkeit auf sich gezogen hatte, schämte sich der sittliche Sinn der Meisten. So entstand denn die jedes Reizes ermangelnde Poesie, wie sie zu Hamburg von Christian Henrich Postel[1] (1658—1705), Christian Friedrich Hunold, genannt Menantes, (1680—1721) und Ihresgleichen, zum Theil um des Broderwerbs willen, ausgeübt wurde („die Niedersachsen").

[1] Außer 25 Operntexten (seit 1688, unter diesen „die wunderbar errettete Iphigenia" 1699) und einzelnen Gedichten auch epische Versuche: die listige Juno (nach Homer) 1700; der große Wittekind, herausgg. von Weichmann, 1724.

§. 93. Aus der unnatürlichen Höhe der zweiten schlesischen Schule stieg man allmählich wieder herab und näherte sich der Opitz'schen Manier. Diesen Uebergang zum „Naturellen" zeigt vornehmlich der einflußreiche Vielschreiber Christian Weise (1642—1708), Rector zu Zittau, sowohl im Liede als auch besonders im Drama und im Roman; ferner sein Anhänger Daniel Georg Morhof (1639—91), Professor zu Rostock und Kiel, der weniger durch seine Gedichte als durch seine sprachgelehrte Schrift „Unterricht von der deutschen Sprache und Poesie" (1682) sich Verdienst erwarb. Auch in Schlesien zeigt es sich, wie der Ueberreizung die Ermattung folgt: Hans Aßmann von Abschatz (1646—99), Christian Gryphius, Sohn des Andreas G., Rector in Breslau, (1649—1706).

Als man über diesen Gegensatz gegen die Lohensteinianer zum Bewußtsein gelangte, entwickelte sich die offene Polemik, welche am schärfsten von Christian Wernicke (Warnecke) aus Preußen (geb. um 1666, † um 1710), einem Schüler Morhof's, ausgeübt wurde. Er schreckte die Hamburger Dichter aus ihrer Ruhe durch seine Satire („Heldengedicht") Hans Sachs (1703), in welcher er Postel („Stelpo") zum Oberhaupte geistloser Reimer krönen läßt. Unter seinen Epigrammen[1] ist viel Treffliches; er führt schon in den Geschmack der französischen Hofpoesie ein.

[1] Ueberschriften, 1697. 1701. Vollständ. Ausg. 1701. Ausg. von Bodmer, 1749. 63.

§. 94. Auch im Dramatischen lenkte man von der pathetischen Tragödie des Gryphius und Lohenstein wieder auf das volksmäßigere Possenspiel zurück; in diesem glänzte Christian Weise als der fruchtbarste und talentvollste Dichter (seit 1668). Unter den Händen der meisten Dramatiker sank es zu den gemeinsten Hanswurstspäßen herab. Sogenannte „Hauptactionen" oder „Haupt- und Staatsactionen" sollten die Handlungen der Großen und Staatsereignisse anschaulich machen, hohle Prunkreden und Spectakelscenen, in denen auch der Hanswurst nicht fehlte. Am lebhaftesten war das Interesse für die Oper, die sowohl an den Höfen, wie namentlich zu Dresden, als in den größeren Reichsstädten, Hamburg, Nürnberg, Augsburg u. and., ihren Sitz aufgeschlagen hatte und um 1690 Veranlassung zur Gründung stehender Bühnen gab. Die Operntexte, die man fabrikmäßig anfertigte und nur auf den Glanz der Decoration berechnete (Postel ist noch der beste unter den Operndichtern), sind theils ernsten Inhalts, oft den früheren Mysterien gleichend, theils Possen, und der Hanswurst konnte hier so wenig als in den übrigen Gattungen des Drama's entbehrt werden. — Wir sind auf dem Puncte angelangt, wo der französische Geschmack sich Bahn bricht und eine neufranzösische Dichterschule hervorruft. (§. 100).

2. Erwachen des Nationalgeistes. Politische Flugschriften. Vaterländische Geschichte.

§. 95. Aus der Erschöpfung der Poesie dürfen wir nicht auf eine allgemeine Erschlaffung des deutschen Volkes schließen. Daß dieses sich zu neuer Kraft und Thätigkeit zu heben begann, lehren die zahlreichen gegen Frankreichs Uebermuth gerichteten Flugschriften, welche die Sprache des edlen Zorns und wahrer Vaterlandsliebe reden, zugleich kräftige Stimmen gegen die Nachäfferei französischer Sitte und Sprache.[1] Auf die Gebrechen der deutschen Staatsverfassung wurde nicht nur in diesen, sondern auch in wissenschaftlichen Schriften hingewiesen, besonders da das

Studium der Staatswissenschaften durch Samuel von Pufendorf (1632—94), seit 1661 Lehrer des Staatsrechts zu Heidelberg, aus dem Bereiche der Schule auf einen höhern philosophisch-politischen Standpunct geführt wurde. Außer den lateinisch abgefaßten Hauptwerken schrieb er: Einleitung zu der Historie der vornehmsten Reiche und Staaten ꝛc. 1682 (nebst späteren Fortsetzungen).

Seitdem erwachte in den historischen Studien ein neues Leben und wandte sich besonders der vaterländischen Geschichte zu. Kaiser Leopold I. bestätigte 1689 das kaiserliche historische Collegium zur Ausarbeitung vollständiger deutschen Geschichten. Quellschriften und Urkunden wurden fleißig gesammelt (Johann Schilter † 1705, G. W. von Leibnitz, Johann Georg von Eckhard † 1730, Johann Burkhard Mencke, † 1732 u. m. A.), und die ältere Reichsgeschichte ward gründlich durchforscht. Gelehrte Geschichtschreiber fingen an auf die Kunst des deutschen historischen Stils ihr Augenmerk zu richten. In letzterer Hinsicht erwarben sich besonders Johann Jacob Mascov[2] (1689—1761), Professor zu Leipzig, und Heinrich Graf von Bünau[3] (1697—1762) große Verdienste.

[1] Beispiele sind: Das von Frankreich verführte Deutschland, 1686, der französische, Deutschland verderbende Gräuel und Abgott Ludwig XIV. 1689; das in Dienstbarkeit verfallene Deutschland, 1702, und viele andere, zum Theil in lateinischer oder französischer Sprache. [2] Geschichte der Deutschen bis zum Abgang der Merowinger, 1726. 37. 2 Thle. N. Ausg. 1750. [3] Deutsche Kaiser- und Reichshistorie, 1728—43. 4 Bde.

3. Wiederbelebung der philosophischen Forschung. Allseitiges Emporstreben der Wissenschaft.

§. 96. Gottfried Wilhelm von Leibnitz (geb. zu Leipzig 1646, † zu Hannover 1716) ward der Begründer der deutschen Philosophie und überhaupt eines neuen wissenschaftlichen Verfahrens durch Vernichtung des Formelwesens der Wortgelehrsamkeit. Keine Wissenschaft war diesem großen Geiste fremd geblieben; nach allen Richtungen hin weckte er neues Leben, nicht durch ausführliche Werke und vollendete Systeme, sondern durch geistvolle Andeutungen und Winke, deren Verknüpfung und Fortbildung er Andern überließ. Er stand mit den ausgezeichnetsten Gelehrten, Staatsmännern und Fürsten seiner Zeit in Verbindung. Am längsten wirkte er in Hannover unter den Kurfürsten Johann Friedrich, Ernst August und Georg Ludwig (Georg I.). Karl VI. ehrte ihn durch die Erhebung in den Reichsfreiherrnstand und durch ein Jahrgehalt. Friedrich III., Kurfürst von Brandenburg, (Friedrich I. König von Preußen) übertrug ihm (1700) die Errichtung der Berliner Akademie (eingesetzt 1711). Seine früheren Schriften sind in lateinischer Sprache abgefaßt; später vertauschte er sie in seinen Hauptwerken mit der französischen (essai de théodicée, 1710), wodurch seine Wirksamkeit eine um so größere Ausdehnung erhielt. Daß er auch die deutsche Sprache schätzte und besser als seine Zeitgenossen zu wissenschaftlicher Darstellung anzuwenden verstand, beweisen einzelne deutsch geschriebene Abhandlungen; z. B. „Unvorgreifliche Gedanken, betreffend die Ausübung und Verbesserung der deutschen Sprache" (1697); „Ermahnung an die Deutschen, ihren Verstand und ihre Sprache besser zu üben".[1]

Christian Thomasius (geb. zu Leipzig 1655, † als Professor der Rechte zu Halle 1728) wagte zuerst den Gebrauch der lateinischen Sprache in wissenschaftlichen Erörterungen und akademischen Vorträgen anzugreifen, indem er 1687 zu Leipzig ein deutsches Programm drucken ließ — Discours, welchergestalt man denen Franzosen im gemeinen Leben und Wandel nachahmen soll — und wissenschaftliche Vorlesungen in deutscher Sprache zu halten anfing. Solche Neuerungen, mehr noch seine Lehrmeinungen und seine Angriffe auf die herkömmliche Gelehrsamkeit erregten Aufsehen und Feindschaft. Er mußte Leipzig verlassen und hielt bald nachher zu Halle mit vielem Beifall gelehrte Vorträge, wodurch er Anlaß zu der Stiftung der dortigen Universität (1694) gab.[2] Thomasius besaß ein gesundes, nüchtern verständiges Urtheil und war ein eifriger, durch seinen populären Vortrag um so einflußreicherer Gegner alles dessen, was ihm als unnütz, pedantisch, fanatisch erschien (z. B. der Hexenprocesse und der Tortur). Ein solcher Geist des Widerspruchs that der Zeit noth; daher sein Ruhm und der glückliche Erfolg. Als Philosoph bearbeitete er besonders die Rechtslehre und die Moral in deutscher Sprache und verschaffte der Wissenschaft auch außerhalb der Schule Theilnahme.[3]

Ein freier wissenschaftlicher Geist regte sich jetzt in Deutschland; die gelehrten Gesellschaften mehrten sich; gelehrte Zeitschriften wurden gegründet, z. B. die Acta eruditorum zu Leipzig (seit 1682), an denen auch Leibnitz eifrigen Antheil nahm. Thomasius gab denselben eine mehr populäre Form, indem er (seit 1688) eine Monatsschrift in deutscher Sprache und in einer populären humoristischen Darstellung herausgab.[4] Bald folgten ähnliche Zeitschriften nach.

Großes Verdienst um die Wissenschaft und die Nationalbildung hat Christian von Wolff (1679—1754), Lehrer der Philosophie zu Halle (seit 1707) und, nach seiner von den Theologen erwirkten Vertreibung (1723), zu Marburg, bis er 1740 von Friedrich II. nach Halle zurückgerufen ward.[5] Seiner philosophischen Forschung legte er Leibnitzens Ansichten zum Grunde und stellte, indem er dieselben ausbildete und ergänzte, ein zusammenhangendes Lehrgebäude der Philosophie auf, das zwar anfangs viele Gegner fand, aber durch seine Faßlichkeit und durch die Klarheit der Darstellung sich so allgemeinen Anhang verschaffte, daß es bis zur Mitte des Jahrhunderts herrschend blieb. Da er die einzelnen Theile der Philosophie auch in deutscher Sprache bearbeitete, so wirkte er auch über den Kreis der Fachgelehrten hinaus. Er wurde der Schöpfer der philosophischen Kunstsprache, die auch bei veränderten Ansichten im Allgemeinen gültig geblieben ist.

Nach dem Muster der hallischen Universität wurde gegen das Ende dieses Zeitabschnitts die Universität zu Göttingen gestiftet (173⁵/₇), ein neuer Lichtpunct für deutsche Bildung, wo besonders die philologischen und historischen Wissenschaften eine Stätte fanden. (Johann Matthias Gesner, 1691—1761; seit 1734 in Göttingen. Vgl. §. 120.)

[1] Deutsche Schriften, hgg. von G. E. Guhrauer, 1838. 40. 2 Bde. Biographie von G. E. Guhrauer, 2 Thle. o. J. (1842). [2] Leben von H. Luden, 1805. [3] Einleitung zur Vernunftlehre, 1691. Von der Kunst, vernünftig und tugendhaft zu lieben, oder Einleitung zur Sittenlehre, 1692 u. s. w. [4] Freimüthige, lustige und ernsthafte, jedoch vernunft- und gesetzmäßige Gedanken über allerhand, fürnehmlich über neue Bücher, 1688—90. — R. E. Prutz, Geschichte des Journalismus, 1. Bd. 1845. [5] Biographie von F. W. Kluge, 1831. Selbstbiographie, hgg. mit einer Abhandlung über Wolff, von H. Wuttke. 1841. [6] Vernünftige Gedanken von den Kräften des menschlichen Verstandes, 1713. — — von Gott, der Welt und der Seele des Menschen, auch allen Dingen überhaupt, 1719. — — von der Menschen Thun und Lassen rc. 1750. — — von dem ge-

sellschaftlichen Leben der Menschen und dem gemeinen Wesen, 1721 u. s. w.

4. Religiöse Volksbildung. Predigten und Schulbücher. Geistliche Lieder.

§. 97. So sehr auch die unfruchtbare Scholastik und Streitsucht der Theologen den Segen der Reformation verkümmert hatten, war doch nie der gläubige Sinn aus dem Volke verschwunden. Aus diesem mußte ein neues kirchliches Leben hervorgehen, sobald der Mann auftrat, der die Rechte des religiösen Gefühls gegen das todte Formenwesen der Schultheologie in Schutz nahm. Dieser war Philipp Jacob Spener aus dem Elsaß (1635—1705). Durch ein geräuschloses bescheidenes Wirken als Prediger zu Frankfurt a. M., Dresden (seit 1686) und Berlin (seit 1691), wurde er der Urheber einer durchgreifenden Umgestaltung des protestantisch-kirchlichen Lebens.[1] Er predigte ein praktisches Christenthum und führte in die Religionsverträge die Sprache der Liebe und herzlichen Erbauung zurück.[2] Dabei ging er auf Verbesserung des Jugendunterrichts zurück und führte die Katechisation sowie eine zweckmäßigere Feier der Confirmation ein.[3]

August Hermann Francke aus Lübeck (1663—1727), dem, nach seiner Vertreibung aus Leipzig und Erfurt, Halle eine Freistatt gewährte, erwarb sich gleiche Erfolge auf der von Spener betretenen Bahn. Seine in dessen Geiste verfaßten Schriften (Predigten, Anmerkungen zur Bibel, Nikodemus u. a. m.), sein edles Wirken als Volkslehrer, vor Allem das Beispiel, daß er (seit 1698) durch seine Stiftungen zu Halle (Waisenhaus, Pädagogium, Bibelanstalt u. s. w.) dem gesammten Deutschland gab, haben für christliches Leben, für Jugendunterricht und Volksbildung unberechenbaren Segen getragen.[4] In seinem Sinn wirkten wackere Männer fort, z. B. Johann Anastasius Freylinghausen (1670—1739), Prediger zu Halle und seit 1727 Vorsteher der Francke'schen Stiftungen; Gottfried Arnold aus Annaberg (1665—1714), beide als Kanzelredner ausgezeichnet; Johann Jacob Rambach (1693—1735) zu Halle, seit 1731 zu Gießen, hochverdient um Pädagogik. Eine Reihe von Schulbüchern, in einer dem Jugendalter angemessenen Form, kamen einem großem Bedürfniß entgegen und sind ein Fortschritt der

Literatur, der für die Würdigung der fortschreitenden Volksbildung nicht übersehen werden darf.

Daß die Freunde des Alten mit Leidenschaft jene Bestrebungen verfolgten, ist eben so wenig zu verwundern, als daß aus der Frömmigkeit hin und wieder Frömmelei, dünkelhafte Verachtung der Wissenschaft, Schwärmerei und Sectengeist hervorging („Pietisten"). Nicolaus Ludwig Graf von Zinzendorf (1700—60), ein Zögling des hallischen Pädagogiums, suchte die Spener'sche Idee vom wahren Christenthum durch die Stiftung der Herrnhutergemeinde zu verwirklichen (Statuten der Brüdergemeinde 1727). Mit welchem Eifer er bemüht war, das Christenthum, wie es in ihm Gestalt gewonnen hatte, zu verbreiten, liegt auch in seinen Schriften zu Tage; die Stärke der Ueberzeugung und eine bilderreiche Phantasie giebt besonders seinen Reden Leben und Fülle, so mangelhaft übrigens ihre stilistische Form ist.[5] (Kirchenlieder §. 99).

[1] Pia desideria, oder herzliches Verlangen nach gottgefälliger Besserung der wahren evangelischen Kirche sammt einigen dahin einfältig abzweckenden christlichen Vorschlägen — (als Vorrede zu Arndt's Postille) 1675. [2] Predigten von des thätigen Christenthums Nothwendigkeit und Nützlichkeit, 1687; evangelische Glaubenslehre, 1688; evangelische Lebenspflichten, 1689, und andere Samml. [3] Ph. J. Spener und seine Zeit von Hoßbach, 1828. 2 Thle. 2. A. von G. Schweder, 1853. [4] Leben von Guerike, 1827. [5] Ueber 100 Schriften, darunter: Sammlung öffentlicher Reden von dem Herrn &c. im Jahr 1742 mehrentheils in Amerika gehalten &c. 1744. 2 Thle.; Homilien über die Wundenlitanei der Brüder, 1747; Predigten &c. (zu London gehalten), 1756 f. 2 Bde. u. s. w. — Leben des Grafen von Zinzendorf, von Varnhagen von Ense, 1830.

§. 98. Spener's und der Seinen Anregungen hatten in der Theologie ein neues Leben erweckt; Philosophie und Geschichte begründeten eine neue wissenschaftliche Form. Gottfried Arnold lehrte die Wichtigkeit der Kirchengeschichte[1] einsehen. Die höhere wissenschaftliche Behandlung der Theologie erscheint in ihrem ganzen Umfange in Johann Lorenz von Mosheim (1694—1755; seit 1723 Professor zu Helmstedt, seit 1747 Kanzler und Professor der Theologie zu Göttingen). Mehreren theologischen Wissenschaften, vornehmlich der Kirchengeschichte, gab er eine andere Gestalt; seine christliche Sittenlehre[2] hat auch ein sprachliches Verdienst. Durch seine Predigten wurde er der Begründer einer neuen Epoche der protestantischen Kanzelberedsamkeit.

[1] Unparteiische Kirchen- und Ketzerhistorie, 1697. 1. Thl. Vollständige Ausgabe, 1699. 1700. 4 Thle. Die erste Liebe zu Christo oder wahre Abbildung der ersten Christen nach ihrem lebendigen Glauben und heiligen Leben — mit einer Lebensgesch. A's. und einem Anhang seiner besten geistlichen Lieder versehen von A. Knapp, 1844. [2] 1735 ff. 5 Thle. [3] Heilige Reden, 1725 ff. 6 Bde.

§. 99. Wie wenig die geistliche Lyrik die nachtheiligen Einflüsse des herrschenden poetischen Geschmacks von sich fernzuhalten vermochte, beweisen auch die Gesänge der bessern Liederdichter. Benjamin Schmolck[1] (1672—1737), Prediger zu Schweidnitz, und Erdmann Neumeister (1671—1756), Prediger zu Hamburg, nähern sich dem Charakter der vorigen Periode. Die Spener'sche Schule gab eine neue Anregung. Spener und Francke verfaßten einige Kirchengesänge, und unter ihren Anhängern lieferten Gottfried Arnold,[2] Wolfgang Christoph Deßler (1660—1722), Johann Anastasius Freylinghausen, Johann Jacob Rambach,[3] Gerhard Tersteegen,[4] Bandweber zu Mühlheim an der Ruhr, (1697—1769) manches vortreffliche Lied. Diese Richtung religiöser Dichtung artete jedoch bei den meisten in eine widerliche Tändelei mit mystischen Bilderprunk aus, wovon auch die Lieder Zinzendorf's[5] ein Beleg sind.

[1] B. Ringwaldt und B. Schmolck von Hoffmann v. F. 1833. [2] Geistliche Lieder, bearbeitet und hgg. von A. Knapp, 1835. [3] Ausg. von J. L. Pasig, 1844. [4] Geistliches Blumengärtlein inniger Seelen, um 1731 zuerst hgg., oft abgedruckt. [5] Geistliche Lieder des Gr. von Zinzendorf, gesammelt und gesichtet von A. Knapp, 1844.

5. Neufranzösische Dichterschule. Einführung englischer Poesie. Anzeichen einer bessern Zeit.

§. 100. Die französische Poesie hatte während Richelieu's († 1642) Staatsverwaltung (académie Françoise, 1635) und vornehmlich unter der Regierung Ludwig's XIV. (1643—1715) eine Eleganz erlangt, welche ihr nach allen Seiten hin, unter Mithülfe des politischen Uebergewichts des französischen Staats, Einfluß auf die Literatur der Nachbarländer verschaffte (die Dramatiker Pierre Corneille, 1606—84, Jean Racine, 1639—99, und J. B. Moliere, 1620—73; der Lehrdichter Boileau, 1636—1711; Fenelon, Verfasser des Telemach, 1652—1715; der Fabeldichter Jean Lafontaine, 1621—95, u. a. m.). Auf die deutsche

Poesie äußerte sie ihre Wirkung nicht so schnell, als man bei der sonstigen Vorliebe für französisches Wesen hätte erwarten mögen. Im Dramatischen stand man der Stufe, die das französische Drama errungen hatte, noch allzufern. Zwar wurde Corneille's Cid schon 1650 von Greflinger übertragen, der Polyeuct kam 1669 in Leipzig zur Aufführung; Uebersetzungen einiger Schauspiele Corneille's und Racine's wurden 1691 auf dem Hoftheater zu Braunschweig aufgeführt; einige Lustspiele Moliere's, die dem Zeitgeschmack schon näher standen, wurden von Johann Veltheim, Schauspieldirector zu Leipzig, verdeutscht und 1697 auf die deutsche Bühne gebracht. Doch es sind bis auf Gottsched vereinzelte Erscheinungen, und überdies in den rohesten Formen. Indeß fand in anderen Dichtgattungen der französische Geschmack (und durch ihn die Nachahmung der Dichtungen des Horaz) früher Eingang; besonders wurden Satiren und Episteln eine beliebte Form der Lehrdichtung.

Friedrich Rudolf Ludwig Freiherr von Canitz (geb. zu Berlin 1654, † zu Berlin 1699) hatte sich in seiner öffentlichen Stellung als geheimer Rath des Kurfürsten Friedrich III. von Brandenburg, der ihn mehrmals als Gesandten zu wichtigen Geschäften gebrauchte, eine Feinheit der Bildung erworben, welche der französischen Hofpoesie sich zuwandte. Der sichere Tact für das Schickliche bewahrte ihn vor dem Schwulste und den Plattheiten der schlesischen Schule; aber ihm fehlte es an Phantasie und poetischer Kraft, um sich von der prosaischen Breite loszumachen, in der ihn sein Vorbild Boileau nur bestärken mochte („Satiren“).[1] Gleich ihm verschaffte Johann von Besser (1654—1729), Hofpoet am brandenburgischen und seit 1717 am kursächsischen Hofe, der deutschen Poesie an den Höfen einige Geltung, ebenfalls dem französischen Geschmack huldigend.[2] Benjamin Neukirch (1665—1729), Prinzenlehrer am ansbach'schen Hofe, früher ein Nachahmer Hoffmannswaldau's und Lohenstein's, schloß sich seit 1700 gleichfalls den französischen Mustern an. Doch brachte ihm die Vermeidung des rhetorischen Bilderprunks, dessen Geschmacklosigkeit er klar erkannt hatte, keinen weiteren Gewinn als einen leichtfließenden Versbau.[3] So gelangte man denn von einem Extrem zum andern, von phantastischer Uebertreibung zur Nüchternheit, eins so seelenlos, wie das andere.

Die gesunkene Poesie neu zu beleben, hatte niemand mehr

inneren Beruf, als Johann Christian Günther aus Striegau in Schlesien (1695—1723). Fremde Härte und eigene Verschuldung stürzten den jungen Dichter in die Tiefe des Elends. An Körper und Geist zerrüttet, fand er einen frühen Tod. Um so mehr ist zu bewundern, was er geleistet hat. Ihn beherrscht nicht der Geschmack einer Schule, ihm ist nicht die steife Correctheit das Wesen der Poesie; in seinen Gedichten kommt der Mensch mit seinen Freuden und Schmerzen, seiner Sehnsucht und Verirrung zur Erscheinung. Epischen Schwung nimmt sein Siegsgesang auf den zwischen dem Kaiser und der Pforte 1718 abgeschlossenen Frieden, und einen Reichthum an treffenden Bemerkungen findet man in seinen „Satiren" und „Briefen," deren breite Form unsern Geschmack weniger ansprechen kann.[4] Mit ihm endigt die Reihe berühmter schlesischer Dichter, und Sachsen tritt zunächst in den Vordergrund.

[1] Nebenstunden unterschiedener Gedichte, 1700; 14. A. 1765. Leben von Varnhagen in den biographischen Denkm. Bd. IV. [2] Schriften, 1711. Ausgabe von J. U. König (seinem Nachfolger, dem Verfasser des „August im Lager") 1732. Leben von Varnhagen a. a. O. [3] Satiren und Episteln, 1727. Uebersetzung des Telemach in Alexandrinern, 1727—39. 3 Bde. Fol. Auserlesene Gedichte, hgg. von Gottsched, 1744. [4] Gedichte in 3 oft aufgelegten und nachgedruckten Samml., zuerst 1723. Erste vollständige „Sammlung," 1735; 6. Aufl. 1764. Leben von H. Hoffmann, 1832; von O. Roquette, 1860.

§. 101. In Leipzig ward 1697 die görlitzische poetische Gesellschaft gestiftet, die später den gelehrten Historiker Burkhard Mencke,[1] der sich auch als Dichter (Philander von der Linde) einen Namen erworben hat, zum Vorsteher erwählte; aus dieser entstand unter seiner Leitung 1722 die deutschübende und 1727 die deutsche Gesellschaft. Indessen kam Johann Christoph Gottsched, gebürtig aus Judithenkirch bei Königsberg (1700—1766), welcher schon durch Johann Valentin Pietsch zu Königsberg für poetische Bestrebungen gewonnen war, nach Leipzig (1724), ward 1725 Docent an der Universität, 1727 Senior der deutschen Gesellschaft und als solcher deren Leiter, und erhielt 1730 eine Professur. Durch seine „vernunftgemäße Redekunst" (1728), seine „kritische Dichtkunst" (1730), seine „deutsche Sprachkunst" (1748) und viele literarische Zeitschriften (darunter „Beiträge zur kritischen Historie der deutschen Sprache,

Poesie und Beredsamkeit," 1732—44) erlangte er ein großes Ansehen als Theoretiker und Kritiker und verbreitete die Liebe zur deutschen Sprache und Literatur in weiteren Kreisen.[2] Von den Franzosen entlehnte er seine engherzigen, auf formellen Mechanismus gerichteten Kunsttheorieen, verfolgte den Bilderprunk und das Pathos der Lohensteinianer sowie die künstlichen rhythmischen Formen, z. B. das Sonett, und wurde der Lobredner der zwar sprachcorrecten, aber matten Versübung, von der seine eigenen Gedichte (1736) einen Beleg geben. Als er das Drama aus seiner Verwilderung zu befreien unternahm (Neuber und dessen Frau in Leipzig), kam er nicht über die äußerlichen Formen hinaus (Bekämpfung der Oper, Vertreibung des Hanswurst von der Bühne); anstatt es geistig zu beleben, suchte er es nur möglichst der steifen Regelmäßigkeit der französischen Bühne zu nähern, und seine Wirksamkeit war daher in der Hauptsache verfehlt. Allein der Sinn für höhere dramatische Dichtung war noch so wenig entwickelt, daß ihm von allen Seiten Beifall zu Theil ward, als er „den sterbenden Cato," ein nach den Regeln seiner Poetik und nach französischem Zuschnitt bearbeitetes poesieloses Trauerspiel, herausgab (1732. 10. Aufl. 1757) und verwässerte Uebersetzungen französischer Stücke auf die Bühne brachte.[3] (Streit mit den Schweizern §. 106.)

[1] B. Mencke von R. Treitschke, 1841. [2] Gottsched und seine Zeit. Auszüge aus seinem Briefwechsel &c. von Danzel, 1848. [3] Die deutsche Schaubühne nach den Regeln der alten Griechen und Römer, 1741 ff. 6 Thle.

§. 102. Hamburg behauptete sich daneben als zweiter Hauptsitz deutscher Poesie. Der Roman der Lohensteinianer und die Operndichtung hatten sich hier erschöpft; doch der französische Geschmack fand keinen so eifrigen Vertreter. Barthold Henrich Brockes (1680—1747), Rathsherr zu Hamburg, erscheint als Vermittler zwischen dem italienischen und englischen Geschmack; jenen unterstützte er durch seinen „verdeutschten bethlehemitischen Kindermord des Marino" (1715); auf die didaktische und beschreibende Poesie der Engländer wies er durch seine Uebersetzungen von Pope's Versuch vom Menschen (1740) und Thomson's Jahreszeiten (1745) hin. Am einflußreichsten wurde er durch seine frommen (gleichwohl überaus gedehnten) Naturgemälde: Irdisches Vergnügen in Gott (seit 1721).[1]

Friedrich von Hagedorn (1708—54), anfangs Günther's und Brockes' Nachahmer, nahm später eine selbstständige Richtung, wobei ihn sowohl seine vertraute Bekanntschaft mit französischer und englischer Poesie als auch seine Empfänglichkeit für heitern Lebensgenuß leitete. Die poetische Erzählung, die Fabel, welche man wieder mit besonderer Vorliebe zu bearbeiten angefangen hatte, das leichte, lebensfrohe Lied sind die Gebiete, in denen er sich mit Anmuth und gewandtem Ausdruck zu bewegen wußte.[2]

[1] 1721—48. 9 Bde. Auszug aus Bd. 1—5 von Hagedorn und Wilkens, 1738. [2] Erste Samml. fr. Ged. 1729. Fabeln und Erzähl., zuerst 1738. Oden und Lieder [durch Görner's Melodieen beliebt], 1747, (einzeln schon früher verbreitet). Ausg. seiner Werke, 1756 und öfter; von Eschenburg, 1800. 5 Thle.

§. 103. Die Schweizer Johann Jacob Bodmer (1698—1783), Professor der Geschichte, hernach Mitglied des großen Raths zu Zürich, und Johann Jacob Breitinger (1701—76), Professor zu Zürich, bestrebten sich gleichzeitig mit Gottsched über das Wesen und die Regeln der Poesie zu festen Grundsätzen zu gelangen. Die Beschäftigung mit der altclassischen und englischen Literatur, deren Kenntniß sie verbreiteten (Milton's Verlust des Paradieses, ein Heldengedicht, in ungebundener Rede übersetzt von Bodmer, 1732, umgearbeitet 1742), sowie ein tieferes poetisches Gefühl gaben ihrem Geschmack mehr die Richtung auf das Innere des Poesie.[1] Wie Gottsched auf das Drama, so richteten sie ihr Augenmerk vornehmlich auf die epische Dichtung (§. 106).

Neben diesen und in Verbindung mit ihnen regte Karl Friedrich Drollinger (1688—1742), Stifter der deutschen Gesellschaft zu Basel, glücklich im philosophischen Lehrgedicht und in der Naturschilderung, die poetischen Bestrebungen der Schweiz an („der helvetische Opitz").[2]

Unabhängiger, vornehmlich durch lateinische und englische Dichter gebildet, entwickelte sich das poetische Talent Albrechts von Haller aus Bern (1708—77). Als Jüngling theilte er sein Leben zwischen dem eifrigsten Studium der Naturwissenschaften und der Dichtkunst. Als Mann fand er für sein wissenschaftliches Wirken einen glänzenden Schauplatz auf der Göttinger Universität (1736—53); aber mit der Poesie hatte er bereits abgeschlossen; ihr Gebiet wird von seinen späteren politischen Romanen, 1771—74, z. B. Usong, kaum noch berührt. Sittlicher Ernst beseelt seine Gedichte; das Belehrende, Strafende herrscht vor, so daß man Leben und Wärme nicht selten vermißt. Gedankenreiche Kürze giebt dem Ausdruck Kraft; man fühlt, daß er mit der Sprache noch sehr zu kämpfen hatte. Am vorzüglichsten sind das didaktisch-beschreibende Gedicht „die Alpen," die Lehrgedichte „vom Ursprung des Uebels" und „über die Ewigkeit," unter den lyrischen Poesieen die Klage um den Tod „seiner geliebten Mariane" († 1736).[3]

[1] Discourse der Maler, 1721 ff. 4 Thle. Von dem Einflusse und Gebrauche der Einbildungskraft ꝛc. 1727, u. a. m. Vgl. Mörikofer, die schweizerische Lit. des 18. Jahrh. 1860. [2] Gedichte, hgg. von Spreng, 1743. (1745.) K. F. Drollinger, eine Festrede von W. Wackernagel, 1842. [3] Versuch schweizerischer Gedichte, 1732; 11. Ausg. 1777. N. A. 1828.

§. 104. Wie wir in Hagedorn's, Drollinger's und Haller's Gedichten die Fortschritte der Poesie wahrnehmen, so lassen sich diese auch in den halbpoetischen Darstellungsformen des Romans und der Prosa-Satire nicht verkennen. Die Romanschreiber kamen nach und nach von den phantastischen Heldengeschichten und den noch abgeschmackteren „galanten" Liebesgeschichten zurück und griffen ihren Stoff mehr aus dem wirklichen Menschenleben. Der vielgelesene Simplicissimus hatte das Beispiel gegeben, wie abenteuerliche Lebensereignisse zu einem interessanten Roman verarbeitet werden könnten. Dieser Manier näherten sich auch Christian Weise's Romane (seit 1671), anschauliche Schilderungen des wirklichen Lebens, die vielfach nachgeahmt wurden („die drei ärgsten Erznarren," „die drei klügsten Leute" ꝛc.).

Abenteuergeschichten mehrten sich ins Unglaubliche, als 1720 die Uebersetzung von Daniel de Foe's Robinson[1] erschien. Es folgte eine Fluth von mehr oder minder anziehenden Robinsonsgeschichten, so daß jeder Theil Europa's, fast jede Gegend von Deutschland einen Robinson aufzuweisen hatte.[2] Aehnlichen Inhalts sind die Geschichten von „Aventuriers", unter denen die Insel Felsenburg (wunderliche Fata des Albertus Julius"), von dem Stolbergischen Kammersecretär Ludwig Schnabel, sich durch lebendige Erzählung aus der Masse schlechter Producte hervorhebt.[3]

In der Prosa-Satire zeigt sich Christian Ludwig Liscow (geb. 1701 zu Wittenburg im Mecklenburgischen — Schüler des Thomasius und Freund Hagedorn's — 1741—50 kursächsischer Cabinetssecretär, zuletzt Kriegsrath, † 1760 auf seinem Gute bei Eilenburg) als den gewandtesten Prosaisten seiner Zeit. Gegen die Thorheiten und die dünkelvolle Nichtigkeit der damaligen Schriftstellerwelt richtete er die Waffen der Ironie und des Witzes, obwohl die, welche er zu Repräsentanten wählte (Sievers in Lübeck, Philippi in Halle), für einen solchen Aufwand von Satire nicht wichtig genug waren. Seine gelungensten Satiren sind: „des Ritters Clifton Schreiben an einen gelehrten Samojeden, betreffend die seltsamen und nachdenklichen Figuren, welche derselbe auf einer gefrornen Fensterscheibe wahrgenommen" (1732) und die allgemeiner gehaltene Abhandlung „die Vortrefflichkeit und Nothwendigkeit der elenden Scribenten gründlich erwiesen" (1734).[4]

[1] Leben und die ganz ungemeine Begebenheiten des Robinson Crusoe, welcher 28 Jahre auf einer unbewohnten Insel, an welche er nach erlittenem Schiffbruch geschlagen worden, gelebt hat, 1720. 2 Thle. (Das englische Original, 1719). [2] Bibliothek der Robinsone in zweckmäßigen Auszügen, von Haken, 1805—8. 5 Thle. (Campe's Robinson, zuerst 1779). Man zählt von 1720—70 über 50 Robinsonaden, unter denen der schlesische Robinson, 1723, auszuzeichnen ist. [3] Erste Ausgabe 1731—43. 4 Thle.; neu bearbeitet von A. Oehlenschläger „die Inseln im Südmeer," 1826. 4 Bde.; von Tieck, nebst Einleitung, 1827. 6 Bde. [4] Sammlung satirischer und ernsthafter Schriften, 1739. Neueste Sammlung seiner Schriften hgg. von K. Müchler, 1806. 3 Thle. K. G. Helbig, Christ. Lud. Liscow, ein Beitrag ꝛc. 1841. Chr. L. Liscow's Leben, geschildert von G. C. F. Lisch, 1845.

III. Ausbildung einer nationalen Literatur im Zeitalter Friedrichs des Großen.

C^a. 1740—c^a. 1770.

Klopstock, Lessing, Wieland.

Oestreich: Maria Theresia 1740—80. Preußen: Friedrich II. 1740—86. (Kaiser: Karl VII. 1742—45. Franz I. — 1765. Joseph II. — 1790.)

1. Förderniſſe der Nationalliteratur im Allgemeinen. Kritikerfehden und Dichtervereine.

§. 105. Die Nation hatte im Stillen ihre Kräfte entwickelt und ein erhöhteres Selbſtbewußtſein gewonnen. Die raſchen Fortſchritte der Wiſſenſchaft wirkten auf das Volk zurück, und ihre Ergebniſſe fingen an, ein Gemeingut zu werden; die Schule ward dem Leben befreundet. Friedrich der Große hatte die wiſſenſchaftliche Richtung ſeiner Zeit verſtanden; er gab ſeinen Gelehrten die ausgedehnteſte Lehr- und Preßfreiheit und förderte die Wiſſenſchaften durch neue Inſtitute (Erneuerung der Berliner Akademie 1744.) Seine Kriegsthaten gaben den Deutſchen das langentbehrte Gefühl großer Ereigniſſe (der erſte ſchleſiſche Krieg 1740—42. Der zweite ſchleſiſche Krieg 1744—45. Der ſiebenjährige Krieg 1756—63). Seine Vorliebe für die franzöſiſche Literatur trug dazu bei, die deutſchen Gelehrten an geſchmackvolle Behandlung wiſſenſchaftlicher Gegenſtände zu gewöhnen. Zugleich wurde ſeine Verachtung der vaterländiſchen Literatur (de la littérature allemande, 1780) ein Sporn für die deutſchen Schriftſteller, den Franzoſen durch eigene Leiſtungen ſich an die Seite zu ſtellen.

§. 106. Wie ernſtlich man ſich jetzt die Verbeſſerung der Sprache und Literatur zur Aufgabe machte, zeigte ſich in dem Streite, der 1740 zwiſchen Gottſched und den Schweizern mit dem Erſcheinen von Breitinger's „kritiſcher Dichtkunſt, worin die poetiſche Malerei in Abſicht auf die Erfindung im Grunde unterſucht wird," ausbrach und bis 1747 mit großer Kampfluſt von beiden Seiten fortgeſetzt wurde.[1] Der Beifall der gewichtigſten Stimmen und der jungen Dichtertalente entſchied zuletzt für die Schweizer. Auch unter Gottſched's Schülern fielen mehrere ab, und ſeine dramaturgiſchen Bemühungen schlugen selbst in Leipzig fehl (das „Vorspiel" der Frau Neuber 1741), wenn sie gleich im Allgemeinen den Erfolg hatten, die regelmäßige Form des Drama's in Aufnahme zu bringen. (§. 121).

So wenig man auch in diesen Streitigkeiten zu einer vorurtheilsfreien Einsicht in das Wesen der Poesie gelangte, so wiesen doch die Schweizer auf die Phantasie als die schöpferische Dichterkraft hin, verglichen die Poesie mit der Malerei und zogen die Welt des Wunderbaren in ihren Bereich. Dadurch regten sie die poetischen Bestrebungen mannigfach an. Die nüchterne Correctheit mit den bequemen Alexandrinern fing an, einer lebendigeren und gehaltvolleren Sprache Platz zu machen, und die Bekämpfung gereimter Gedichte brachte wenigstens das Gute, daß in reimlosen Gedichten die Gedankenleere eher fühlbar wurde, und die Sprache an Farbenreichthum und Mannigfaltigkeit der Form gewann. Was Bodmer und Breitinger für die Wiedererweckung der mittelhochdeutschen Dichtungen leisteten, trug Frucht in besseren Zeiten (Proben der altschwäbischen Poesie, 1748; Chriemhildens Rache, 1757; Sammlung der Minnesinger, 1758. 59). Rascher trat der Einfluß der englischen Literatur hervor, obwohl man noch von der Anerkennung des Shakspearischen Genius fern war und zunächst sich nur an die späteren, zum Theil französirenden Dichter hielt (Milton 1608—74; Addison 1672—1719; Pope 1688—1744; Richardson 1689—1761; Thomson 1700—48; Young 1681—1765 und And.)

[1] Sammlung kritischer, poetischer und anderer geistvollen Schriften, 1741 ff. 12 Stücke (hierin 1742 die erste Hinweisung auf die Minnesänger.) N. A. von Wieland: Sammlung der zürcherischen Streitschriften ꝛc. wider die Gottschedische Schule, 1753.

§. 107. Das Bessere fand vornehmlich in den Vereinen junger Dichter Aufnahme und Pflege, in denen wechselseitige Kritik und freundschaftliche Ermunterung einander unterstützten. Der erste Vereinigungspunct vorwärts strebender Talente waren die von dem Leipziger Professor Johann Joachim Schwabe herausgegebenen „Belustigungen des Verstandes und Witzes" (1741—45). Jedoch war diese Zeitschrift noch von Gottsched's Einfluß abhängig. Bald darauf verbanden sich zu Leipzig Karl Christian Gärtner (geb. zu Freiberg 1712, † als Professor und Hofrath zu Braunschweig 1791), Johann Andreas Cramer (§. 112) und Johann Adolf Schlegel (§. 112) zur Herausgabe einer neuen Monatsschrift: Beiträge zum Vergnügen des Verstandes und Witzes (Bremen und Leipzig, 1744—48, daher Bremer Beiträge genannt), in welcher man sich von der Gottsched'schen Schule trennte. Zu ihnen gesellten sich als Mitarbeiter Konrad Arnold Schmid (§. 112), Nicolaus Dietrich Giseke (geb. zu Cso bei Günz in Ungarn 1724, wo sein Vater evangelischer Prediger war, † als Superintendent zu Sondershausen 1765), Johann Arnold Ebert (geb. zu Hamburg 1723, † als Professor und Hofrath zu Braunschweig 1795), Friedrich Wilhelm Zachariä (§. 111) und Andere. Die hervorragendsten Genossen des Bundes waren Gellert (§. 110), Rabener (§. 109) und Klopstock (§. 115). Da mehrere Mitglieder des Vereins später in Braunschweig und Kopenhagen zusammentrafen, so wurden diese Städte neue Mittelpuncte literarischer Thätigkeit.

§. 108. In Halle und einigen anderen preußischen Städten erhielt gleichfalls die Poesie neue Anregung. Samuel Gotthold Lange (1711—81), der Stifter der deutschen Gesellschaft in Halle, und sein Freund Jacob Immanuel Pyra (1715—44), ein Dichter von großer Begabung und in mancher Hinsicht ein Vorläufer Klopstock's, folgten den Grundsätzen der Schweizer und versuchten sich in reimfreien Gedichten, in denen schon der preußische Patriotismus anklingt.[1] Auf gleiche Weise stiftete die Liebe zur Dichtkunst die Freundschaft zwischen Johann Wilhelm Ludwig Gleim (geb. 1719 zu Ermsleben unweit Halberstadt, seit 1747 zu Halberstadt, † 1803), Johann Peter Uz (geb. 1720 zu Ansbach, † daselbst 1796) und Johann Nicolaus Götz (1721—81), welche um 1740 in Halle zusammentrafen. Der Freundschaftsbund erweiterte sich durch die Bekanntschaft mit Ewald Christian von Kleist (§. 113), Karl Wilhelm Ramler (§. 116) u. And. Mittelpuncte der preußischen Dichterverbindungen waren nachmals Halberstadt und Berlin.

Insbesondere ist noch des Einflusses zu gedenken, den gleichzeitig die deutsche Musik auf die Poesie hatte (G. Fr. Händel 1684—1759: Messias 1741; J. Sebast. Bach 1685—1750; J. Adolf Hasse 1699—1783; K. H. Graun 1701—59 u. m. And.)

[1] (Pyra), Erweis, daß die G*ttsch*dianische Secte den Geschmack verderbe, 1743. 44. — Thirsis [Pyra's] und Damons [Lange's] freundschaftliche Lieder, 1745. Lange's Horazische Oden, 1747.

2. Volksschriften. Uebergang der Gelehrtenpoesie zum Volksmäßigen in der belehrenden und komischen Erzählung.

§. 109. Die Zahl der moralischen und schöngeistigen Zeitschriften mehrte sich schnell mit der Zunahme der Leselust der mittleren Stände, an die sich jetzt die Literatur wandte, und trug zur Verbreitung von Kenntnissen wesentlich bei; die Prosa strebte nach populärer Verständlichkeit und war daher breit und schleppend, gewann jedoch an Correctheit. Gottsched leitete mit großer Geschäftigkeit die Herausgabe mehrerer solcher Zeitschriften: die vernünftigen Tadlerinnen 1725 f.; der Biedermann 1727 f. Luise Adelgunde Victorie Gottsched, geb. Culmus (1713—62), dessen feingebildete und, wie namentlich ihre Briefe[1] beweisen, ihm an Geschmack überlegene Gattin, übersetzte die englischen Zeitschriften „der Zuschauer" und „der Aufseher" (von Addison und And.) und mehrere popularphilosophische Abhandlungen französischer Schriftsteller. Unter Gottsched's Schülern und den Genossen des jüngern Leipziger Dichterbundes waren viele als Herausgeber populärer Wochen- und Monatsschriften thätig und fanden bald in anderen Gegenden Deutschlands und der Schweiz Nachahmung.

Die Satire übte sich in den literarischen Fehden. Auf Beifall in weiteren Kreisen des Volks konnte die allgemeine Satire rechnen, die einen kleinen Krieg gegen die Thorheiten der mittleren Stände führte. In diesem beschränkten Kreise bewegte sich Gottlieb Wilhelm Rabener (geb. 1714 zu Leipzig, 1741—53 Steuerrevisor in Leipzig, † als Steuerrath zu Dresden 1771) mit gutmüthiger Laune und wurde ein Lieblingsschriftsteller seiner Zeit.[2] Dieser Gattung von Satire schließen sich die Sinngedichte an, die von Vielen versucht wurden, am glücklichsten von Abraham Gotthelf Kästner[3] (geb. 1719 zu Leipzig, seit 1756 Professor der Mathematik in Göttingen, † 1800).

[1] Briefe der Frau L. A. V. Gottsched (hgg. von ihrer Freundin Dor. Henr. von Runkel), 1771 f. 3 Thle. [2] Sammlung satirischer Schriften, 1751—55. 4 Thle. 10. Aufl. 1772. Briefe, hgg. von Weiße nebst einer Biographie, 1772. Sämmtliche Schriften, hgg. von Chr. F. Weiße, 1777. 6 Thle. [3] Vermischte Schriften, zuerst 1755. 72. Sinngedichte, hgg. von Justi, 1800. N. A. 1820.

§. 110. Christian Fürchtegott Gellert, (geb. zu Hainichen 1715, seit 1745 Docent, seit 1751 außerordentlicher Professor zu Leipzig, † 1769) ward in noch größerem Maße der Liebling des Volks. Seine Poesie geht nicht über einen engen Kreis des Lebens hinaus, aber ihre innere Wahrheit, ihre bescheidene Gemüthlichkeit dringt zum Herzen. Seine **Fabeln und Erzählungen** (zuerst 1746) sind ein Lesebuch für alle Stände geworden. Seine **religiösen Lieder** (zuerst 1757) sind der Abdruck seines edlen, frommen Gemüths: „Wie groß ist des Allmächt'gen Güte" ꝛc. „Wenn ich, o Schöpfer, deine Macht" ꝛc. „Gott ist mein Lied" ꝛc. „Auf Gott und nicht auf meinen Rath" ꝛc. „Mein erst Gefühl sei Preis und Dank" ꝛc. „Nach einer Prüfung kurzer Tage" ꝛc. (Lustspiele §. 121). Seine prosaischen Schriften haben auf ihre Zeit nicht minder segensreich gewirkt; auch haben sie zur Verbesserung des Prosastils wesentlich beigetragen: der Sittenroman „Leben der schwedischen Gräfin v. G." (1746); Abhandlungen: von den Trostgründen wider ein sieches Leben (1747) u. and.; **Briefe nebst einer praktischen Abhandlung von dem guten Geschmacke in Briefen**, 1751;[1] **moralische Vorlesungen** (Dramatische Versuche §. 121).

Die Popularität, welche die **Fabel** und die **Erzählung** durch Hagedorn und Gellert erhalten hatten, ermunterte zu zahlreichen Versuchen in dieser Gattung, unter denen vornehmlich die Fabeln von J. W. L. **Gleim** (1756. 57) und Magnus Gottfried **Lichtwer**[2] (geb. 1719 zu Wurzen, seit 1749 in Halberstadt, † 1783) Beifall fanden. Gottlieb Konrad **Pfeffel** (geb. zu Colmar 1736, seit 1757 blind; † zu Colmar 1809) ist der letzte Vertreter dieser Gattung von Fabeln und moralischen Erzählungen (seit 1759).[3]

[1] Sämmtliche Schriften nebst einer Sammlung von Briefen und einer Biographie von J. A. Cramer, 1769 ff. 10 Thle. und öfter. [2] Erste Ausg. 1748; von **Ramler** verändert, 1761; 3. A. mit Lichtwer's **eigenen** Aenderungen, 1762. [3] Auswahl seiner Fabeln und Erzählungen, hgg. von Hauff, 1840. 2 Bde.

§. 111. Friedrich Wilhelm Zachariä (geb. 1726, † als Professor zu Braunschweig 1777) bemühte sich durch Nachahmung der französischen und englischen **komischen Heldengedichte** (Boileau's Chorpult, Pope's Lockenraub u. a.) auch diese Gattung des Komischen in die deutsche Literatur einzuführen. Zuerst erschien (1744) der **Renommist**; die Schilderung deutscher

Studentensitten fand trotz der Schwäche der Ausführung Beifall, der ihn zu ähnlichen Versuchen ermunterte (Schnupftuch, Phaeton, Murner in der Hölle, die Verwandlungen).[1] An Nachahmern fehlte es nicht, z. B. Uz, Sieg des Liebesgottes (1753); aber alle konnten sich nur mit Schwerfälligkeit in den fremden Fesseln bewegen.

[1] Zachariä's poetische Schriften, 1763 ff. 9 Thle. und öfter; hinterlassene Schriften und Leben von Eschenburg, 1781.

3. Philosophische Lehrgedichte. Didaktische Oden und didaktisch-beschreibende Gedichte.

§. 112. Weniger Ansprechendes findet sich unter den Lehrgedichten, größtentheils Moralpredigten oder philosophischen Abhandlungen in Versen; z. B. Gellert's moralische Gedichte, 1754 („der Christ"); Lichtwer's Recht der Vernunft (1758); Gleim's Halladat oder das rothe Buch (1774). Einen passenderen Stoff wählte J. P. Uz, indem er, gleichwie Hagedorn in seinen moralischen Gedichten (1750), „die Kunst stets fröhlich zu sein" (1760) lehrte. Man bediente sich dazu auch in Horazischer Weise der Form poetischer Briefe oder „Episteln."

In der didaktischen Ode zeichnet sich Uz vornehmlich aus, theils indem er die Grundsätze der Leibnitz-Wolffischen Philosophie poetisch einkleidet („Theodicee"), theils indem er der patriotischen Gesinnung einen erhebenden Ausdruck giebt („das bedrängte Deutschland," „an die Deutschen"). Mit dieser Richtung berührte sich das geistliche Lied, welches bei dem Streben nach dem Schwunge der Ode seine einfache Würde und Herzlichkeit gegen eine rhetorische Manier vertauschen mußte, wovon die zum Theil in die Gesangbücher übergegangenen Kirchenlieder von J. Andreas Cramer (geb. 1724 zu Jöhstadt in Sachsen, 1754—71 zu Kopenhagen, † als Kanzler der Universität zu Kiel 1788),[1] Johann Adolf Schlegel (geb. 1721 zu Meißen, † als Generalsuperintendent zu Hannover 1793),[2] Konrad Arnold Schmid (geb. zu Lüneburg 1716, † als Consistorialrath zu Braunschweig 1795),[3] und J. P. Uz[4] nicht frei sind.

[1] J. A. Cramer's sämmtliche Gedichte, 1782. 83. 3 Thle. Poetische Uebersetzung der Psalmen, 1762—64. 4 Thle. [2] Geistliche Gesänge, 3 Sammlungen 1766. 69. 72. Vermischte Gedichte, 1787. 89. 2 Bde. [3] Lieder auf die Geburt des Erlösers, 1761.

[4] J. P. Uz' lyrische Gedichte, zuerst 1749 (Frühlingsode, 1743, in Hexametern mit einer Vorschlagsylbe); sämmtliche Werke, 1768. 2 Thle. und öfter.

§. 113. Ewald Christian v. Kleist ist einer der hervorragendsten Dichter der ernsten elegischen Lyrik. Geboren 1715 zu Zeblin in der Nähe von Cöslin, trat er 1740 in preußische Kriegsdienste und lebte meist zu Potsdam in der Zurückgezogenheit des Garnisonlebens („der gelähmte Kranich"), bis ihn der siebenjährige Krieg zu Thaten rief („Ode an die preußische Armee" 1757) und er 1759 zu Frankfurt an der Oder in Folge in der Schlacht bei Kunnersdorf erhaltenen Wunden einen frühen Tod fand. Den größten Beifall erwarb sich sein didaktisch-beschreibendes Gedicht, der Frühling, wozu Thomson's Gedicht „die Jahreszeiten" die erste Veranlassung gegeben hatte.[1]

Eine neue Anregung erhielt die didaktische Poesie durch die schwermuthvollen „Nachtgedanken" des Engländers Young, von denen Ebert eine gute Uebersetzung lieferte (1754. 56, verbessert 1760). Viele bestrebten sich, es diesen in Melancholie und Klage gleichzuthun, obwohl es Wenigen so von Herzen ging, wie dem edlen Friedrich Karl Kasimir von Creuz (1724—70): die Gräber, ein philosophisches Gedicht in sechs Gesängen (1760).

[1] Kleist's Frühling (in Hexametern mit einer Vorschlagsylbe) angefangen 1746, hgg. 1749. K.'s Gedichte, 1756. 58; Ausg. von Ramler, 1760. 2 Thle. u. öfter; sämmtliche Werke von W. Körte (nebst einer Biographie), 1803. 2 Thle. u. öfter.

4. Das heitere Lied. Anakreontiker. Idyllische Dichtungen.

§. 114. Das Didaktische zeigt sich nach allen bisher erwähnten poetischen Erscheinungen als der Mittelpunct der damaligen Poesie. Was über diesen beschränkten Kreis hinausstrebt, mißräth, z. B. die Romanze, welche Gleim im Bänkelsängerton erneuerte (1756), und das komische Heldengedicht. Eben so wenig konnte man den rechten Ton für das heitere Lied treffen. Gleichwie Hagedorn (§. 102) ging J. N. Götz in die Schule der Franzosen; er zeigt in einzelnen Liedern eine damals seltene Anmuth der Behandlung. Die Liederpoesie gerieth in leere Tändelei, als man mit erkünstelter Empfindung „anakreontische" Lieder dichtete, wobei die muntern griechischen Lieder, die Anakreon's Namen tragen — damals neben Horaz die Vorbilder des

Frohsinns — sowie die griechischen Skolien oder Trinklieder, die Ebert nachzubilden versucht hatte, zum Muster genommen wurden. Nachdem Gleim in seinen „scherzhaften Liedern" (1744. 45), denen sich hernach „Gedichte nach Anakreon's Manier" (1764. 66) anreihten, diesen Ton angeschlagen hatte, sangen die Anakreontisten bis zur Uebersättigung in demselben fort. (Gleim's Kriegslieder, s. §. 116).[2]

Die Poesie schöpfte noch nicht aus der Tiefe des menschlichen Herzens; bedenklich schien der freie Erguß der Empfindung; daher konnten noch die Ziereréien einer „idealen" Schäferwelt gefallen, die in dramatischen Schäferspielen, im Liede und in der Idylle zur Schau gestellt ward. Den größten Ruhm erlangte im idyllischen Fache Salomon Geßner (geb. 1730 zu Zürich, auch als Landschaftsmaler geachtet, † daselbst 1787): er steht unter dem Einfluß der Klopstockischen Poesie. Seinen Idyllen (seit 1756), die in einer höchst wohlklingenden („poetischen") Prosa abgefaßt sind, fehlt trotz der Zartheit und Unschuld der Personen Naturwahrheit und Charakter. Einige seiner idyllischen Dichtungen sind nach einem größeren epischen Plane angelegt: der Tod Abels in fünf Gesängen (1758), der erste Schiffer in zwei Gesängen (1762).

[1] Gedichte bei der Uebersetzung des Anakreon, 1746. Götz' vermischte Gedichte, hgg. von Ramler, 1785. 3 Thle. [2] Gleim's sämmtliche Werke, hgg. von Körte (nebst Biographie), 1811 ff. 8 Bde.

5. F. G. Klopstock. — Antike Oden. Patriotische Lyrik.

§. 115. Friedrich Gottlieb Klopstock, geb. zu Quedlinburg den 2. Juli 1724, ward von dem eignen Genius frühzeitig auf eine Bahn gewiesen, die ihn von den mitstrebenden Zeitgenossen entfernte und weit über sie emportrug. Kaum hatte er 1745 Schulpforte verlassen, als er den schon auf der Schule stillgenährten Vorsatz, den Messias (nach Milton's Vorgange) zum Gegenstande eines großen Epos zu machen, anfangs zu Jena (1745) und (seit 1746) zu Leipzig auszuführen begann (Mitglied des Leipziger Dichterbundes). Für seine erhabenen Anschauungen und Empfindungen wählte er die Formen der antiken Versmaße, in denen bisher nur einige unbedeutende Versuche gemacht waren, und ward der Schöpfer einer ausdrucksvollen und klangreichen

Dichtersprache. Die drei ersten Gesänge des Messias (in Hexametern), welche 1748 in den Bremer Beiträgen ans Licht traten, waren eine völlig neue Erscheinung, die trotz des Widerspruchs der am Alten haftenden Theoretiker allen für höhere Poesie empfänglichen Gemüthern als ein heilverkündender Stern entgegenleuchtete. In dieselbe Zeit fallen die ersten seiner Oden in antiker metrischer Form, welche von der innigen Freundschaft, die ihn mit seinen Leipziger Freunden verband, und einer schwermuthvollen Jugendliebe (Sophie Schmidt — Fanny) beseelt sind („der Lehrling der Griechen," 1747; „an Giseke," „an Ebert," „Wingolf" 1747, „an Fanny" 1748). Ein Besuch in der Schweiz (1750. 51), wohin ihn Bodmer geladen hatte, gab ihm Heiterkeit und Geistesfrische zurück („der Züricher See"). Bald darauf (1751) gewährte ihm der dänische Hof (Graf Bernstorff) Unabhängigkeit und Muße, um den Messias zu vollenden; das Gedicht erschien stückweise und wurde erst 1772 mit dem zwanzigsten Gesange beendigt[1] (Ode „an den Erlöser").

Die Zögerung wurde dem Werke nicht förderlich; die ersten zehn Gesänge (hgg. 1755) sind die vortrefflichsten; sie durchdringt die jugendliche Begeisterung, mit der er zuerst den erhabenen Gegenstand erfaßte. Wenn das Werk, als Ganzes betrachtet, den Anforderungen, die man an ein Epos zu machen hat, nicht entspricht, so liegt der Grund theils in dem der epischen Behandlung widerstrebenden Stoffe, theils in der dogmatischen Ansicht des Dichters und seinem Hange, Abstractionen und poetische Visionen an die Stelle des thatsächlichen Gehalts zu setzen; auch wies ihn seine dichterische Anlage mehr auf das Lyrische als auf das Epische hin; daher ergreifen die lyrischen und elegischen Partieen des Werkes am meisten. Seine Oden und Elegieen[2] werden den Ruhm des Messias überdauern, und nur die lyrische Poesie begleitete sein Leben bis zu den „höheren Stufen" (Ode von 1802).

Für die getäuschten Jugendhoffnungen fand er Ersatz in dem häuslichen Glück, das ihm die Verbindung (1754) mit der geist- und gemüthvollen Meta Moller (Cidli) aus Hamburg bereitete. Sie wurde ihm schon 1758 durch den Tod entrissen.[3] Sein späteres Leben war allzu einsam; die Jugendgenossen waren zerstreut; geistesverwandte Freunde sammelten sich nicht um ihn. Früh vom Lobe verwöhnt und in sich abgeschlossen, gestattete er den großen literarischen Erscheinungen, die er noch erlebte, nur geringen Einfluß auf sich, wenn er auch nicht aufhörte, in seiner Weise das Gute mit Nachdruck zu fördern (Gelehrtenrepublik, 1774; über die deutsche Rechtschreibung, 1778; grammatische Gespräche, 1794). Er starb zu Hamburg, wo er sich seit 1770 aufhielt, den 14. März 1803 (die Gräber zu Ottensen).[4]

Die Lyrik seiner männlichen Jahre wandte sich vornehmlich der religiösen und patriotischen Dichtkunst zu. Außer mehreren schwungreichen religiösen Oden („die Frühlingsfeier") verfaßte er auch geistliche Lieder, welche an Glaubensinnigkeit alle ähnlichen Erzeugnisse der Zeit weit hinter sich lassen („Auferstehn, ja auferstehn" 2c., „Wenn ich einst von jenem Schlummer" 2c., „Selig sind des Himmels Erben" 2c.). Das ältere Kirchenlied, dessen erhabene Einfachheit auch er nicht ganz erreichen konnte, brachte er durch Bearbeitung mehrerer Lieder den Zeitgenossen wieder näher.[5] Die geistlichen Trauerspiele (der Tod Adams 1757, Salomo 1764, David 1772), sämmtlich unbedeutend im Inhalt und ohne lebendige Handlung, konnten weder dem Zeitgeschmacke noch den Kunstforderungen genügen.

In all seinem Streben zeigt sich die wärmste Vaterlandsliebe; daher sein Haß gegen die Fesseln eines fremden, besonders des französischen Geschmacks, sein edler Stolz der englischen Muse gegenüber. Ein Mißgriff war es indeß, daß er die, den Griechen und Römern entlehnte, gangbare mythologische Bildersprache, welche freilich den Dichtern seiner Zeit nur als leerer äußerer Redeschmuck diente, mit der noch fremdartigeren nordischen vertauschte (seit 1766). Seine Sehnsucht nach deutschem Nationalsinne und deutscher Kraft (Ode „mein Vaterland" 1768) ließ ihn vor allen die Zeiten Hermanns in einem idealen Lichte erblicken. Daher feierte er diesen und den Kampf gegen die römischen Unterdrücker nicht nur in mehreren Oden, sondern auch in dramatischen Schilderungen, die er Bardiete nannte (Hermanns Schlacht 1769, Joseph II. gewidmet; Hermann und die Fürsten 1784; Hermanns Tod 1787). Aus dieser Freiheitsliebe ging auch die bald bitter enttäuschte Begeisterung (Ode „Sie und nicht Wir!" 1790) für die französische Revolution hervor.[6]

[1] Ges. 1—5, 1751; 10 Ges. 1755; 11—15. 1768; 16—20.

1773. Erste Gesammtausgabe 1780. 2 Bde. (Daneben eine Ausgabe nach Klopstock's neuer Orthographie.) N. A. 1799. 4 Bde. [2] Erste Sammlung der Oden, 1771; N. A. 1798; Oden und Elegieen mit erklärenden Anmerkungen von Vetterlein, 1827. 28. 3 Bde.; von Gruber, 1831. 2 Bde. [3] Margar. Klopstock hinterlassene Schriften, 1759, und im XI. Bande von K.'s Werken. [4] K. Fr. Cramer, Klopstock. Er und über ihn. 1780 ff. 5 Thle. Klopstock's Leben von Gruber, 1832. Briefwechsel und lebensgeschichtliche Beiträge von H. Schmidlin, 1839. 3 Bde. J. C. Mörikofer, Klopstock in Zürich, 1851. [5] Gesammelt 1758. 69. 2 Thle. [6] Klopstock's Werke, 1798—1817. 12 Bde. und mehrere Wiederabdrücke.

§. 116. Die erste Einwirkung eines seiner Zeit überlegenen Geistes pflegt eine Menge verfehlter Nachahmungen zu veranlassen, die sich mehr an das Aeußere als an das Wesen halten. Die Heldengedichte nach Gottsched'schen Regeln konnten freilich kein Glück mehr machen, und der „Hermann" des Freiherrn von Schönaich in trochäischen Versen (1751) wurde verspottet und bald vergessen. Aber nicht viel besser sind die Patriarchaden in holprichten Hexametern, wovon selbst Bodmer's Noah[1] (1752) keine Ausnahme macht. Die Gottschedianer fürchteten die Rückkehr des Lohenstein'schen Geschmacks.[2]

K. W. Ramler (geb. zu Colberg 1725; 1748—90 Professor an der Cadettenschule in Berlin, † 1798) wetteiferte mit Klopstock in der antik-gemessenen Ode und nahm dabei die Oden des Horaz in einem beschränkteren Sinne zum Vorbilde. Seine Gedichte sind das Erzeugniß eines mühsam ringenden Fleißes, der wohl zuweilen das Rechte trifft, aber nicht die poetische Wärme, welche vom preußischen Patriotismus sich vertreten lassen muß, zu erzwingen vermag. Dessenungeachtet ist sein Verdienst um die Sprache und Metrik, die er auch durch Uebersetzungen des Horaz (zuerst 1769), Martial, Catull und Anakreon gefördert hat, anzuerkennen.

Andere suchten der patriotischen Dichtkunst durch abenteuerliche Formen eine alterthümliche Kraft zu verleihen und führten die sogenannte Bardenpoesie ein, der auch Klopstock's Beispiel Vorschub leistete, z. B. Gerstenberg (§. 122): Gedicht eines Skalden, 1766. Die Ossian'schen Gedichte[3] waren unter solchen Umständen eine willkommene und einflußreiche Erscheinung. Die Oden des Wieners Michael Denis[4] [Sined's des Barden] (1729—1800) sind Nachahmungen sowohl dieser Gedichte als der Klopstock'schen Bardengesänge, haben aber noch ein besonderes Interesse als Ausdruck des östreichischen Patriotismus, in welcher Hinsicht er neben Ramler zu stellen ist; er bezeichnet uns auch den Zeitpunct, wo das katholische Deutschland von dem protestantischen zu lernen und seine Poesie nachzuahmen anfing.[5]

Auf der andern Seite wurde die patriotische Lyrik dem Volksliede wieder näher gebracht. Die „preußischen Kriegslieder in den Feldzügen 1756 und 1757 von einem Grenadier" (1758) sind Gleim's bedeutendste Leistung, obwohl der Ton des Volksliedes auch hier noch nicht getroffen ist.[6] Außerdem ist zu beachten, daß während der Kriegsjahre das Volkslied wieder hervortrat und nicht wenig dazu beitrug, die lyrische Poesie zur Einfachheit und Volksthümlichkeit zurückzuführen. Diesem Volkstone begegnen wir auch in einigen der „Schweizerlieder" (1767) Johann Kaspar Lavater's (geb. 1741 zu Zürich, † daselbst 1801).

Mit dem wiedergewonnenen Nationalgefühl, das hier im Bardenwesen und in Hermanniaden aller Art, dort in der Begeisterung für Friedrichs Großthaten durchbrach, fielen nach und nach die Schranken, welche die deutsche Poesie einengten. Der erweiterten Weltansicht wichen die engen Moralbegriffe, der kräftigen Erregung des Gemüths die mattherzigen Tändeleien, der Theilnahme an der bewegten Gegenwart die marklosen Ideale. Wie am Schlusse dieses Zeitabschnittes durch Lessing's und, wenn auch in weit geringerem Grade, durch Wieland's Bestrebungen die Poesie sowie die Theorie und Kritik auf einen höheren Standpunct geführt wurden, kann erst näher nachgewiesen werden, nachdem wir die gleichzeitigen Fortschritte der Wissenschaft ins Auge gefaßt haben.

[1] Noah, ein Heldengedicht in 12 Gesängen, 1752; 2. Aufl. „Noachide", 1765; 4. A. „ganz umgearbeitet" 1781. [2] Schönaich's neologisches Wörterbuch, 1754. [3] R.'s Oden, 1767. 68. Lyrische Gedichte, 1772; poetische Werke, hgg. von Göckingk, 1800. 1801. 2 Bde. [4] Erste Uebersetzung (in Prosa), Hamburg 1764 („Fingal, ein Heldengedicht" 2c.); in Hexametern von Michael Denis, 1768. 69. 3 Thle. [5] Die Lieder Sined's des Barden, 1772; Ossian's und Sined's Lieder, 1784. 5 Bde. und öfter.

6. Philosophie und Theologie. Aesthetik und Kunstgeschichte.

§. 117. Der Hauptsache nach behauptete sich diesen Zeitab

schnitt hindurch das Leibnitz-Wolff'sche System, obgleich man schon das Unhaltbare desselben einzusehen anfing. Hermann Samuel Reimarus zu Hamburg (1694—1786)[1] versuchte mit Glück eine populäre Behandlung einiger Theile derselben. Die Neigung zur metaphysischen Speculation nahm allmählich ab, je mehr der populäre Empirismus der Engländer und Franzosen, welcher sich auf die sinnliche Erfahrung beschränkte, Eingang fand. Indem dieser sich zur Aufgabe machte, die von der Vorzeit überlieferten Vorurtheile, den Aberglauben und überhaupt die den Geist beschränkenden Fesseln zu zerstören, erhielt die Philosophie eine Richtung, welche Religion und Moral vielfach gefährdete und oft der edelsten Pflanzen nicht schonte. Durch die gefällige Darstellung, den Witz und Spott der vielgelesenen französischen Schriftsteller erhielten diese Lehren eine über ganz Europa sich erstreckende Wirksamkeit (Voltaire 1694—1778, J. J. Rousseau 1712—78, Diderot 1713—84, d'Alembert 1717—83, Helvetius 1715—71. Die Encyklopädisten). Bei den Deutschen jedoch waren Religiosität und Sittlichkeit zu fest im Volksleben begründet, um so tief, wie in Frankreich, erschüttert zu werden. Wenn man auch hin und wieder ins Extrem hinübergriff, so blieb doch im Allgemeinen der sittliche Ernst und die wissenschaftliche Gründlichkeit herrschend. Die Wissenschaft hatte der Kritik viel zu verdanken, und in der Kunst, klar und anziehend zu schreiben, konnte man von Franzosen und Engländern viel lernen.

Die Schriftsteller, welche die Philosophie von dem System der Schule zu befreien und in die weiteren Kreise der Gebildeten einzuführen suchten, behandelten besonders Gegenstände der praktischen Philosophie, der Psychologie und Aesthetik, und strebten gemäß dem Muster der Engländer und Franzosen nach einer eleganten populären Darstellung. Wie sehr die Lehrprosa dadurch gewann, zeigen die Schriften Johann Georg Sulzer's[2] (geb. 1720 zu Winterthur in der Schweiz, seit 1747 Professor in Berlin, † 1779), Moses Mendelsohn's[3] (geb. von jüdischen Eltern 1729 zu Dessau, † zu Berlin 1786); ferner die Abhandlungen von Thomas Abbt[4] (geb. zu Ulm 1738, † 1766 zu Bückeburg), von Johann Georg Zimmermann[5] (1728—95, Arzt zu Hannover) u. And. Eine lebhafte Thätigkeit für popularphilosophische „Aufklärung" entwickelte Friedrich Nicolai (1733—1811), Buchhändler in Berlin. Als Mittelpunct und

Beförderer literarischer Bestrebungen während eines langen Zeitraums ist er nicht ohne Verdienste, namentlich als Herausgeber der „Briefe die neueste Literatur betreffend" (1759 ff.). Als er aber den Maßstab des „gesunden Menschenverstandes" an die hervorragendsten Erscheinungen der Literatur legte, vergalt ihm das jüngere Geschlecht die Verkennung der fortgeschrittenen Zeit mit aller Bitterkeit des Spottes. Die umfassendste unter den von ihm herausgegebenen Zeitschriften, die allgemeine deutsche Bibliothek (1765 ff.), machte den Standpunct der Aufklärung vornehmlich auf dem Gebiete der Theologie und des kirchlichen Lebens geltend.

Im Gegensatze zu den Tendenzen des Zeitgeistes suchte Johann Georg Hamann (geb. 1730 zu Königsberg, † zu Münster 1788) in seinen ideenreichen humoristischen Flugschriften[6] die Offenbarung des Göttlichen in Natur, Schrift und Geschichte als eine lebendige Einheit aufzufassen. Da seine genialen Anschauungen sich meist in dunkeln Ausdruck hüllten („Magus aus Norden"), so wurde er von wenigen seiner Zeitgenossen beachtet und erst von der Nachwelt nach Verdienst gewürdigt.

[1]Die vornehmsten Wahrheiten der natürlichen Religion, 1754; 6. Aufl. 1791. Vernunftlehre, 1756; 5. Aufl. 1790. Betrachtungen über die Kunsttriebe der Thiere, 1762; 4. Aufl. 1798. Vgl. §. 122. [2]Moralische Betrachtungen über die Werke der Natur, 1745; allgemeine Theorie der schönen Künste, 1771. 74. 2 Bde. 1792 ff. 4 Bde.; vermischte philosophische Schriften, 1773. 85. 2 Bde. [3]Ueber die Empfindungen in Briefen, 1755; philosophische Schriften, 1761. 71. 2 Bde.; Phädon oder über die Unsterblichkeit der Seele, 1767; 7. Aufl. 1856. Gesammelte Schriften, 1843 ff. 7 Bde. [4]Vom Tode fürs Vaterland, 1761; vom Verdienste, 1765; verm. Werke, hgg. v. F. Nicolai u. Biester, 1768—81. 6 Thle. [5]Vom Nationalstolze, 1758; über die Einsamkeit, zuerst 1756, später erweitert, 1784 f. 4 Thle. [6]Biblische Betrachtungen, 1758; Sokratische Denkwürdigkeiten, 1759; Kreuzzüge des Philologen, 1762, u. m. and. Hamann's Schriften, hgg. von Fr. Roth, 1821 ff. 8 Thle. H.'s Leben und Schriften von C. H. Gildemeister, 1857. 58. 3 Bde.

§. 118. In Predigten und Erbauungsbüchern bemühte man sich, Popularität des Vortrags mit geschmackvoller stilistischer Form zu verbinden. Die kirchliche Glaubenslehre trat mehr in den Hintergrund, dagegen wurde der sittliche Gehalt des Christenthums mit Wärme dargestellt. Die vorzüglichsten Vertreter der geistlichen Beredsamkeit dieser Periode sind: August Friedrich

Wilhelm Sack zu Berlin (1703—86), Johann Friedrich Wilhelm Jerusalem zu Braunschweig (1709—89), Johann Andr. Cramer (§. 112), auch Uebersetzer der Predigten des Chrysostomus, Johann Joachim Spalding zu Berlin (1714—1804), dessen Abhandlungen „über die Bestimmung des Menschen" (1748), „Gedanken über den Werth der Gefühle im Christenthum" (1761), „über die Nutzbarkeit des Predigtamts" (1772) sich ebenfalls durch klare herzliche Sprache auszeichnen.

§. 119. Die Theorie der Poesie, welche durch Breitinger zuerst eine wissenschaftliche Behandlung erhalten hatte, wurde durch Alexander Gottlieb Baumgarten zu Halle (1714—62) zu einem Theil des philosophischen Lehrgebäudes erweitert: „Aesthetik".[1] Ihre Werke wurden mit Benutzung verwandter französischen[2] und englischen[3] Schriften die Grundlage der Abhandlungen und kritischen Erörterungen von Nicolai und Mendelssohn, Ramler und Sulzer, durch welche die ästhetische Kritik vorzugsweise nach Berlin gezogen wurde. Zwei Männer, Winckelmann und Lessing, erheben sich über ihre Zeit durch ihre geniale Ansicht von dem Wesen der Kunst und Poesie, sowie durch tiefes Eindringen in die Grundsätze derselben.

Johann Joachim Winckelmann (geb. 1717 zu Stendal) hatte unter drückenden Verhältnissen (1743—48 Conrector zu Seehausen in der Altmark, dann Bibliothekssecretär bei dem Grafen von Bünau in Dresden) seinen Geist an den classischen Werken des Alterthums genährt (Abhandlung „über die Nachahmung der griechischen Werke in der Malerei und Bildhauerkunst" 1755), bis seine Begeisterung für die bildende Kunst der Griechen unter Italiens Schätzen (seit 1755) volle Befriedigung fand. Mit seiner Geschichte der Kunst des Alterthums (1764) beginnt eine neue Periode des Studiums der alten Kunst, deren innerstes Heiligthum sich ihm geöffnet hatte, sowie überhaupt das richtige Verständniß des griechischen Geistes und somit auch der griechischen Poesie. Als er 1768 nach einem kurzen Aufenthalte in Deutschland, von schwermüthiger Sehnsucht ergriffen, die Rückreise nach Italien antrat, fand er seinen Tod von der Hand eines Meuchelmörders.[4] — Von Lessing's kritischen Verdiensten läßt sich erst im Zusammenhange bei dem deutschen Drama reden (§. 122).

[1] Aesthetica, 1750. 58. II. Vol. [2] Batteux, Einschränkung der schönen Künste auf einen einzigen Grundsatz, übers. ꝛc. von J. Ad. Schlegel, 1751 (im Auszug von Gottsched, 1751). Einleitung in die schönen Wissenschaften ꝛc. mit Zusätzen von K. W. Ramler, 1758; 5. Aufl., 1803. 4 Bde. Home's Grundsätze der Kritik, übersetzt von Meinhard, 1763 ff. 3 Bde.; 2. Aufl. von Garve, 1772. 2 Bde. [4] W.'s Werke, 1808 ff. 9 Bde. und öfter. W.'s Briefe, hgg. von Fr. Förster, 1824 f. 3 Bde. (Werke, Bd. 10—12.)

7. Historische Wissenschaften.

§. 120. Die Zeitereignisse steigerten die Theilnahme an dem öffentlichen Leben. Die Zeitungen mehrten sich und fanden ein immer größeres Publicum. Das Staatsrecht, die inneren Verhältnisse der deutschen Staaten wurden mehr als bisher Gegenstände wissenschaftlicher Erörterung; die staatsrechtlichen Schriften von Johann Jacob Moser[1] (1701—85) und dessen Sohn Friedrich Karl von Moser[2] (1723—98) wirkten in einem weiten Kreise. War gleich das Studium der Geschichte mannigfach angeregt, so sind doch die Geschichtswerke auch in dieser Periode nur eine massenhafte Ansammlung des Stoffs, in welcher man Kritik und selbstständiges Urtheil vergebens sucht. Eine neue Bahn für die Behandlung der Nationalgeschichte brach Justus Möser zu Osnabrück (1720—94). Seine Osnabrückische Geschichte[3] ist nicht bloß eine Zusammenstellung von Staatshändeln, sondern eine Geschichte des Volks. In seinen populären Aufsätzen, welche in den „patriotischen Phantasieen" (1774) und in den „vermischten Schriften" gesammelt erschienen, zeigt er, wie man, ohne oberflächlich zu sein, für das Volk schreiben könne.

Ein großes Verdienst um die Behandlung der allgemeinen Geschichte und deren Hülfswissenschaften erwarb sich die Universität Göttingen. Johann Christoph Gatterer (1727—99, seit 1759 Professor der Geschichte in Göttingen) führte eine bessere Methode ein, indem er sich von der hergebrachten Anordnung nach vier Monarchieen lossagte.[4] Gottfried Achenwall (1719—72) ward der Begründer der Statistik.[5] Anton Friedrich Büsching (1724—93) begann als Professor zu Göttingen seine fleißig zusammengetragene Erdbeschreibung (seit 1751), welche die Grundlage der neuern Geographie ward. — Eine andere, sogenannte philosophische, Behandlungsweise der

Geschichte nach den leitenden Ideen der menschlichen Cultur ging von Engländern und Franzosen aus. Großen Beifall erwarb sich Isaak Iselin zu Basel (1728—82) durch sein Hauptwerk „über die Geschichte der Menschheit" (1764) und fand viele Nachfolger.

[1] Deutsches Staatsrecht, seit 1737. Lebensgeschichte von ihm selbst, 1768. 3. A. 1777 ff. 4 Bde. (Gesangenschaft zu Hohentwiel 1759—64). [2] Der Herr und der Diener, 1759; von dem deutschen Nationalgeist, 1765, und viele andere. [3] Seit 1765 bogenweise; umgearbeitet 1780. 2 Thle.; 3. Thl. aus dem handschriftlichen Nachlasse, 1824; sämmtliche Werke, hgg. von Abeken, 1842 ff. 10 Thle. [6] Handbuch der Universalhistorie, 1761. 64. 2 Thle. Einleitung in die synchronistische Universalhistorie, 1771. 2 Thle. und andere Schriften. [7] Abriß der neuesten Staatswissenschaft der heutigen vornehmsten europäischen Reiche und Republiken, 1749.

8. Entwickelung des Drama's. G. E. Lessing's vielseitiges Wirken.

§. 121. Das Theater und die dramatische Poesie der Deutschen waren bis gegen das Ende dieses Zeitabschnitts in einem elenden Zustande. Die Bühne blieb ohne Unterstützung von Seiten der Höfe, die Schauspielergesellschaften waren ungebildet und verachtet, die Dichter, die mit der dramatischen Poesie sich befaßten, fanden wenig Anregung von außen. Gottsched's Reformversuche hatten für die Bühne geringen Erfolg, setzten sich jedoch in der Literatur weiter fort. Allein moralische Bedenklichkeiten nicht minder, als engherzige Kunsttheorieen hinderten jede freie Entwickelung des Talents. Was an Originaldramen erschien, war nach französisch-Gottsched'schen Theorieen gearbeitet, z. B. die Lustspiele von Frau Gottsched und von Gellert (das „rührende" Lustspiel), die matten Schäferspiele von Gellert, Gärtner, Gleim 2c. Etwas selbstständiger, doch an Gottsched anlehnend, entwickelte sich das dramatische Talent Johann Elias Schlegel's (geboren 1718 zu Meißen, seit 1743 in Kopenhagen, † als Professor zu Soröe 1749), sowohl in der Tragödie (Hermann, 1741 vollendet; Canut 1746) als in dem Lustspiel (die stumme Schönheit, der Triumph der guten Frauen).[1] Schwächer ist Johann Friedrich von Cronegk (1731—59), dessen „Codrus" (1758) jedoch des von Nicolai für das beste Trauerspiel ausgesetzten Preises für würdig gehalten wurde.

Von den Engländern nahm man anfangs nur die zahmen

Stücke eines Addison, Young, Thomson &c. herüber.[2] Doch war es kein geringer Fortschritt, daß man statt der breiten Alexandriner die fünffüßigen reimlosen Jamben gebrauchen lernte, welche, gleichzeitig mit J. H. Schlegel, Joachim Wilhelm von Brawe (1738—58) in seinem „Brutus“[3] zur Anwendung brachte; jedoch wurden sie bald darauf durch die Prosa wieder verdrängt. Auch in den Stücken des Christian Felix Weiße zu Leipzig (1726—1804), dessen Talent freilich für das höhere Drama (Eduard III. Richard III. 1758 u. and.) nicht zureichte, zeigte sich der Uebergang zum englischen Geschmack, durch den man endlich auch zu Shakspeare geführt wurde.[4] Am gewandtesten erschien Weiße in Singspielen und komischen Opern, die er in Verbindung mit dem trefflichen Componisten Johann Adam Hiller († 1804) trotz Gottsched's Zorn wieder in Gang brachte (der Teufel ist los, 1753 u. m. a.)

[1] Theatralische Werke, 1747. Beiträge zum dänischen Theater, 1748. J. E. Schlegel's sämmtliche Werke, 1761 ff. 5 Bde. [2] Addison's Cato, übersetzt von L. A. V. Gottsched, 1735; 4. A. 1753; Thomson's Sophonisba, übers. von J. Heinr. Schlegel — in fünffüßigen Jamben — 1758; Agamemnon und Coriolan, aus dem Englischen Thomson's, übers. von Schlegel, 1760; Trauerspiele aus dem Englischen (Thomson, Young), übersetzt von Schlegel, 1764. [3] Hgg. von Lessing, 1768. [4] Beiträge zum deutschen Theater, 1759—68. 5 Thle.

§. 122. Gotthold Ephraim Lessing, geb. zu Camenz in der Lausitz den 22. Jan. 1729, erhielt eine gründliche Vorbildung auf der Fürstenschule zu Meißen und begab sich 1746 nach Leipzig, um Theologie zu studiren. Sein Geist war schon zu selbstständig, als daß er an dem damals gewöhnlichen Gange der gelehrten Studien hätte Gefallen finden können; er suchte anderweitige Nahrung. Das Theater zog ihn lebhaft an, der Umgang mit Schauspielern weckte manche neue Ideen über Bühnenwesen und dramatische Dichtkunst. Gleich wie sein Freund Weiße, arbeitete er kleine Stücke für das Theater (der junge Gelehrte, 1747; Damon oder die Freundschaft, 1747; der Misogyn, 1748; die alte Jungfer, 1748; die Juden, 1749; der Freigeist, 1749; der Schatz, 1750), zum Theil Nachbildungen des römischen Lustspiels, in denen wenigstens Lebendigkeit des Dialogs anzuerkennen ist.

Sein immer reger vielumfassender Geist zog ihn zugleich zu

vielseitigen wissenschaftlichen Studien; alte wie neue Literatur beschäftigte ihn in ihrem ganzen Umfange. Der wiederholte Aufenthalt in Berlin (1750. 53—55. 58—60) brachte ihn in nähere Verbindung mit Mendelssohn und Nicolai; mit ihnen verband er sich 1759 zur Herausgabe der „Briefe, die neueste Literatur betreffend," der besten unter den damaligen kritischen Zeitschriften, welche für die Kunstkritik von großem Einflusse war. In Berlin arbeitete er auch die „äsopischen Fabeln" (1759) aus, die eben so sehr durch Schärfe des Gedankens, wie durch vollendet schönen Ausdruck, wenn gleich in Prosa, alles übertreffen, was die derzeitige Fabelpoesie aufzuweisen hat; er begleitete sie mit scharfsinnigen Untersuchungen über das Wesen und die Geschichte der Fabel.

In der Entwickelung des Drama's trat mit seinem Trauerspiele Miß Sara Sampson (1755) eine neue Wendung ein, indem er den tragischen Stoff aus dem Kreise des bürgerlichen Familienlebens wählte und statt der Alexandriner die Prosa gebrauchte. Die noch etwas breite Behandlung, welche die bisherigen steifen Formen nicht ganz überwunden hat, war dem Stücke nicht hinderlich, allgemeinen Beifall zu erhalten; es gewann dem deutschen Drama einen neuen Boden. Lessing erkannte in der Gattung des „bürgerlichen" Trauerspiels eine Rückkehr zur Naturwahrheit, gleichwie unter den Franzosen Diderot, dessen „Theater" er in einer deutschen Bearbeitung herausgab (1760).

Inzwischen beschäftigte ihn neben anderen dramatischen Arbeiten, z. B. Doctor Faust (um 1758) und dem kleinen Trauerspiele Philotas (1759), der Entwurf zu der Tragödie Emilia Galotti, welche er erst 1772 vollendete, ein Drama, das zwar auch noch poetische Wärme und Fülle vermissen läßt, aber in der Anlage des Plans und in der Charakterzeichnung sich über alle bisherigen Leistungen im Drama erhebt. Außer diesen Vorzügen hat sein Lustspiel Minna von Barnhelm oder das Soldatenglück (1767; „verfertigt im Jahre 1763" in Breslau) noch den, daß es das erste Bühnenstück war, welches von einem wahrhaft nationalen Leben und dem Interesse der Gegenwart durchdrungen ist. Die Wirkung, die das Stück hervorbrachte, zeigte, auf welchem Wege allein der dramatischen Poesie zu helfen sei.

Eben so sehr wie durch seine eigenen Schöpfungen, in denen

die dichterische Productionskraft zum Theil durch die Schärfe des Verstandes vertreten wird, bereitete Lessing durch seine Kritik eine neue Periode des Drama's vor. Als er 1767 nach Hamburg als Theaterdichter und Theaterkritiker berufen worden war, gab er seine Kritiken als Hamburgische Dramaturgie (1767. 68) heraus, worin er die Grundirrthümer der Theorieen der Franzosen sowie die Mängel ihrer dramatischen Dichter und der deutschen Nachahmer aufdeckte, auf das spanische und englische Theater aufmerksam machte und namentlich auf Shakspeare hinwies. Wieland hatte sich (seit 1762) das Verdienst erworben, diesen durch eine Uebersetzung[1] der deutschen Nation zugänglicher zu machen. Gleichzeitig wirkte Hans (Heinrich?) Wilhelm von Gerstenberg aus Tondern in Schleswig (1737—1823) für die Anerkennung des britischen Genius;[2] sein Trauerspiel Ugolino (1768) gehört, so formlos und grell es ist, unter die wirksamsten Erscheinungen jener Jahre und half ebenfalls die freiere Bewegung des Drama's fördern.

Obwohl das Drama und die dramatische Literatur Lessing auf allen Stufen des Lebens am lebhaftesten anzogen, so nahmen doch andere Gebiete wissenschaftlicher Forschung seine Thätigkeit nicht minder in Anspruch. Winckelmann's Schriften riefen ihn wieder zu den Studien der antiken Kunst, deren herrlichste Frucht „Laokoon oder über die Grenzen der Malerei und Poesie“ (1765) war. 1768 folgten die antiquarischen Briefe, welche gegen den Professor Klotz zu Halle gerichtet waren; daran schloß sich die Abhandlung: „wie die Alten den Tod gebildet“ (1769).

1770 ward Lessing als Bibliothekar nach Wolfenbüttel berufen. Unter den handschriftlichen Schätzen dieser Bibliothek, von denen er einige in den „Beiträgen zur Geschichte und Literatur“ ꝛc. (1773 ff.) veröffentlichte, befand sich auch ein Werk des H. S. Reimarus (§. 117), durch dessen Bekanntmachung (Wolfenbüttel'sche Fragmente) er eine große Aufregung unter den Theologen hervorrief. Ueber den Hamburger Hauptpastor Goeze, welcher die heftigsten Angriffe gegen ihn richtete, erfocht er in einer Reihe von Streitschriften (seit 1778), besonders dem Antigoeze, einen glänzenden Sieg und wies zugleich der theologischen Forschung neue Wege.

An der Grenze seines Lebens († d. 15. Febr. 1781) schien

sein Geist noch die schönsten Blüthen zu entfalten. In den Gesprächen „Ernst und Falk," in der Abhandlung „die Erziehung des Menschengeschlechts" und in dem didaktischen Drama Nathan der Weise (1779) erstieg er eine Höhe des philosophischen Denkens, auf der ihn unter seinen Zeitgenossen wenige begreifen konnten. Denn das war die tragische Seite seines Lebens, daß er einsam und unverstanden neben Freunden stand, die sich seine Geistesgenossen dünkten. Wenn diese vornehmlich seine poetischen Leistungen priesen, so hat dagegen erst die Nachwelt der Klarheit seines Verstandes, der Methodik seiner Kritik, der geistigen Freiheit, vor Allem der sittlichen Kraft seines Wirkens und deren Erscheinung in der Form, in der lebensfrischen Prosa, volle Gerechtigkeit widerfahren lassen.[3]

[1] 1762 ff. 8 Bde. N. Ausg. (verbessert und fortgesetzt) von J. J. Eschenburg, 1775 ff. 12 Bde.; umgearbeitet 1798 ff. 12 Bde. [2] Briefe über Merkwürdigkeiten der Literatur (Schleswigsche Literaturbriefe), 1766. 67. 3 Samml., worin: „Versuch über Shakspeare's Werke und Genie." [3] Lessing's sämmtl. Schriften (nebst Briefwechsel) 1771 ff.; 1796 ff. 30 Bde. und mehrere Abdrücke. Ausgabe von K. Lachmann, 1839 ff. 13 Bde. N. A. von W. von Maltzahn, 1853 ff. Leben von K. G. Lessing, 1793. ff. 2 Thle., von Danzel, 1. Thl. 1850. 2. Thl. von Guhrauer, 1853. G. E. Lessing. Sein Leben und seine Werke, von A. Stahr, 1859. 2 Thle. 2. A. 1862. G. E. Lessing als Theologe von Karl Schwarz, 1854.

9. Der Roman. Wieland's Romane und romantische Dichtungen.

§. 123. Die früheren Liebhabereien der Lesewelt blieben noch eine geraume Zeit im Gange, da noch wenig Besseres vorhanden war, um sie zu verdrängen. Das Ausland mußte zu diesem Theile der Literatur einen großen Beitrag liefern; französische und englische Romane wurden fleißig übersetzt. Mit Richardson's empfindsamen Familienromanen (Pamela, Clarissa, Grandison) beginnt auch in Deutschland eine neue Periode des Romans. Einer der ersten Versuche in dieser Gattung war Gellert's Leben der schwedischen Gräfin von G. (1746). Unter Richardson's Nachahmern fand Johann Timotheus Hermes (1738—1821)[1] am meisten Beifall.

[1] Geschichte der Miß Fanny Wilkes, so gut als aus dem Englischen übersetzt, 1766; Sophiens Reise von Memel nach Sachsen, 1769 ff. 5 Bde. u. v. andere.

§. 124. Christoph Martin Wieland (geb. zu Oberholzheim bei Biberach in Schwaben, den 5. September 1733) war der Erste, welcher die Kunst der Darstellung im Roman zu einer vollendeteren Form ausbildete. In seinen Jugendjahren hatte er unter den Eindrücken, die Klopstock's Messias, Plato's philosophische Schriften und ähnliche Werke auf ihn machten, sich dem Enthusiasmus für das Uebersinnliche und Idealische hingegeben (der geprüfte Abraham, 1753; Hymne auf Gott, 1754 u. s. w.; die Dramen Johanna Gray, 1758, Clementina von Porretta, 1760). Da aber dieser nicht aus der Tiefe des Gemüths hervorging, so folgte in gereifteren Jahren (schon um 1758) eine Gegenwirkung, durch die er den idealen Gebieten mehr und mehr entfremdet wurde. Als er aus der Schweiz, wo er längere Zeit mit Bodmer in enger Verbindung gestanden hatte, 1760 nach Biberach zurückgekehrt war, gewann der Geist der französischen Literatur die Herrschaft über ihn. Die Umwandlung seines Innern kündigte sich an in der Beschäftigung mit Shakspeare (§. 122) und in dem Romane: die Abenteuer des Don Silvio von Rosalva oder Sieg der Natur über die Schwärmerei (1762. 63, hgg. 1764), einer schwachen Nachahmung des Cervantes. Vollendeter zeigte sich Wieland in seinem zweiten Romane, Geschichte des Agathon (1766), in welchem seine eigene Bildungsgeschichte im Gewande griechischen Lebens, das er jedoch nur in dem Spiegel der modernen französischen Welt erblickte, dargestellt wird.

Zugleich entwickelte er ein gewandtes Talent für die komische und romantische erzählende Poesie. Viele Bewunderer fanden seine „komischen Erzählungen" (seit 1762, hgg. 1765), an denen Andere jedoch mit mehr Recht den Mangel einer sittlichen Weltansicht tadelten. Bald folgten zwei größere Dichtungen: Idris und Zenide, „ein heroisch-komisches Gedicht," (1767) und der neue Amadis (1771), worin er die Romantik mit französischer Galanterie überkleidete. Gleichzeitig stellte er die Philosophie des Lebensgenusses in dem Lehrgedichte Musarion oder die Philosophie der Grazien (1768) dar.

Von Erfurt, wo er seit 1769 als Professor der Philosophie lehrte, wurde er 1772 als Prinzenlehrer nach Weimar berufen († zu Weimar den 20. Jan. 1813; Grab zu Osmannstädt). Hier bildete er unter edleren Einflüssen die schönste Seite seiner dichterischen Thätigkeit aus, indem er seine heitere lebendige Darstellungsgabe dem Märchen und der romantischen Erzählung widmete. Die kleineren romantischen Dichtungen, unter denen Gandalin oder Liebe um Liebe (1776), Geron der Adelige (1777) und Schach Lolo (1778) auszuzeichnen sind, waren die Vorbereitung zu seiner vorzüglichsten und bleibendsten Leistung, dem Oberon (1780), einem romantischen Heldengedichte in zwölf Gesängen, worin er die Sagen von Oberon und Hüon von Bordeaux kunstvoll zu einem Ganzen verband.

In seinen Romanen behandelte Wieland auch fernerhin, wie in Agathon, mit Vorliebe das griechische Leben, aber im Geiste der modernen französischen Weltansicht, mit heiterer Satire in der Geschichte der Abderiten (1774 ff. im Merkur, vollständig 1776), mehr didaktisch im Peregrinus Proteus (1791), Agathodämon (1799) und Aristipp (1800 ff.). Aus seiner Liebe zum Alterthum entstanden die Uebersetzungen einiger geistesverwandten griechischen und römischen Autoren, wobei das Verdienst weniger in einer wortgetreuen Verdeutschung, als in gewandter Nachbildung besteht.[1]

Die Lebensphilosophie, welche Wieland in Versen und Prosa lehrt, richtet sich auf den Genuß des irdischen Daseins; die Grazien verschönern ihn; die Weisheit gebietet Maß und Ziel. Gegen die edleren Regungen seines Innern ward Wieland, besonders in den Dichtungen der mittleren Periode, der Fürsprecher der französischen Frivolität, der das Erhabenste und Herrlichste der Menschheit für wenig mehr als einen schönen Traum galt, welchen der Weise ironisch belächelt. Durch die einschmeichelnde Lebensansicht wie durch die gefällige Darstellung wurden seine Werke, besonders in den französisch-gebildeten vornehmern Kreisen, beliebt und gewannen diese für die deutsche Literatur, was weder Klopstock noch Lessing vermocht hatten. Obwohl ihm ein gleicher Rang in der Geschichte deutscher Dichtung nicht zuerkannt werden kann, ist er doch in derselben ein überaus wichtiges Mittelglied. Die Sprache lernte von ihm Anmuth und Leichtigkeit, der Poesie rettete er, Klopstock's Einseitigkeit und dem steifen Ernst der Lehrdichter gegenüber, Heiterkeit und Witz, und ihrer Form den Wohlklang des Reims, so daß in den größern Dichtern, die ihnen nachfolgten, die verschiedenen Richtungen zur Versöhnung und zu einer höheren Einheit gelangten.[2]

[1] Horaz' Briefe, 1782; H.'s Satiren, 1786; Lucian's Werke, 1788 f. 6 Thle. Aristophanes' Acharner, Wolken, Ritter, und Vögel, im deutschen Merkur und im Attischen Museum, 1796 ff. Cicero's sämmtliche Briefe, 1808 ff. 5 Bde. [2] Wieland's Werke. 1794—1802. 36 (39) Bde. mit sechs Supplementbänden (4. und 8.) und öftere Wiederabdrücke. Ausgewählte Briefe, 1815. 16. 4 Bde. Briefe an Sophie la Roche, 1820. — Leben von Gruber, 1815. 16. 2 Thle.; neu bearbeitet, 1827. 28. 4 Thle.

Chronologische Parallele

von

Klopstock. (1724—1803)	Lessing. (1729—1781)	Wieland. (1733—1813)
1747 Erste Oden und Elegieen.	1747 Erstes Lustspiel: d. junge Gelehrte.	
1748 Messias, Ges. 1—3.	1748 Der Misogyn.	
	1749 Die Juden; der Freigeist.	
	1750 Der Schatz, Lustspiel nach Plautus.	
1751 Messias, Ges. 1—5.		
		1753 D. geprüfte Abraham.
1755 Messias, 10 Gesänge.	1755 Miß Sara Sampson, bürgerliches Trauersp.	
1757 Der Tod Adams, Trauerspiel.	1757 Entwurf der Emilia Galotti.	
1758 Geistl. Lieder, 1. Thl.	1758 Faust (Fragment).	1758 Drama: Johanna Gray.
	1759 Briefe, d. neuest. Lit. betr.; Philotas; Fabeln in Prosa, nebst Abhandlung.	
	1760 Diderot's Theater übersetzt.	1760 Clementina von Porretta.
		1762-68 Shakspeare-Uebers. (22 Dramen).
	1763 Entwurf d. Minna v. Barnhelm.	

1764 Salomo, Trsp.		1764 Don Silvio von Rosalva (Roman nach Cervantes).
		1765 Komische Erzählungen.
	1766 Laokoon oder über die Grenzen ꝛc.	1766 Agathon, Roman.
	1767 Minna von Barnhelm. Dramaturgie.	1767 Idris u. Zenide.
1768 Messias, Ges. 11-15.	1768 Antiquarische Briefe.	1768 Musarion od. die Philos. der Grazien.
1769 Hermanns Schlacht, ein Bardiet. Geistl. Lieder, 2. Thl.	1769 „Wie die Alten den Tod gebildet.“	
1771 Erste Ausgabe der Oden.		1771 Der neue Amadis, komisch. Heldenged.
1772 David, Trauerspiel.	1772 Emilia Galotti. Trauersp.	
1773 Messias, Ges. 16-20.	1773 Beiträge z. Gesch. u. Literatur.	1773 D. deutsche Merkur begonnen.
1774 Gelehrtenrepublik.	1774 Fragmente des Reimarus hgg.	1774 D. Abderiten.
		1776 Gandalin oder Liebe um Liebe.
		1777 Geron d. Adelige.
	1778 Anti-Goeze.	1778 Schach Lolo.
	1779 Nathan d. Weise, dramat. Ged.	
	1780 „Ernst u. Falk.“ Die Erzieh. d. Menschengeschlechts.	1780 Oberon, romant. Heldengedicht.
		1782 Horaz' Briefe. übers.
1784 Hermann und die Fürsten, ein Bardiet.		
		1786 Horaz' Satiren, übersetzt.

1787 Hermanns Tod, ein Bardiet.	
	1788 Lucian's Werke, übersetzt.
1790 „Sie und nicht Wir."	1791 Peregrinus Proteus.
	1796 Attisches Museum.
	1799 Agathodämon.
	1800 Aristipp, Roman.
1802 „Die höhern Stufen," letzte Ode.	
	1808 Cicero's Briefe.

IV. Reformbestrebungen in Staat und Wissenschaft. Höchste Blüthe der Poesie.

C$^{a.}$ 1770 — c$^{a.}$ 1805.

Herder. Goethe. Schiller.

Preußen: Friedrich d. Gr. —1786. Friedrich Wilhelm II. —1797. Friedrich Wilhelm III. —1840. Oestreich: Maria Theresia —1780. Joseph II. Selbstherrscher —1790. Aufhebung des Jesuitenordens 1773. Joseph II. Toleranzedict 1781. — Leopold II. —1792. Franz II. (Franz I. Kaiser von Oestreich, seit 1804). Rheinbund und Auflösung des deutschen Reichs, 1806.

1. Sturm und Drang der Jugend. Die neue Kritik.

Herder.

§. 125. Der Aufschwung, den die Nation überhaupt und die Literatur insbesondere, seit dem siebenjährigen Kriege genommen, offenbarte sich bald, vornehmlich in der jüngern Generation. Für diese war das französische Wesen mit seinen ängstlichen Formen beseitigt; der Genius Shakspeare's fand enthusiastische Verehrung. Um die Form wenig bekümmert, forderte man von der Poesie vor Allem Kraft und Lebensfülle; sie sollte nicht bloß bequemer Ergötzung dienen, sondern das Gemüth in seinen Tiefen ergreifen und durchdringen. Mochte sich auch oft mit dem Bewußtsein eines tüchtigen Strebens jugendlicher Uebermuth zusammenfinden, mochte man auch oft das Excentrische und Regellose für Kennzeichen des Genie's halten, dennoch haben wir uns dieser kräftigen Regung („Sturm und Drang," „Genieperiode," „Starkgeisterei") nur zu freuen, indem damit eine schönere Zeit unserer Nationalliteratur begann.

Die Theorie und Kritik vermochte nur allmählich der Poesie auf der freien, kühneren Bahn zu folgen. Die jungen Kritiker verfuhren ziemlich rücksichtslos gegen herkömmliche Ansichten und gefeierte Namen, z. B. in dem Briefwechsel über den Werth einiger deutschen Dichter 2c., 1771, in den Frankfurter gelehrten Anzeigen von 1772 und 1773 (Johann Heinrich Merk[1] u. And.); die richtigere Ansicht war indessen meist auf ihrer Seite. Einer gemäßigten vermittelnden Kritik sollte der „deutsche Merkur," den Wieland seit 1773 herausgab, das Wort reden. Veraltete Theorieen fanden Schutz und Pflege in Nicolai's „allgemeiner deutscher Bibliothek", in der Leipziger „Bibliothek der schönen Wissenschaften" und in den Lehrbüchern von Sulzer (§. 117) u. And. Den Weg, den Winckelmann und Lessing gewiesen, vermochten Wenige zu betreten. Am würdigsten schließt sich ihnen Herder an.

[1] J. H. Merck, ein Denkmal, hgg. von A. Stahr, 1840. Briefe an J. H. Merck 2c., hgg. von K. Wagner, 1835. Briefe an und von M., hgg. von K. Wagner, 1838.

§. 126. Johann Gottfried Herder (seit 1801: von Herder), geb. den 25. Aug. 1744 zu Mohrungen in Ostpreußen, gab schon während seiner Studienzeit zu Königsberg (1762—64) seinem geistigen Streben jene Vielseitigkeit, die ihn unter seinen Zeitgenossen auszeichnete. Obwohl vorzugsweise der Theologie gewidmet, wurde er durch Hamann und den damals noch wenig beachteten Philosophen Kant für philosophische Studien gewonnen. Geschichte und Literatur der verschiedensten Völker waren daneben seine liebsten Beschäftigungen. Nachdem er 1764—69 ein Lehr- und Predigtamt zu Riga bekleidet hatte, reiste er nach Frankreich, wo er mit vielen bedeutenden Männern seiner Zeit in Berührung kam, und begleitete 1770 den Prinzen von Holstein-Eutin nach Straßburg, wo er mit Goethe befreundet ward. Nach seiner Rückkehr stand er in geistlichen Aemtern zu Bückeburg (1771—76) und darauf zu Weimar, zu dessen schönsten Zierden er gehörte. Er wirkte hier als Generalsuperintendent, Oberhofprediger und Oberpfarrer an der Stadtkirche, Ephorus der Schulen, seit 1789 als Vicepräsident und seit 1801 als Präsident des Consistoriums, bis an seinen den 18. December 1803 erfolgten Tod.[1]

Herder besaß in einem seltenen Grade die Gabe, die mannigfaltigsten Erscheinungen des geistigen Lebens unter den verschiedensten Völkern, in den entlegensten Zeitaltern aufzufassen und unter dem Gesichtspunkte der „Humanität“ zu einer Gesammtanschauung zu verbinden. Historische Forschung, philosophische Combination und poetisches Gefühl reichten einander die Hand, so daß sein Geist die Poesie wie die Theologie, die Geschichte der Literatur wie die der Völker mit gleicher Liebe umfaßte. (Hauptwerk: Ideen zur Philosophie der Geschichte der Menschheit, 1784—91; über die wissenschaftlichen Werke vgl. §. 139—141.)

Für seine ästhetische Kritik bildete sich dadurch der feine Geschmack, der die Poesie, in allen ihren Zungen als eine allgemeine Sprache der menschlichen Natur zu erkennen vermochte, der sichere Tact für den Ausdruck des Naturwahren und Nationalen in Poesie und Kunst. Daher hat er ebensowohl für das Verständniß der orientalischen wie der griechischen und römischen Poesie gewirkt, hat den Ossian wie den Shakspeare, die südlichen Romanzen wie das deutsche Volkslied zu würdigen verstanden und die Producte der verschiedensten Zonen in trefflichen Nachbildungen auf deutschen Boden verpflanzt: hebräische Poesieen, Saadi's Rosenthal, griechische Epigramme, Volkslieder (später: Stimmen der Völker in Liedern) 1778. 79, Romanzen vom Cid (1802. 3, nach spanischen Romanzen bearbeitet) u. s. w.

Herder's eigene Dichtungen sind von seiner edlen Gesinnung durchdrungen, doch die Gabe einer leichten gefälligen Darstellung war ihm versagt, daher neigt er sich zum Allegorischen und Didaktischen. Für die Lehrdichtung fand er ansprechende Formen in den Legenden, Parabeln und Paramythien. Seine kritischen Aufsätze sind in verschiedenen Sammlungen zusammengestellt: Fragmente über die neuere deutsche Literatur (1767, umgearbeitet 1768), kritische Wälder (1769), fliegende Blätter von deutscher Art und Kunst (1773, worin die epochemachenden Abhandlungen über Shakspeare, über Ossian und die

Lieder alter Völker, auch Goethe's Abhandlung über altdeutsche Baukunst), zerstreute Blätter (1785 ff.), Adrastea (1801—3) u. s. w.[2] (Vgl. die Tabelle zu §. 153.)

[1] Erinnerungen aus dem Leben J. G. v. Herder's, von Marie Caroline v. Herder, geb. Flachsland, 1820. 2 Thle. J. G. v. Herder, Lebensbild. Sein chronologisch geordneter Briefwechsel ꝛc., hgg. von E. G. v. Herder, 1846 ff. 2 Bde. in 6 Theilen. Aus Herder's Nachlaß ꝛc. hgg. von H. Düntzer und E. G. v. Herder, 1856. 3 Bde. Reise nach Italien, Briefwechsel ꝛc., hgg. von Düntzer und v. Herder, 1859. Von und an Herder ꝛc. 1861. [2] Herder's sämmtliche Werke, 1805—20. 45 Bde. und öfter.

2. Goethe bis zur Rückkehr aus Italien. Der weimarische Kreis.

§. 127. Johann Wolfgang Goethe (seit 1782: von Goethe), geb. den 28. August 1749 zu Frankfurt a. M., wo sein Vater als kaiserlicher Rath ohne ein öffentliches Amt lebte, war durch die günstigen Vermögensumstände seiner Eltern in den Stand gesetzt, seine reichen Naturanlagen vielseitig zu entwickeln. Die Liebe zur Poesie und Kunst begleitete ihn während seines akademischen Aufenthalts zu Leipzig[1] (1765—68), wo die ersten dramatischen Versuche, „die Laune des Verliebten“ und „die Mitschuldigen,“ entstanden, und erhielt noch völligere Befriedigung in Straßburg (1770. 71), wo innere Erlebnisse und äußere Anregungen seinen Geist zu größerer Selbstständigkeit reiften (Einfluß Shakspeare's; Bekanntschaft mit Herder; Friederike Brion). Die nächstfolgenden Jahre des Aufenthalts in Frankfurt (1772 in Wetzlar) gewährten ihm nicht minder eine Fülle des äußern und innern Lebens,[2] die sich zu mannigfachen Dichtungen gestaltete (Charlotte Kestner, Merck, Lavater, F. H. Jacobi, Lili [Elisabeth Schönemann] und die Schweizerreise von 1775).

Unter vielen poetischen Entwürfen seiner Jugendjahre ward vornehmlich der des Faust eine Aufgabe seines Lebens (älteste Scenen 1774. 75). Das Drama Götz von Berlichingen (1773) und der Roman Werther (1774) traten mit ergreifender Wirkung unter die deutsche Nation, deren innerste Gefühlswelt er in diesen Dichtungen zur Darstellung gebracht hatte. Im Götz schildert er männliche Kraft und Biederkeit in einem Charakterbilde aus den letzten Zeiten des deutschen Ritterthums; in Shakspeare'scher Mannigfaltigkeit wird das bunte Leben des erregten Zeitalters inmitten der zerfallenden Formen des deutschen

Reichs an uns vorübergeführt; doch durch die innere Einheit rundet es sich zu einem Ganzen. Im Werther begleiten wir ein in Seelenleiden sich verzehrendes Gemüth bis zu seinem Untergange; hier war zu einem kleinen Bilde Alles zusammengedrängt, was an Schmerz und Sehnsucht jene Zeit erfüllte (Karl Wilh. Jerusalem, † zu Wetzlar 1772).

In den gleichzeitigen Fastnachts- und Puppenspielen, z. B. Jahrmarktsfest zu Plundersweilern, lebt der alte Volkshumor wieder auf (Hans Sachsens poetische Sendung, 1776). Die Lieder und Balladen (der König in Thule, Erlkönig, Fischer) ergreifen durch die Tiefe und Wahrheit ihrer einfachen, bald heitern, bald elegischen Naturlaute. Die Oden (z. B. Mahomets Gesang, Prometheus) sind reich an tiefsinnigen und erhabenen Betrachtungen, ohne die Rhetorik und das mythologische Gewand der Klopstock'schen Ode zu Hülfe zu nehmen. Clavigo (1774), Stella (1775, hgg. 1776), die Geschwister (1776) befestigten die von Lessing begründete Gattung des bürgerlichen Drama's. Erwin und Elmire, Claudine von Villabella (1775, umgearbeitet 1787. 88) gehören der damals beliebten Gattung des Singspiels an.

1775 erfolgte die über Goethe's ferneren Lebens- und Bildungsgang entscheidende Berufung an den weimarischen Hof,[3] bald nachdem die Herzogin Anna Amalia (1739—1807) die seit 1758 vormundschaftlich geführte Regierung in die Hände ihres Sohnes, des Herzogs Karl August, übergeben hatte. Goethe trat 1776 in den weimarischen Staatsdienst, wurde 1779 zum wirklichen Geheimrath, 1782 zum Kammerpräsidenten ernannt und zugleich in den Adelsstand erhoben; nach der italienischen Reise (1786—1788) übernahm er die Leitung der Landesanstalten für Kunst und Wissenschaft.

Bereits hatte die Herzogin Amalia ihren Hof zu einem Sammelplatze vorzüglicher Talente gemacht, von denen neben Wieland Karl Ludwig von Knebel[4] (1744—1834) und Musäus (§. 136) zu erwähnen sind. Ein höheres poetisches Leben ward durch Goethe und den jugendlichen Fürsten angeregt. Ein Liebhabertheater im Kreise des Hofes belebte Goethe's Neigung zur dramatischen Poesie; es entstanden die kleineren Lust- und Singspiele: Lila, 1777; Triumph der Empfindsamkeit, 1777; Jery und Bätely, 1779; die Vögel, 1780; die Fischerin, 1782.

In den Entwürfen und ersten Bearbeitungen der größeren Dichtungen: Egmont, (seit 1775), Iphigenie (erste Bearbeitung in Prosa 1779), Tasso (die ersten Acte in Prosa 1780. 81) und Wilhelm Meister (seit 1777), giebt sich der Uebergang aus der stürmischen Erregtheit der Jugendjahre zu der tieferen Geistesentwickelung seiner spätern Lebensperiode kund (Frau von Stein), welche mit der italienischen Reise ihren Höhepunct erreichte („Zueignung" der Gedichte).

In Italien wurde Iphigenie metrisch umgearbeitet (1786. 87), Egmont abgeschlossen (1787), und bald nach der Rückkehr Tasso vollendet (1789). In Iphigenie ist griechisches Leben und deutsches Gemüth zu einem schönen Ganzen verschmolzen; hier erscheint ein edler weiblicher Charakter, der mit ruhiger Hoheit den stürmischen Sinn der Männer beherrscht und alles Streitende versöhnt. Egmont ist weniger eine Tragödie mit einer lebhaft zum Ziele fortschreitenden Handlung, als ein tiefsinniges Charaktergemälde, ein Jugendleben im Rausche des Glücks und der Freiheit auf dem Hintergrunde einer trüben Zeit, von der es endlich in den Strudel des allgemeinen Geschicks hinabgezogen wird. Das Drama Torquato Tasso ist noch mehr als bloßes Seelengemälde anzusehen; es schildert das leichtbewegte, tiefleidende Dichtergemüth im Gegensatz zu der Welt und ihren beschränkenden Verhältnissen (§. 149—153).

[1] Goethe und Leipzig, von W. v. Biedermann, 1865. 2 Thle. [2] Goethe und Werther. Briefe Goethe's ꝛc., hgg. von A. Kestner, 1854. 2. Aufl. 1855. B. R. Abeken, Goethe in den Jahren 1771—1775, 1861. [3] W. Wachsmuth, Weimars Musenhof ꝛc. 1844. H. Düntzer, Goethe und Karl August ꝛc. 1861. 65. Goethe's Briefe an Frau von Stein, hgg. von Schöll (mit schätzbaren Einleitungen), 1848 ff. 3 Bde. u. and. Briefsammlungen. Vgl. §. 153. Anm. [4] Literarischer Nachlaß und Briefwechsel, hgg. von Varnhagen v. Ense und Th. Mundt, 1835. 3 Bde.

3. Lyrische Poesie. Balladen, Romanzen, Idyllen.

§. 128. In der Lyrik setzt sich das französisch-anakreontische Getändel sowie die frühere didaktische Manier in dem halberstädtischen Kreise fort, welcher 1772 durch jüngere dichterische Talente (Johann Benjamin Michaelis, 1746—72; Klamer Schmidt, 1746—1824, u. A.) noch einmal eine rege poetische Thätigkeit gewann. Aus dieser Schule gingen ferner hervor:

Johann Georg Jacobi (geb. zu Düsseldorf 1740, † als Prof. zu Freiburg 1814), der nach 1774, wo er nach Düsseldorf zog, die Gleim'sche Manier mit einer gehaltvolleren Lyrik vertauschte, Friedrich Wilhelm Gotter (1746—97), als geschmackvoller Lehrdichter geschätzt (Episteln, unter diesen „über die Starkgeisterei," 1773; Leopold Friedrich Günther von Göckingk (1748—1828), der sowohl im zärtlichen Liede (Lieder zweier Liebenden, 1777) als im Didaktischen (Episteln) sich versuchte; Christoph August Tiedge (1752—1840), dessen Poesie in der Elegie (E. auf dem Schlachtfelde bei Kunnersdorf) und dem Lehrgedichte (Urania, 1801) sich zu einer bilderreichen Fülle des Ausdrucks erhebt, doch mehr rhetorisch als lyrisch.

§. 129. Das frische Leben, von welchem jetzt die ganze poetische Literatur bewegt war, mußte auch der Lyrik eine andere Gestalt geben. Um Heinrich Christian Boie (aus Meldorf im Dithmarschen, 1744—1806), welcher seit 1769 (anfangs mit Gotter) zu Göttingen einen Musenalmanach herausgab, sammelte sich bald ein Kreis von jungen Dichtern, der sich 1772 durch die Stiftung des Hainbundes[1] noch enger verband. Mit der wärmsten Verehrung Klopstock's, als des echt-vaterländischen Dichters, und der Liebe zu den Dichtungen des klassischen Alterthums vereinigte sich bei ihnen das Streben zur Volkspoesie in Herder's Sinne, so daß sie großen Antheil daran hatten, die Lyrik zur Wahrheit und Natur zurückzuführen.[2]

Gottfried August Bürger (geb. den 31. December 1747 zu Molmerswende am Harz, † zu Göttingen 1794) nimmt in diesem Kreise die vorzüglichste Stelle ein.[3] Seine Balladen (Lenore, die Entführung, der wilde Jäger rc.) sind an dramatischer Lebendigkeit nicht übertroffen worden; seine Lieder sind innige Herzensergießungen, leicht, natürlich und voll Wohllaut. Die Form des Sonetts wählte er zuerst wieder für den Ausdruck stiller Trauer (Molly † 1786). Jedoch die scherzhaften Erzählungen beweisen nur, zu welchen Plattheiten noch verkehrte Begriffe vom Volksmäßigen verführen konnten.

Christian Graf zu Stolberg (1748—1821) und Friedrich Leopold zu Stolberg (geb. 1750; 1785—88 Amtmann zu Neuenburg im Herzogthum Oldenburg; 1791. 92 Reise in Italien; 1792—1800 Präsident der Regierung zu Eutin; 1800 katholisch; † 1819) schlossen sich in ihren Oden eng an Klopstock an; der letztere versuchte sich auch mit Glück im Liede („Süße heilige Natur" 2c.) und in der Romanze (Ritter Rudolf, die Büßende).[4]

[1] R. E. Prutz, der Göttinger Dichterbund, 1841. — Musenalmanach, hgg. von Boie, auf das Jahr 1770—75; fortgesetzt unter der Redaction von Bürger, und ein zweiter „Musenalmanach", hgg. von Voß, zuletzt auf das Jahr 1800. [2] Von großem Einfluß war die Sammlung: Percy's relicks of ancient english poetry, 1765. 3 Vol., außerdem Herder's u. A. Sammlungen. [3] Gedichte, 1778. 2. A. 1789. Schiller's Recension, 1790. G. A. Bürger, sein Leben und seine Dichtungen, von H. Pröhle, 1856. [4] Gedichte, hgg. von Boie, 1779. Sämmtliche Werke der beiden Brüder, 1827 ff. 20 Bde. F. L. Graf zu Stolberg, von A. Nicolovius, 1846; von Th. Menge, 1862. 2 Bde.

§. 130. Johann Heinrich Voß (geb. 1751 zu Sommersdorf in Mecklenburg, 1772—75 in Göttingen, dann in Wandsbeck, seit 1778 Rector in Otterndorf, 1782—1802 Rector in Eutin, † zu Heidelberg 1826) dichtete, außer zahlreichen Oden in kunstgerechten antiken Formen, viele Lieder fürs Volk. Am glücklichsten war er im ernsten Liede, in welchem seine biedere sittliche Gesinnung zum Herzen spricht (z. B. „des Jahres letzte Stunde" 2c.); allein für das muntere Volkslied ist er zu schwerfällig und stört den Eindruck durch ein falsches Streben nach dem Natürlichen, das höchstens der idyllischen Dichtung günstig sein konnte.

Das größte Verdienst erwarb sich Voß als Uebersetzer, zunächst durch seine Uebersetzung des Homer, durch welche er die Versuche von Bodmer (Homer's Werke, 1778) und Fr. L. Stolberg (Ilias, 1778) weit übertraf. Seine Neigung zum Idyllischen ließ ihn am innigsten den Geist und Ton der Odyssee erfassen. (Erste Uebersetzung, 1781). Seit diesem glänzenden Beweise seines Uebersetzertalents fuhr er mit rastlosem Eifer fort, die vorzüglichsten Schätze der Poesie des Alterthums durch Uebersetzungen der deutschen Bildung zuzuführen; es folgten Virgil's Landbau (1789), ein Meisterstück der Uebersetzung und Auslegung, Homer's Ilias (1793), Ovid's Verwandlungen (1798). Die vollständige Uebersetzung von Virgil's Werken (1799) war schon ein Beweis, daß er sich durch einseitige metrische Theorieen mehr und mehr zu einer schwerfälligen Manier verleiten ließ. Die Schönheit seines Homer wurde in den späteren Umarbeitungen verwischt, und in seinen letzten Uebersetzungen (Horatius

1806, Aristophanes 1821 u. m. and.) ging das Gepräge des Originals durchaus verloren, so wichtig auch manche dieser Arbeiten für die Alterthumswissenschaft sind, für die er bis ans Ende seiner Tage eben so thätig blieb, wie für die Sicherung protestantischer Denkfreiheit.

Homer und Theokrit waren seine Vorbilder in den Idyllen (darunter zwei in niederdeutscher Mundart), gemüthlichen Gemälden des ländlichen Stilllebens. Wenn auch in manchen derselben eine falsche Natürlichkeit und das Ausmalen unpoetischer Einzelheiten dem Genusse Eintrag thun, so werden doch der siebzigste Geburtstag (1781) und Luise (Bruchstücke seit 1783; „ländliches Gedicht in drei Gesängen" 1795) einen unvergänglichen Reiz für deutsche Gemüther behalten.[1] — Selbstständig, theilweise als seine Vorbilder, stehen neben ihm als Idyllendichter der Schweizer Martin Usteri (1763—1827) (Idyllen im Schweizerdialekt) und Maler Müller (Friedrich Müller, geb. zu Kreuznach 1750, seit 1778 in Rom, † 1825): Bacchidon und Milon (1775), und die Schilderungen des heimatlichen Volkslebens: die Schafschur (1775), das Nußkernen u. and. — in Prosa, zum Theil in Pfälzer Mundart.

[1] Voß' Gedichte, zuerst 1785. 95. 2 Bde., seitdem öfter und vermehrt. Beilage zur Ausgabe von 1802: Zeitmessung der deutschen Sprache. Recension von Goethe, 1804.

§. 131. Ludwig Heinrich Christoph Hölty (geb. zu Mariensee 1748, † zu Hannover als Candidat der Theologie 1776), in dessen weichem Gemüth sich Lebensmuth und Ahnung eines frühen Todes verschmolzen, ist einer der vorzüglichsten Lyriker, sowohl in seinen Liedern („Wer wollte sich mit Grillen plagen" ꝛc. „Rosen auf den Weg gestreut" ꝛc. „Tanzt dem schönen Mai entgegen" ꝛc.), als in seinen tiefgefühlten Oden (z. B. der rechte Gebrauch des Lebens, an die Ruhe, Landleben) und Elegieen (z. B. auf ein Landmädchen).[1]

Im Liede gleicht ihm Johann Martin Miller (geb. zu Ulm 1750, † als geistlicher Rath und Decan zu Ulm 1814), der Verfasser des weichmüthigen Siegwart-Romans (§. 138): „Das ganze Dorf versammelt sich" ꝛc. „Was frag' ich viel nach Geld und Gut" ꝛc. „Bei Nectar und Ambrosia" ꝛc. „Traurig sehen wir uns an" ꝛc.

Im eigentlichen Volksliede traf Matthias Claudius (geb.

zu Reinfeld in Holstein 1740, lebte seit 1771 mit geringer Unterbrechung zu Wandsbeck bei Hamburg (der „Wandsbecker Bote"), † (1815) am meisten den einfachen, kindlichen Ausdruck: „Bekränzt mit Laub" ꝛc. „Der Mond ist aufgegangen" ꝛc. „Ich danke Gott und freue mich" ꝛc.[2] Manche Lieder aus jener Zeit leben noch jetzt im Munde des Volkes fort, z. B. „Freut euch des Lebens" von Martin Usteri; „Das waren mir selige Tage" und „Warum sind der Thränen" von Christian Adolf Overbeck aus Lübeck (1755—1821).

[1] Ausg. von Voß, (mit Voß' Aenderungen) 1783 und öfter. [2] Asmus omnia sua secumportans oder sämmtliche Werke des Wandsbecker Boten, 1775. ff. 8 Thle. M. Claudius Werke, 1819. ff. 4 Bde. u. öfter. — W. Herbst, M. Claudius der W. Bote, 1857. Vgl. §. 140.

§. 132. Friedrich von Matthisson (1761—1831) ahmte Hölty's elegischen Ton am glücklichsten in den Gedichten der früheren Jahre nach (z. B. Kinderjahre, Elegie in den Ruinen ꝛc.); allein er gefiel sich in einer weichlichen, gezierten Manier, die allzuviel von der Mühe verräth, welche das Ausmalen der lyrischen Empfindung und die Glätte des Verses dem Dichter gemacht haben.[1] Johann Gaudenz von Salis-Seewis aus Graubünden (1762—1834) steht seiner Gefühlsweise nahe, doch haben seine Gedichte größere Einfachheit und Innigkeit („das Grab").[2]

Mehr eigenthümlich, doch der Klopstockischen Schule angehörig erscheint Christian Friedrich Daniel Schubart (1739—91). Sein Talent konnte bei einem Leben voll Verirrungen und bitterer Leiden, die mehr als seine Gedichte sein Andenken erhalten, (Gefangenschaft zu Hohenasberg 1777—87 auf Befehl des Herzogs Karl von Württemberg) sich nicht zu echter Poesie erheben; einige seiner Gedichte ergreifen jedoch durch Wahrheit der Empfindung und Kraft des Ausdrucks (der Gefangene, die Fürstengruft, der ewige Jude, Kaplied).[3]

[1] M.'s Gedichte, seit 1781; gesammelt zuerst 1787. Ausg. seiner Schriften, 1825 ff. (nebst Selbstbiographie), 8 Thle. Literarischer Nachlaß, 1832. 4 Bde. [2] Salis' Gedichte, zuerst 1793. Biographie von G. W. Roeder, 1863. [3] Schubart's Gedichte, zuerst 1785. 86. 2 Bde. Leben und Gesinnungen, 1791. 93. 2 Thle. Leben in seinen Briefen, von D. F. Strauß, 1849. 2 Thle.

§. 133. Ein nicht unglücklicher Nachahmer Herder's war

in der Legende Ludwig Theobul Kosegarten (1758—1818); in den lyrischen Gedichten, besonders den Oden und Elegieen, giebt er sich einer schwülstig pathetischen Manier hin, während er in der Jucunde (nach Voß) und einzelnen Schilderungen Rügens den einfacheren idyllischen Ton trifft.

Das Kirchenlied trat gegen die Thätigkeit, die sich in den übrigen Gebieten der Lyrik zeigte, zurück und wurde um so poesieloser, je mehr es die Sprache der einseitigen Verstandesaufklärung reden sollte. An der Grenze dieser und der vorigen Periode stehen Christoph Friedrich Neander (1732—1802) und Balthasar Münter (1735—93). Außer diesen ist noch der in erbaulicher Poesie überaus fruchtbare J. K. Lavater (christliche Lieder, in mehreren Sammlungen, 1771 ff.) zu erwähnen.

4. Dramatische Poesie. Schiller's Jugend.

§. 134. Die französischen Formen hatten ihr Ansehen verloren, vornehmlich in der ernsten Gattung des Drama's. Einer der letzten Anhänger derselben ist F. W. Gotter, welcher mehrere Stücke Voltaire's (Elektra, Merope, 1774; Alzire, 1783) für die deutsche Bühne bearbeitete. Shakspeare hatte ein neues Leben geweckt; Goethe führte in seinem Götz die freieren Formen desselben in die dramatische Literatur ein und hatte dadurch den größten Antheil an der stürmischen Bewegung, die sich jetzt im Fache des Drama's zu regen begann. Dieselbe Bahn, doch ungleich formloser, verfolgen die Jugendarbeiten des Jacob Michael Reinhold Lenz (geb. 1750 zu Seßwegen in Liefland; 1771 mit Goethe in Straßburg; seit 1778 geisteskrank; † im Elend zu Moskau 1792): der Hofmeister 1774, der neue Menoza 1774, die Soldaten 1776 u. and.;[1] ferner Friedrich Maximilian (von) Klinger's (geb. zu Frankfurt a. M. 1752; seit 1780 in russischen Diensten; † als russischer Generallieutenant zu Dorpat 1831): die Zwillinge 1775, Sturm und Drang 1776, die falschen Spieler 1780 (verwandt mit Schiller's Räubern) u. s. w.[2] (Romane §. 146).

Eine noch größere productive Kraft, die sich jedoch nicht künstlerisch zu beschränken weiß, äußert sich in den dramatischen Dichtungen des Malers Müller (§. 130): Faust (1778), Niobe (1778), Genoveva (schon 1780 vollendet, hgg. 1808), welche in dem lyrischen Stil erregter Leidenschaft gehalten sind. Der einsichtsvolle Schauspieler Friedrich Ludwig Schröder in Hamburg (1744—1816) brachte seit 1776 Shakspearische Stücke auf die Bühne (Hamlet, Othello, Macbeth, Heinrich IV. u. s. w.). Andere schlossen sich mehr an Lessing's bürgerliches Drama an, wie Johann Anton Leisewitz (1752—1806) in seinem (einzigen) Trauerspiel: Julius von Tarent (1776).

So sehr auch die lebhafte Thätigkeit für das Drama, welche von den meisterhaften Leistungen einzelner Schauspieler, z. B. F. L. Schröder's, A. W. Iffland's (seit 1777), unterstützt ward, zu der Hoffnung berechtigen konnte, daß ein nationales Theater sich entwickeln werde, — wohin auch die dramatische Musik mit dem glücklichsten Erfolge strebte (Gluck's Iphigenia, 1773, W. A. Mozart 1756—91), — so war doch die Erfüllung derselben noch weit hinausgerückt. Hatte man die beschränkenden Formen des französischen Drama's vernichtet, so gerieth man nun ins Formlose; die Kraft ward durch Uebertreibung zur Rohheit, und sowohl die lärmenden Ritterschauspiele, welche der Götz hervorgerufen — eines der besseren ist Otto von Wittelsbach (1782) von Joseph Maria Babo (1756—1822) — als die grellen Charaktergemälde aus dem bürgerlichen Leben, meist darauf berechnet, die Nerven der Menge zu erschüttern, waren nichts als Verzerrungen der Natur. Der Ueberspannung folgte die Erschlaffung, die sich in der weichlichen Darstellung bürgerlicher Jammer- und Thränenscenen gefiel (z. B. Gemmingen's deutscher Hausvater, 1780; Großmann's „Nicht mehr als sechs Schüsseln," 1780). Dieser Richtung gehören mehrere Schauspiele F. L. Schröder's an, z. B. der Vetter aus Lissabon (1786).[3] Doch war bei ihm das Rührende mehr poetischer Natur, als in den Schauspielen August Wilhelm Iffland's (1759—1814), der indeß in seinen älteren Stücken (Verbrechen aus Ehrsucht, 1784; die Jäger, ländliches Sittengemälde, 1785; die Mündel, 1785; die Hagestolzen, 1793; Dienstpflicht, 1795 u. s. w.) sich noch durch treffende Charakterdarstellung und lebendigen Dialog über die nüchterne Prosa seiner späteren Arbeiten erhebt.[4] Etwas später trat August (von) Kotzebue (geb. zu Weimar 1761, ermordet zu Mannheim 1819) in derselben Manier auf; ihm fehlte eben so sehr sittliche Würde als Begeisterung für die Kunst, so daß er nur für den Theatereffect und den Beifall einer schwachmüthigen Menge sein Talent vergeudete [5] (Menschenhaß und Reue, 1789); am glücklichsten zeigt sich sein gewandtes Talent in der Posse (die deutschen Kleinstädter, die Zerstreuten &c.).

[1] Ausg. von Tieck, 1828. 3 Bde. O. F. Gruppe, R. Lenz' Leben und Werke, 1861. [2] Auswahl dramatischer Werke, 1794. 2 Thle. Werke, 1809 ff. 12 Thle. [3] Sch.'s Werke, hgg. von E. v. Bülow, 1831 ff. 4 Bde. Leben von F. W. L. Meyer, 1819. [5] J.'s dramatische Werke, 1798—1805. 16 Bde. (1. Bd. „Meine theatralische Laufbahn.") Sammlungen seit 1797. Neue dramatische Werke, 1807 ff. [6] Neueste Ausg. 1840—42. 40 Bde. (211 Stücke).

§. 135. Friedrich Schiller (seit 1802: von Schiller) geb. den 10. November 1759 zu Marbach im Würtembergischen, verlebte seine Jugend unter Verhältnissen, die keine harmonische Ausbildung seines Geistes gestatteten (Herzog Karl und die Militärakademie zu Stuttgart). Um so heftiger war der Gegendruck, als er in seinen jugendlichen dramatischen Versuchen dem Unwillen über die bestehenden Zustände, der durch die Dichtungen der Sturm- und Drangperiode genährt war, einen Ausdruck gab. In seinem ersten Drama „die Räuber" (1781) offenbarte sich nicht minder seine geniale Begabung für dramatische Poesie als der ungestüme Drang und der Zwiespalt seines Innern. Noch maßloser herrscht eine stürmische Gluth in den Gedichten der „lyrischen Anthologie" („wilde Producte eines jugendlichen Dilettantism"). [1]

Die Fesseln der heimatlichen Umgebung von sich werfend (im September 1782), hoffte er in der Fremde die Freiheit zu finden, die er zur Entwickelung seines Talents bedurfte. Die Hoffnung, daß das bereits vollendete „republikanische" Trauerspiel Fiesko (hgg. 1783) ihm eine günstige Aufnahme an der Mannheimer Bühne verschaffen werde, wurde getäuscht; es hatte geringeren Erfolg als „die Räuber," indem das Schroffe und Unnatürliche weniger durch glänzende Einzelheiten vergütet wird. In ländlicher Stille zu Bauerbach (unweit Meiningen), wo er gastliche Zuflucht und poetische Muße gefunden hatte, vollendete er das ebenfalls schon in Stuttgart entworfene bürgerliche Trauerspiel Cabale und Liebe (hgg. 1784), ein ergreifendes Gemälde der Verdorbenheit der Höfe und der höheren Stände, durch die Grundzüge historischer Wahrheit auch in den Uebertreibungen noch effectvoll.

Mehr als das drückende Theaterleben in Mannheim, wohin er sich im Sommer 1783 begeben hatte, war der Aufenthalt in Freundeskreisen in Leipzig (1785) und in Dresden (1785—87), vor Allem der innige Freundschaftsbund mit Christian Gottfried Körner,[2] geeignet, ihm den Blick in eine schönere Welt zu öffnen (Lied an die Freude, 1785; Herausgabe der „Thalia" seit 1785). Aus dem Don Carlos, welcher, 1783 angefangen, zu Dresden umgearbeitet und 1787 vollendet wurde,[3] spricht ein edlerer Geist, ein höheres sittliches Ideal, als aus den früheren Stücken. Der Anlage nach ebenfalls ein Hofgemälde, erhebt es sich über die beengenden Verhältnisse durch das muthvolle Vertrauen auf die Zukunft einer vollkommneren Menschheit.

Schiller lebte darauf abwechselnd zu Weimar und Rudolstadt (Charlotte von Lengefeld) und bearbeitete außer kleineren Dichtungen (die Götter Griechenlands 1788, die Künstler 1789) den Roman der Geisterseher, in dessen Anlage und Darstellung ebenfalls das dramatische Talent des Dichters sichtbar wird. Sein historischer Versuch (unvollendet) „Geschichte des Abfalls der vereinigten Niederlande" (1788), ausgezeichnet durch lebendige, ideenreiche Schilderung, gab Veranlassung, daß ihm 1789 eine Professur an der Universität zu Jena übertragen wurde. Hiermit begann die reichste Periode seines Lebens (§. 150. 151).

[1] Anthologie auf das Jahr 1782, „gedruckt zu Tobolsko," (R. A. von Bülow, 1850), später größtentheils verworfen. — E. Boas, Sch.'s Jugendjahre, hgg. v. Maltzahn, 1856. 2 Bde. [2] Briefwechsel mit Körner, 1847. 4 Thle. [3] Don Carlos, nach dessen ursprünglichem Entwurfe zusammengestellt mit den beiden späteren Bearbeitungen, mit einer Einleitung [von H. Grote], 1840.

§. 136. Für das Lustspiel haben unsere größten Dichter nur wenig geleistet (Goethe's Lustspiele s. §. 127). Bei der Armuth an nationalen Lustspielen wurde die Bühne größtentheils mit Uebersetzungen und Bearbeitungen französischer, englischer und italienischer Lustspiele versorgt, und selbst, was als eigene Erfindung auftrat, war doch mehr oder minder eine Nachahmung ausländischer Muster. Friedrich Wilhelm Gotter, F. L. Schröder („der Ring", „unglückliche Ehe aus Delicatesse," „Stille Wasser sind tief"), Johann Christian Brandes (1735—99: „die Hochzeitsfeier oder die Schwiegermütter"), Christoph Friedrich Bretzner (1748—1807: „das Räuschchen," „der Eheprocurator") und Johann Friedrich Jünger (1759—97: „der Strich durch die Rechnung") verdienen als die bedeutenderen unter den damaligen Lustspieldichtern genannt zu werden. Ferner erhielten sich auch das Singspiel und die komische Oper auf der Bühne. Die Verbindung der Musik mit der Declamation in den Monodramen und Duodramen, z. B. Gotter's Medea (1775), konnte nur kurze Zeit Beifall finden.

5. Romantisches Epos und komische Erzählung (Wieland's Schule). Roman und Satire.

§. 137. Die romantische Dichtung, welche Wieland eingeführt hatte, fand noch keinen günstigen Boden. Seine Nachahmer blieben weit hinter ihrem Vorbilde zurück; mit den Rittergedichten von Johann Baptist von Alxinger (1755—97: Doolin von Mainz, 1787; Bliomberis, 1791) sind selbst die des weit talentvolleren Friedrich August Müller (1767—1807) in Vergessenheit gerathen (Richard Löwenherz, 1790). Der Zeitgeschmack neigte sich mehr der komischen und schwankhaften Erzählung zu; selbst Wieland's romantische Dichtungen hatten ihm mehr als billig Vorschub geleistet. Doch ist der gemeine Witz des Aloys Blumauer (geb. 1755, † zu Wien 1798) nur die Caricatur der Wieland'schen Ironie; Virgil's Aeneis, travestirt (9 Bücher), 1784—88. In dieselbe Classe gehören die vielgelesenen komischen Erzählungen von A. F. Langbein (1757—1835) und Konrad Arnold Kortüm's (1745—1824) „Jobsiade" (1784).

§. 138. Die Romanliteratur brach in dieser Periode in großen Fluthen herein; nur wenige Erscheinungen tauchen daraus hervor. Die beliebteste Gattung war die Familiengeschichte und der biographische Roman, für welche die Engländer vorzugsweise als Muster galten (Sterne † 1768, Smollet † 1771, Goldsmith † 1774 u. And. — Uebersetzungen von Bode seit 1768). Die in Romanform bearbeiteten Lebensbeschreibungen des frommen Schwärmers Johann Heinrich Jung (1740—1817) — Heinrich Stilling's Jugend (1777), Jünglingsjahre (1778), Wanderschaft (1778), — und des geistreichen Sonderlings Karl Philipp Moritz (1757—93) — Anton Reiser, 1785 ff. — ziehen vornehmlich durch [illegible]g an.

Goethe's A[illegible] Roman zu

leisten habe; aber man faßte nur den Stoff desselben auf, ahmte die einseitige Gefühlsschwärmerei bis zu lächerlicher Ueberspannung nach und dehnte die Schilderung einförmiger Zustände auf viele Bände aus; z. B. Johann Martin Miller's Siegwart, eine Klostergeschichte (1776. 3 Bde.). Unter diesen Einflüssen stehen die sentimentalen Familienromane, die mit dem weichlich-rührenden Drama gleichen Ton halten (August Lafontaine, seit 1791). Wie dem Familiendrama die lärmenden Ritterschauspiele gegenüberstehen, so den Familienromanen die Schilderungen des Ritter- und Räuberlebens, in denen es an Mord und Brand, an Schlägen und Flüchen eben so wenig fehlt, z. B. Leonhard Wächter's (Veit Weber's) Sagen der Vorzeit (1787 ff. 6 Bde.); Ritter-, Räuber- und Gespenstergeschichten von Christian Heinr. Spieß, Karl Gottlob Cramer, Christian August Vulpius (Rinaldo Rinaldini, 1797 ff. 4 Bde.) u. v. and. Den richtigen Weg hatte bereits Johann Karl August Musäus (geb. 1735, † als Professor zu Weimar 1787) gezeigt, indem er der gezierten Empfindsamkeit, welche schon früher sein satirischer Roman „Grandison der zweite" (1760) verspottete, die Volksmärchen (1782 ff.) entgegenstellte.

Wieland's Romane fanden gleichfalls Nachahmer. Wilhelm Heinse (1746—1803) ward Meister in den Schilderungen einer üppigen Sinnlichkeit: Ardinghello oder die glückseligen Inseln (1787). Moritz August von Thümmel (1738—1817) hat sich mehr von Wieland's heiterer Ironie und Grazie angeeignet: Reise in die mittäglichen Provinzen von Frankreich, 1791 ff. 10 Thle. Mehrere bedienten sich des Romans zur Form der didaktischen Satire: Friedrich Nicolai zog gegen die orthodoxen Theologen zu Felde (Leben und Meinungen des M. Sebaldus Nothanker, 1773 ff.), Johann Gottlieb Schummel (1748—1813) gegen die Uebertreibungen der Basedow'schen Pädagogik (Spitzbart, eine komi-tragische Geschichte für unser pädagogisches Jahrhundert, 1779) J. K. A. Musäus gegen die Lavater'sche Physiognomik (physiognomische Reisen, 1778 ff. 2 Bde.). Die gelesensten unter den komischen Romanen waren die des Johann Gottwerth Müller in Itzehoe (1744—1828), obwohl sie sich nur wenig über die Späße der Alltagswelt erheben: Siegfried von Lindenberg, 1779. 4 Thle., u. and. Höhere Anforderungen erfüllt der Humor des Theodor Gottlieb von Hippel (1741—96): Lebensläufe nach aufsteigender Linie, 1778—81. 3 Thle. in 4 Bdn.; Kreuz- und Querzüge des Ritters A bis Z, 1793. 94. 2 Bde. In das Fach der eigentlichen Satire gehören die im Geiste der englischen Satiriker verfaßten Aufsätze Georg Christoph Lichtenberg's (1742—99, seit 1770 Professor zu Göttingen), vornehmlich die „Erklärung der Hogarth'schen Kupferstiche" (1794 ff.)

6. Popularphilosophen und Pädagogen. Wissenschaftliche Fortbildung der Theologie.

§. 139. In den philosophischen Schriften bearbeitete man vorzugsweise Gegenstände der Moral, Aesthetik und Psychologie in populärer Weise (vgl. §. 117). Obschon man dabei ein gründliches wissenschaftliches Verfahren meist außer Acht ließ, so wurde doch der Ideenkreis erweitert und im Praktischen manches Gute angeregt. Die vorzüglichsten Philosophen dieser Gattung sind: Johann August Eberhard in Halle (1738—1809);[1] Johann Jacob Engel in Berlin (1741—1802),[2] als scharfsinniger Beobachter des Lebens und als zierlicher Stilist auch in seinen Schauspielen und Romanen geschätzt; Christian Garve in Leipzig und Breslau (1742—98);[3] Johann Georg Schlosser in Emmendingen (Cornelia Goethe) und Karlsruhe (1739—99);[4] Ernst Platner in Leipzig (1744—1818).[5] Ueber diese erheben sich Herder's philosophische Abhandlungen durch poesievolle Idealität und durch die Vielseitigkeit culturhistorischer Weltanschauung, die in Allem das Princip der Humanität festhält: über den Ursprung der Sprache, 1772; Ursachen des gesunkenen Geschmacks ꝛc. 1775; Gott, einige Gespräche, 1787; Briefe zur Beförderung der Humanität, 1793—97; Kalligone, 1800.

Die ästhetische Kritik wurde vornehmlich durch gründliches Erforschen der Poesie und Kunst des Alterthums gefördert (Christian Gottlob Heyne, 1729—1812, seit 1763 in Göttingen; Voß, Herder u. And.). Aus dem Gebiete der Aesthetik kam man in das der Rhetorik, Stilistik, Metrik und Grammatik hinüber, so daß man in diesen Gebieten nur selten den Weg historischer Forschung einschlug: Johann Christoph Adelung in Dresden (1732—1806).[6]

Die vorherrschende Richtung auf das Praktische und unmittelbar Nützliche führte in das Feld der Pädagogik. Von

Rousseau's Grundsätzen (Emil, 1762) geleitet, suchte Johann Bernhard Basedow (1724—90) das Erziehungs- und Unterrichtswesen völlig umzugestalten (Elementarwerk, 1774; das Philanthropin zu Dessau); es folgte eine Masse von Erziehungs- und Jugendschriften. Das Verkehrte einer oberflächlichen Vielwisserei lag nur allzubald zu Tage; doch haben Basedow und seine Anhänger für die Real- und Volksschulen mit großem Nutzen gewirkt. Unter den Jugendschriftstellern werden manche, wie Christian Felix Weiße (der Kinderfreund, 1775 ff.) und vor allen Joachim Heinrich Campe (1746—1818) in dankbarem Andenken fortleben.

[1] Neue Apologie des Sokrates, 1772. [2] Der Philosoph für die Welt, 1775; Ideen zu einer Mimik, 1785. 86. 2 Bde.; Herr Lorenz Stark, ein Charaktergemälde, 1795. 96. Sämmtliche Schriften, 1801—1806. 12 Bde. [3] Philosophische Anmerkungen und Abhandlungen zu Cicero's Büchern von den Pflichten, 1783. Versuche über verschiedene Gegenstände &c., 1792 ff. 5 Thle. [4] Katechismus der Sittenlehre für das Landvolk, 1771; Briefe über die Gesetzgebung, 1789. Kleine Schriften, 1779 ff. 6 Thle. — Leben und literarisches Wirken, von A. Nicolovius, 1844. [5] Philosophische Aphorismen, 1779. 82. 2 Thle.; Anthropologie, 1772. [6] Grammatisch-kritisches Wörterbuch der hochdeutschen Mundart, 1774 ff. 4 Thle. 2. A. 1793—1801. Lehrgebäude der deutschen Sprache, 1782. 2 Bde.; über den deutschen Stil, 1785 f. 2 Thle. u. s. w.

§. 140. Auf dem Felde der Theologie bezeichnen die am kirchlichen Bekenntniß festhaltenden Orthodoxen und die neuerungssüchtigen „Aufklärer" die Extreme. In einer schwankenden Mitte stehen die populären Erbauungsschriftsteller; z. B. Christoph Christian Sturm (1740—86), Johann Friedrich Tiede (1732—95). Immer größer wurde die Zahl derer, die einen festen wissenschaftlichen Standpunct zu gewinnen und die Theologie mit der fortgeschrittenen Geistesbildung in ein richtiges Verhältniß zu bringen bemüht waren. Herder's umfassender Geist arbeitete auf eine geistvolle Behandlung des Studiums hin[1] und erwarb sich ein vorzügliches Verdienst durch tieferes Eindringen in die alttestamentlichen Schriften.[2] Das letztere Verdienst theilt mit ihm der durch theologische wie durch historische Studien vielseitig gebildete Johann Gottfried Eichhorn (1752—1827, seit 1788 Professor in Göttingen).[3] Ueberhaupt zeigt sich für die Auslegung der biblischen Schriften als wissenschaftliche Grundlage der Theologie eine rege Thätigkeit. Johann Matthias Schröckh (1733—1808), Professor zu Wittenberg, vielfach verdient als Historiker, begann eine umfassende Bearbeitung der Kirchengeschichte,[4] deren wissenschaftliche Behandlung vornehmlich durch Gottlieb Jacob Planck (1751—1833, Professor zu Göttingen) gefördert wurde.[5]

Die geistlichen Reden gewannen eine größere Gediegenheit in Gehalt und Form; aus der Menge der werthvollen Predigten sind die von Herder und Georg Joachim Zollikofer (1730—88; Prediger zu Leipzig)[6] besonders hervorzuheben. Für gläubig-fromme Auffassung des Christenthums waren namentlich Claudius (§. 131) und Lavater (§. 116. 133) thätig, jener durch seine Volksschrift „der Wandsbecker Bote" (§. 131), dieser durch Predigten, Erbauungsschriften und poetische Bearbeitungen der evangelischen Geschichte.[7] Jedoch seine lebhafte Phantasie, nicht durch gründliche wissenschaftliche Bildung gezügelt, verleitete ihn zu manchen Fehlgriffen und Schwärmereien. Am meisten machte seine Physiognomik Aufsehen, welche die schwierige Aufgabe, aus der Gesichtsbildung das Innere des Menschen zu erforschen, vergebens zu lösen unternahm.[8] (Hamann §. 117.)

[1] Briefe, das Studium der Theologie betreffend, 1780. 81. 4 Theile. Christliche Schriften, 1796—99. 5 Samml. [2] Aelteste Urkunde des Menschengeschlechts, 1774. 76. 2 Bde. Vom Geist der ebräischen Poesie, 1782 f. 2 Thle. u. and. [3] Einleitung in das alte Testament, 1780 ff. u. öfter. [4] Christliche Kirchengeschichte, 1768 ff. 35 Thle. (bis zur Reformation). [5] Geschichte der Entstehung ꝛc. unsers protestantischen Lehrbegriffs, 1781 ff. 6 Bde. Geschichte der Entstehung und Ausbildung der christlich-kirchlichen Gesellschaftsverfassung ꝛc. 1803 ff. 5 Bde. [6] Z.'s Predigten, Sammlungen seit 1769. [7] Aussichten in die Ewigkeit, 1768 ff. 4 Thle. Jesus Messias oder die Evangelien und Apostelgeschichte in Gesängen, 1783 ff. 4 Bde. [8] Physiognomische Fragmente ꝛc. 1775—78. 4 Bde. („Versuche".) — Lavater's Lebensbeschreibung von G. Geßner, 1802 f. 3 Bde. Beiträge zur näheren Kenntniß ꝛc. Lavater's von U. Hegner, 1836.

7. Historische Forschung und Kunst.

§. 141. Nur langsam vermochte der Deutsche sich aus der massenhaften Gelehrsamkeit der Specialgeschichten zu einer allgemeinen Auffassung des historischen Lebens zu erheben. Noch sind in den umfangreichen Geschichtswerken Beherrschung des Stoffs, politischer Blick und lebenvolle Darstellung nur selten anzutreffen, so sehr auch der Sammlerfleiß der deutschen Gelehrten zu bewundern ist. Die vaterländische Geschichte ward in dem beschränkten Sinne einer Reichsgeschichte aufgefaßt, und die Entwickelung des Volks nur obenhin berührt. Michael Ignaz Schmidt (1736—94), ein freisinniger Katholik, hat das Verdienst, zuerst in seiner „Geschichte der Deutschen" (1778 ff.) den Versuch gemacht zu haben, das Culturleben der Nation in die Darstellung hereinzuziehen; allein es mußten andere Zeiten kommen, um über der Nation die Reichsformen zu vergessen.

In die Universalgeschichte wurde seit Gatterer immer mehr Licht gebracht, wozu auch die seit Iselin beliebten „Geschichten der Menschheit" beitrugen (§. 120). August Ludwig (von) Schlözer (1735—1809), Professor zu Göttingen, strebte nach einer bessern Anordnung und nahm auf Culturgeschichte Rücksicht.[1] Außerdem bereicherte er die historische Wissenschaft mit Forschungen über die nordische Geschichte[2] und übte bedeutenden Einfluß durch seine freimüthigen politischen Schriften.[3] Tiefer faßte Herder die Aufgabe des Universalhistorikers. In seinen Ideen zur Philosophie der Geschichte der Menschheit (1784—91), dem gehaltvollsten seiner Werke, worin die Ergebnisse seiner philosophischen und historischen Forschungen vereinigt sind, bemühte er sich, die Entwickelung des Menschengeschlechts von den dunkelsten Spuren der Vorzeit durch die historischen Zeiten zu verfolgen.

[1] Vorstellung der Universalhistorie, 1772. 2 Thle. Weltgeschichte nach ihren Haupttheilen im Auszuge und Zusammenhange, 1785. 89. 2 Thle. [2] Allgemeine nordische Geschichte, 1771. [3] Briefwechsel, 1776—82. 60 Hefte; Staatsanzeigen, 1782—1793. 72 Hefte. — Schlözer, von A. Bock, 1844.

§. 142. Zugleich regte sich immer lebhafter das Streben nach historischer Kunst. Johannes von Müller, geb. zu Schaffhausen 1752, machte mit jugendlicher Begeisterung die Geschichte der Schweiz zur Aufgabe seines Lebens; gleichwohl ist das allzu weitläufig angelegte Werk unvollendet geblieben.[1] Indem er den Historikern des Alterthums nachstrebte, hat seine Darstellung einzelne Partieen, die mit allem Glanze historischer Kunst ausgestattet sind; da es ihm jedoch an ruhiger selbstständiger Haltung gebrach, so ist sie sehr ungleich, oft manierirt und dem Gegenstande der Erzählung nicht immer angemessen. Allein der gewissenhafte Eifer der Forschung sowie die freie, ideale Gesinnung machten dies Werk ganz besonders geeignet, für Geschichte zu begeistern. Was er für die allgemeine Geschichte geleistet haben würde, wenn es ihm vergönnt gewesen wäre, den lange vorbereiteten Plan auszuführen, läßt der in scharfen Zügen entworfene, wenn auch ungleich bearbeitete, Abriß der Geschichte nur unvollkommen erkennen: Vier und zwanzig Bücher allgemeiner Geschichten ꝛc. 1810. Sein reichhaltiger Briefwechsel (Briefe an Bonstetten, J. G. Müller u. s. w.) erregt für den strebsamen Mann die lebendigste Theilnahme und zuletzt inniges Mitleiden mit seinem Lebensgeschick, das ihn in eine Laufbahn führte, welche einen stärkern Charakter erforderte. Er starb 1809 als königlich-westphälischer Staatsrath und Generaldirector des öffentlichen Unterrichts.[2]

Ludwig Timotheus von Spittler (geb. 1752 zu Stuttgart, 1779—97 Professor zu Göttingen, † 1810 als würtembergischer Minister) steht ihm an poetischer Wärme nach, übertrifft ihn aber an historischem und politischem Scharfblick. Um die Kirchengeschichte machte er sich durch mehrere kritische Abhandlungen, besonders durch seinen „Grundriß" (1782) verdient, um die neuere politische Geschichte durch den meisterhaften „Entwurf der Geschichte der europäischen Staaten" (1793). Auch in den Specialgeschichten von Würtemberg (1783) und Hannover (1786) erkennt man den klaren politischen Blick in lichtvoller historischer Darstellung.

Schiller's historische Arbeiten (§. 135. 150) ziehen durch malerische Darstellung an, wenn gleich vom wissenschaftlichen Standpuncte gegen die Benutzung der Quellen Manches einzuwenden ist. Johann Wilhelm von Archenholz (1745—1812) traf in seiner „Geschichte des siebenjährigen Krieges" (1788) den rechten Stoff und den leicht unterhaltenden Ton, wie ihn das große Publicum verlangte. Gründlicher sind seine späteren historischen Werke, besonders die Geschichte Gustav Wasa's (1801).

[1] Geschichte der schweizerischen Eidgenossenschaft, zuerst 1780. 1. Band (Geschichte der Schweizer); umgearbeitet und bis 1499 fortgesetzt 1786—1808. 5 Bde. [2] Sämmtliche Werke, 1810 ff.

27 Bde. Neueste Ausg. 1831 ff. 40 Bde. [3] S.'s sämmtliche Werke, hgg. von Karl Wächter, 1817 ff. 14 Bde.

§. 143. Der Fortschritt in der Kunst der Darstellung zeigt sich gleichfalls in den Länder- und Reisebeschreibungen: Helfrich Peter Sturz[1] (1736—1779), Briefe aus England, 1777; Archenholz, England und Italien, 1787. 5 Thle.; Moritz, Reisen in England 1783, Reisen in Italien, 1792 ff. 3 Thle. Durch geistvolle Auffassung und meisterhaften Stil zeichnen sich die Schilderungen Georg Forster's aus (geb. 1754; 1784 Prof. zu Wilna; 1788—93 zu Mainz; „der Club der Patrioten" und „die rheinisch-deutsche Republik"; † zu Paris 1794): Reise um die Welt während der Jahre 1772—75 [unter Cook mit seinem Vater Joh. Reinhold Forster], 1779. 80. 2 Bde. 2. A. 1784. 3 Bde.), und besonders das classische Werk: Ansichten vom Niederrhein, Brabant, Flandern ꝛc., 1790 ff. Seine kleineren Schriften[2] enthalten viele vortreffliche Aufsätze über Gegenstände der Naturwissenschaft, der Geschichte der Kunst u. s. w.

Durch größere Reisewerke (Carsten Niebuhr,[3] 1733—1815: Reise in Arabien ꝛc. 1761—67, u. And.) erhielt die Länderkunde herrliche Bereicherungen. Die Naturwissenschaft begann ihren belebenden Einfluß auf die höhere geistige Bildung zu üben; auch in Deutschland war für diese eine Reihe tüchtiger Forscher thätig (Johann Reinhold Forster, † 1798, Johann Friedrich Blumenbach, † 1840, Samuel Thomas von Sömmering, † 1830). Populäre Darstellungen fanden eine mehr und mehr steigende Theilnahme.

[1] Sturz' Schriften, 2 Samml. 1779. 82 (worin auch die „Erinnerungen aus dem Leben des Grafen von Bernstorff"). [2] 6 Thle. 1789 ff. Sämmtliche Schriften mit einer Charakteristik Forster's von G. G. Gervinus, 1843 f. 9 Bde. Briefwechsel (nebst Lebensnachrichten), 1829. 2 Bde. [3] Beschreibung von Arabien, 1772; Reisebeschreibung nach Arabien und andern umliegenden Ländern, 1774. 78. 2 Bde. 1838. 3. Bd. — Leben von (seinem Sohne) B. G. Niebuhr, 1817.

8. J. Kant und die kritische Philosophie. Einwirkung der Zeitereignisse.

§. 144. Am Schlusse des Jahrhunderts erfuhr die Philosophie und überhaupt das wissenschaftliche Denken eine Umwälzung, welche eine der wichtigsten Epochen in der Geschichte der deutschen Wissenschaft bezeichnet. Immanuel Kant (1724—1804),[1] Professor zu Königsberg, durchschaute die Unsicherheit und Oberflächlichkeit der Philosophie seiner Zeit und bemühte sich, dem philosophischen Denken eine feste Grundlage und eine wissenschaftliche Methode zu geben. Nach langer Vorbereitung trat er mit dem Ergebniß seiner Forschungen in seinem Hauptwerke, der Kritik der reinen Vernunft, 1781, hervor, in welchem er das gesammte Erkenntnißvermögen einer Kritik unterwarf und die Schranken des menschlichen Wissens zu bestimmen suchte (kritische Philosophie). Dieses scharfsinnige schwer zugängliche Werk blieb anfangs ohne Wirkung, bis die Jenaer allgemeine Literaturzeitung (seit 1785) die Vertheidigung der neuen Philosophie übernahm, und Karl Leonhard Reinhold (1758—1823) in seinen „Briefen über die Kantische Philosophie“[2] ihr Erklärer und Lobredner wurde. Kant ließ 1788 die „Kritik der praktischen Vernunft“ folgen, worin er auf sittlicher Grundlage aufzubauen suchte, was er in der Kritik der reinen Vernunft eingerissen hatte, indem er aus dem sittlichen Willen die innere Offenbarung, die Ideen von Gott und Unsterblichkeit herleitete. Dies Werk war verständlicher, und dem sittlichen Ernste mußte man Gerechtigkeit widerfahren lassen. Als drittes Hauptwerk schloß sich daran die „Kritik der Urtheilskraft“ (1790—93),[3] welche die Grundlage der Theorie des Schönen untersucht.

Zunächst ging das Streben der rasch sich mehrenden Anhänger der „kritischen“ Philosophie dahin, von dem durch dieselbe gewonnenen Standpuncte aus das System wissenschaftlich auszuführen und verwandte Wissenschaften danach zu gestalten. Auch Kant trug durch seine späteren Schriften dazu bei: die Religion innerhalb der Grenzen der bloßen Vernunft, 1793. 94, metaphysische Anfangsgründe der Tugendlehre, 1797, methaphisische Anfangsgründe der Rechtslehre, 1799. Die Kantianer lieferten zahlreiche Hand- und Lehrbücher für einzelne Fächer.

[1] J. Kant's Biographie, 4 Bde. 1801, u. m. and. [2] Zuerst im deutschen Merkur, 1785—87, vollständiger 1790 ff. 2 Bde. [3] Werke hgg. von K. Rosenkranz und Fr. W. Schubert, 1838 ff. 12 Bde. (nebst Biographie und Gesch. der Kant. Phil.); von G. Hartenstein, 1838 ff. 10 Bde.

§. 145. Eine lebhafte Bewegung entstand in der gelehrten Welt, obwohl unter den Gegnern aus der alten Schule (Mendelssohn, Garve, Eberhard, Herder u. And.) wenige dem Kampfe gewachsen waren. Am geistreichsten ward die Gegenpartei in F. H. Jacobi's (1743—1819) philosophischen Schriften vertreten; er wollte nicht die geistige Erkenntniß in die engen Schranken der Kantischen Philosophie verweisen lassen, sondern nahm das Recht des Gefühls und des Glaubens, als einer innern Offenbarung in Schutz.[1] Doch konnte dies nicht hindern, daß die Kantische Philosophie bald eine fast allgemeine Herrschaft (um 1790) erlangte und auf den meisten Universitäten Verkündiger fand. Die größte Bedeutung derselben besteht in der Anregung der geistigen Thätigkeit, in der wissenschaftlichen Gründlichkeit und in dem sittlichen Ernste. Eben deßhalb konnte man sich nicht lange bei ihren Ergebnissen beruhigen, sondern man bestrebte sich, die Leere, die ihre zerstörende Kritik zurückgelassen hatte, durch neue philosophische Systeme auszufüllen.

Obwohl die geistige Bewegung des Zeitalters vorzugsweise von der Poesie und Philosophie ausging, so hatte doch auch die politische Umgestaltung, welcher Europa entgegenging, einen großen Antheil daran. Die Ideen von Freiheit und Völkerwohl hatten in der Zeit Friedrichs II. und Josephs II. zu lebhaft die edelsten Gemüther beschäftigt, als daß nicht die Umwälzung der französischen Staatsverfassung in ihrem Beginn schöne Hoffnungen hätte wecken sollen. Als aber die Zustände in Frankreich eine so verderbliche Wendung nahmen, wurden die Einsichtsvollen bald enttäuscht und zogen seitdem ihre Theilnahme nur allzu sehr von den öffentlichen Angelegenheiten zurück, so daß die dem deutschen Volke drohende Gefahr und der Umsturz der alten Reichsformen das Nationalgefühl nur oberflächlich berührten. Erst unter den Leiden der Fremdherrschaft gewann es neue Kraft und weckte auch nach dieser Seite ein frisches geistiges Leben.

[1] David Hume über den Glauben 2c., 1787. Ueber das Unternehmen des Kriticismus, die Vernunft zu Verstande zu bringen, 1801. Von den göttlichen Dingen und ihrer Offenbarung, 1811. Jacobi's sämmtliche Werke, 1812 ff. 5 Bde. Briefwechsel, 1825. 27. 2 Bde.

9. Philosophischer und humoristischer Roman. Jean Paul.

§. 146. Wir haben vorzugsweise die höheren Gattungen des Romans zu betrachten, welche die edleren Tendenzen des

Zeitgeistes, den philosophischen Ernst und das enthusiastische Kunstbestreben des Zeitalters, darstellen (vgl. §. 138). Die Romane Fr. Max. (von) Klinger's, Werke seiner späteren Lebensperiode, haben ihren Kern in der strengen sittlichen Gesinnung, mit der er die Welt beurtheilt: Faust's Leben, Thaten und Höllenfahrt, 1794. 5 Bde.; Geschichte Giafar's des Barmeciden, 1799; der Weltmann und der Dichter, 1798, u. a. Sein männlicher Charakter fühlte sich in einem schroffen Gegensatze mit der Welt; daher entstand die düstere Lebensansicht, welche das Gemüth mehr niederschlägt, als erhebt. In Fr. H. Jacobi's Romanen „Allwill's Briefsammlung“ (zuerst 1774. 75, dann 1792) und „Woldemar“ (zuerst 1779, dann 1794 vollendet) spricht sich eine milde, versöhnende Gesinnung aus; doch sie haben statt anschaulicher Darstellung zu viel sentimentale Einförmigkeit.

§. 147. Die Jacobi'sche Gefühlsphilosophie war von großem Einfluß auf Johann Paul Friedrich Richter (gewöhnlich Jean Paul), geb. den 21. März 1763 zu Wunsiedel; 1795. 1798 ff. in Weimar (Herder, Charlotte von Kalb); dann in Berlin, Meiningen, Coburg, seit 1804 in Baireuth; † zu Baireuth d. 14. Nov. 1825 — Deutschlands größten Humoristen (Hamann, Hippel — seine Vorgänger). Mit einer Seele voll inniger Naturfreude und reiner Menschenliebe verweilt er in den idyllisch-beschränkten Verhältnissen des menschlichen Lebens, vor Allem der gefühlsseligen Jugendzeit. Selbst der Humor, der mit dem Kleinsten spielt, um mit dem Höchsten zu rühren, und wieder die Thränen, die er hervorlockte, hinwegscherzt, läßt uns nie über sein reines, tiefes Gefühl in Zweifel. Zum Behuf seiner humoristischen Darstellung beutete er das Reich der Wissenschaften nach allen Seiten aus und zog das Verschiedenartigste in ihren Kreis; doch würde er besser für die Aufnahme seiner Schriften bei der Nachwelt gesorgt haben, wäre er mit der Verwendung der bunt zusammengelesenen Schätze sparsamer umgegangen und im Stande gewesen, eine reinere Kunstform auszubilden. Als Satiriker trat er zuerst in den „grönländischen Processen“ (1783) und in der „Auswahl aus des Teufels Papieren“ (1788) auf; darauf folgten seine humoristischen Romane: die unsichtbare Loge (1793), Hesperus (1795), Quintus Fixlein (1796), Blumen-, Frucht- und Dornenstücke, oder Ehestand, Tod und Hochzeit des Armenadvocaten Siebenkäs (1796. 97.), das Campanerthal oder über die

Unsterblichkeit der Seele (1797), Briefe und bevorstehender Lebenslauf (1799), Titan (1800—1803), Flegeljahre (1803—1805), Katzenbergers Badereise (1809), der Komet (1820—22), Selina (unvollendet). Manches Treffliche enthalten auch die mehr wissenschaftlich gehaltenen Schriften: Vorschule der Aesthetik (1804), Levana oder Erziehlehre (1807).[1]

[1] Sämmtliche Werke, 1826—28 (Berlin bei Reimer), 60 Bde. Nachlaß 1836 ff. 5 Bde. 2. A. 1840 ff. 33 Bde. Wahrheit aus J. Paul's Leben, 1826—33. 8 Bde. Biographie von R. O. Spazier, 1833. 5 Bde. Briefe an F. H. Jacobi, 1828. Briefwechsel mit seinem Freunde F. Chr. Otto, 1829—33. 4 Thle. u. and. Samml.

§. 148. Die Nachahmung J. Paul's, welche mehrmals versucht worden ist, mußte mißlingen, obwohl sein Einfluß auf die Literatur weithin bemerkbar bleibt. Einige Verwandtschaft mit seiner Auffassung des Lebens hat Ernst Wagner (1768—1812), der in der Darstellung mehr dem von Goethe gegebenen Muster folgte: Wilibald's Ansichten des Lebens (1805), die reisenden Maler (1808). Die humoristischen Romane des Grafen Karl Christian Ernst von Benzel-Sternau (1767—1849) betrachten die Welt mehr mit scharfem Spott, als weicher Gemüthlichkeit; unter diesen zeichnet sich das „goldene Kalb" (1802. 3. 4 Bde.), eine humoristische Biographie, ungeachtet der Formlosigkeit und Unklarheit des Ganzen durch manche geistvolle Schilderung des Lebens aus.

10. Goethe und Schiller seit 1789. Höhestand des Drama's.

§. 149. Goethe zog sich nach der Rückkehr aus Italien (das römische Carneval, 1789, römische Elegieen, 1789) zunächst auf die Beschäftigung mit Naturwissenschaft und Kunst zurück (Versuch die Metamorphose der Pflanzen zu erklären, 1790; Beiträge zur Optik, 1791. 92.) Doch erhielt ihn die Uebernahme der Leitung der Weimarer Bühne (1791) in Verbindung mit der dramatischen Poesie (der Großkophta, 1792; der Bürgergeneral, die Aufgeregten, 1793). Bei seiner mehr und mehr hervortretenden Neigung zu epischer Darstellung fand er im Reineke Fuchs einen willkommenen Stoff, um sich durch heitern Humor von den trüben Bildern der verworrenen Zeit zu befreien (Umarbeitung in Hexametern, 1793; hgg. 1794).

Nachdem er die hemmenden Eindrücke der Zeitereignisse, die auch ihn 1792 nach der Champagne und 1793 ins Lager vor Mainz riefen, mehr und mehr überwunden hatte, vollendete er den schon in früheren Jahren angefangenen Roman (seit 1777; fortgesetzt bis zum 6. Buch 1782—85) Wilhelm Meisters Lehrjahre (1794—96), worin er das vielseitige Streben nach Kunst- und Weltbildung, wie er es in seiner eigenen Bildungsperiode erfahren und beobachtet hatte, mit besonderer Rücksicht auf die dramatische Kunst darstellte. Ein begabter Jüngling wird durch eine Reihe stufenweise sich steigender Lebensverhältnisse hindurchgeführt, so daß ein Gemälde mannigfacher gesellschaftlicher Zustände sowie der verschiedenartigsten männlichen und weiblichen Charaktere vor uns entsteht. Mag man auf die musterhafte Form der Darstellung oder auf den darin niedergelegten Schatz von Lebens- und Kunstansichten sehen, in jeder Hinsicht hat dieser Roman einen großen Einfluß auf die Umgestaltung der Literatur geübt.

§. 150. Schiller ward in Folge der Berufung nach Jena durch wissenschaftliche Arbeiten der Poesie eine Zeitlang entzogen. Aus seinen Studien der Geschichte (Antrittsrede: „Was heißt und zu welchem Ende studirt man Universalgeschichte?"). erwuchsen mehrere gehaltvolle Abhandlungen (z. B. über Völkerwanderung, Kreuzzüge und Mittelalter, 1790); durch die Kunst der Schilderung glänzt die Geschichte des dreißigjährigen Kriegs 1790. 92). Die Früchte seiner Beschäftigung mit Kantischer Philosophie waren die ästhetischen Abhandlungen über die tragische Kunst, über Anmuth und Würde ꝛc., und die Briefe über die ästhetische Erziehung des Menschen (1793. 94).

Im Jahre 1794 begann er, unterstützt von den ausgezeichnetsten Schriftstellern Deutschlands, die Herausgabe der Zeitschrift die Horen (1795—97). Indem auch Goethe seine Theilnahme zusagte und ein lebhafter Ideenaustausch mit Schiller sich entspann, wurde zwischen beiden Dichtern durch die innigste geistige Gemeinschaft ein Freundschaftsbund geschlossen, dem die deutsche Literatur die schönsten Früchte verdankt.[1] Goethe bedurfte der Anregung Schiller's, um nicht durch das Studium der Natur und der bildenden Kunst der Poesie entzogen zu werden. Dagegen wurde dem empfänglichen und nie rastenden Schiller durch

Goethe's klare Anschauungen der Kunst und Natur der Gesichtskreis erweitert (Abhandlung über naive und sentimentalische Poesie 1795) und der Sinn für Wahrheit und Plastik der poetischen Darstellung geschärft. Die Poesie trat bei ihm jetzt mehr an die Stelle philosophischer Theorieen, und an die Horen schloß sich die Herausgabe eines Musenalmanachs (1795—1800). In dem idealen Streben, das beide Dichter vereinte, fühlten sie sich von der Unempfänglichkeit des Publicums und der Seichtigkeit der tonangebenden Kritik, bei der das Mittelmäßige sich des größten Beifalls erfreute, tief verletzt. Aus dem Unwillen über die dermaligen Literaturzustände entstanden die Xenien[2] (1796), eine Reihe von Epigrammen in Distichenform, in welchen sie gemeinschaftlich die jüngsten Erscheinungen der Literatur mit der Schärfe einer rücksichtslosen Kritik trafen und sowohl falsche Berühmtheiten als journalistische Wortführer mit treffender Satire abfertigten.

[1] Briefwechsel zwischen Schiller und Goethe in den Jahren 1794—1805. 1828 ff. 6 Thle. 2. A. 1856. 2 Thle. Uebersichten und Erläuterungen 2c. von H. Düntzer, 1859. [2] E. Boas, Schiller und Goethe im Xenienkampfe, 1851. 2 Thle. Die Schiller-Goethe'schen Xenien 2c. von E. J. Saupe, 1852. Sch.'s und G.'s Xenien-Manuscript, hgg. von Boas und von Maltzahn, 1856.

§. 151. Schiller war durch historische und philosophische Studien hindurchgegangen, um zu der glänzendsten Periode seiner poetischen Production gelangen zu können. Die ersten lyrischen Dichtungen seit 1795 schließen sich an den Kreis seiner philosophischen Betrachtungen an (z. B. Macht des Gesanges, der Genius, das Ideal und das Leben, die Ideale, der Spaziergang); häufig nehmen sie als kernhafte Fassung leitender Ideen („Votivtafeln") die epigrammatische Form an („das Epigrammenjahr 1796"). Das Streben nach plastischer Darstellung drängte ihn zu objectiven Schilderungen (Pompeji und Herculanum, Nadowessische Todtenklage, das eleusische Fest), sowie zu den Balladen und Romanzen („das Balladenjahr" 1797: Taucher, Handschuh, Ring des Polykrates, Ritter Toggenburg, Kraniche des Ibycus, Gang nach dem Eisenhammer; — 1798: Kampf mit dem Drachen, Bürgschaft).

Indessen war auch die Ausarbeitung des Wallenstein, mit dem er sich jahrelang beschäftigte, ehe er den Stoff völlig zu beherrschen vermochte, vollendet, so daß Wallensteins Lager 1798 und die übrigen Theile 1799 auf der weimarischen Bühne erschienen (hgg. 1800). Der Reichthum des Stoffes hatte ihn genöthigt, die Tragödie in drei Theile zu zerlegen: Wallensteins Lager, die Piccolomini, Wallensteins Tod. Der erste Theil stellt die Bühne dar, auf der der gewaltige Feldherr seine Herrschaft ausübt, und erklärt uns seine Macht und sein kühnes Wagen durch die Schilderung der ihm zu Gebote stehenden Mittel und Werkzeuge. In dem zweiten erscheint er selbst auf dem Gipfel des Glücks und der Macht; in seinem Kreise knüpfen sich Bande der innigsten Liebe (Max und Thekla), die von schönen Hoffnungen begleitet sind. In dem letzten Theile beginnt der kühne Bau zu wanken und stürzt endlich zusammen; die Bande des Vertrauens und der Liebe werden zerrissen, und nur der Tod versöhnt.

Nachdem er durch diese großartige dramatische Schöpfung sich einen Platz unter den Meistern errungen hatte, wandte er alle seine Kräfte auf die dramatische Dichtkunst. Die Balladen und lyrischen Gedichte sind jetzt minder zahlreich (die vier Weltalter, Sehnsucht, Thekla, Hero und Leander, Kassandra, das Siegesfest, Graf von Habsburg, Lied von der Glocke ꝛc.). Er wählte 1799 Weimar zu seinem Aufenthalt, vorzüglich um das dortige Theater in seiner Nähe zu haben, für welches jetzt beide Freunde gemeinsam thätig waren — Goethe's Bearbeitungen von Voltaire's Mahomet (1799) und Tancred (1800); Schiller's Bearbeitungen von Shakspeare's Macbeth (1800), Gozzi's Turandot (1801), Racine's Phädra (1804/5); — das weimarische Theater ward unter Goethe's und Schiller's Leitung eine Musterbühne für Deutschland. Die dramatischen Arbeiten Schiller's folgten von jetzt an rasch auf einander; doch entfernte er sich wieder von dem echten historischen Drama. In Maria Stuart (1800) tritt der geschichtliche Stoff, der für eine zweite Trilogie ausgereicht haben würde, zurück, und das Drama stellt nur den Ausgang der tragischen Lebensschicksale dar, wo Maria durch Leiden und Reue sich und die Welt mit ihrem vergangenen Leben aussöhnt. In der Jungfrau von Orleans, einer „romantischen Tragödie“ (1801), hat das Streben nach effectvollem romantischen Beiwerk den historischen Stoff noch willkürlicher umgestaltet. Die Braut von Messina oder die feindlichen Brüder (1803) war ein Versuch, Antikes und

Romantisches durch die Einführung lyrischer Chöre und der Schicksalsidee (beides jedoch nicht im Sinne der griechischen Tragödie) zu verschmelzen. In größerer künstlerischen Vollendung und Durchbildung erscheint Sch. im Wilhelm Tell (1804), einem Vermächtnisse an die Nation für die Zeit der Unterdrückung, welche er nicht mehr sehen sollte. Er starb den 9. Mai 1805.[1]

[1] Schiller's Gedichte. Erste Ausg. 1800. 3. 2 Thle. Werke bei Cotta, 1812 ff.; seitdem häufige Wiederabdrücke. Nachlesen von Döring, 1835, Boas, 1839, Hoffmeister, 1840. 41. — Leben, verfaßt aus Erinnerungen der Familie ꝛc. von Karoline von Wolzogen, 1830. 2 Thle. Leben, Geistesentwickelung und Werke von Hoffmeister, 1838—42. 5 Thle. Leben von G. Schwab, 1840; von J. W. Schaefer, 1853. Leben und Werke in chronologischen Tafeln, von E. J. Saupe, 1855. Leben und Werke von Emil Palleske, 1858. 59. 2 Bde. Schiller und seine Zeit von J. Scherr, 1859. Schiller und seine Zeitgenossen von Jul. Schmidt, 1859. Zahlreiche Einzelschriften.

§. 152. Daß Goethe in gleichem Maße noch auf der Höhe der Literatur stehe, bewies das meisterhafte Epos Hermann und Dorothea (1797); die erste Anregung ging zwar von Vossens Luise aus; allein er gab den häuslich-idyllischen Scenen einen reicheren epischen Hintergrund, indem er uns aus dem engen bürgerlichen Kreise in die große Bewegung der Zeit blicken läßt. In dieselbe Zeit fallen viele seiner ausgezeichnetsten kleineren Gedichte (Alexis und Dora, Euphrosyne, Schatzgräber, Braut von Korinth, Gott und Bajadere, Zauberlehrling u. v. and.). Zugleich wirkte er in Winckelmann's Geiste für die Belebung des Studiums der antiken Kunst. In Verbindung mit seinem Freunde Heinrich Meyer (1759—1831) gab er die Zeitschrift „Propyläen" (1798—1800) und Winckelmann und sein Jahrhundert in Briefen und Aufsätzen (1805) heraus.

Inzwischen war er durch seine dramaturgische Thätigkeit und durch Schiller's dramatische Leistungen nicht nur zur Wiederaufnahme des Faust („Zueignung," 1797), sondern auch zu einem neuen dramatischen Entwurfe angetrieben worden, worin die Revolutionszeit der Hintergrund des tragischen Gemäldes ward (die Memoiren der Stephanie von Bourbon-Conti). Nur der erste von den drei beabsichtigten Theilen wurde ausgeführt: die natürliche Tochter (bearbeitet 1801—3, hgg. als Taschenbuch auf 1804). Schiller's Tod (Epilog zu Sch.'s Glocke 1805) und das Unglück des Jahres 1806 unterbrachen die ruhige Thätigkeit; auch der Plan, den von Schiller begonnenen „Demetrius“ nach dem Entwurfe desselben zu vollenden, blieb liegen. Er schloß diese reichhaltigste Periode seines Lebens mit der Herausgabe des ersten Theils des Faust (1807), seiner genialsten Dichtung, in der er für die verborgensten Geheimnisse des Seelenlebens wie für die höchsten Aufgaben des Denkens dramatische Gestalten geschaffen hat.

§. 153. In seiner letzten Lebensperiode beschäftigte Goethe sich vorzugsweise mit Kunst- und Naturstudien. Seine Schriften „Zur Farbenlehre“ (1810), „Zur Naturwissenschaft überhaupt, besonders zur Morphologie“ (1817. 24. 2 Bde.) u. and. enthalten Ergebnisse der angestrengtesten Forschungen. In Novellen-Form brachte er die Verwickelungen moderner Lebensverhältnisse zur Darstellung; diese Richtung führte zu dem Roman die Wahlverwandtschaften (1809), in welchem der Zwiespalt von Natur- und Sittengesetzen in seiner tragischen Entwickelung veranschaulicht wird. Seine Dichtungen gehen mehr und mehr in die allegorische und didaktische Form über. Daher fand er an den Formen der orientalischen Poesie Wohlgefallen; welch ein Farbenreiz ihm auch jetzt noch zu Gebote stand, zeigte er in dem westöstlichen Divan (1819, größtentheils 1814 und 1815 verfaßt). Dem Dramatischen fehlt es an sinnlicher und individueller Gestaltung (Pandora 1808; Epimenides Erwachen 1814; Faust, zweiter Theil, beendigt 1831). Auch der Roman und die Novelle (Wilhelm Meisters Wanderjahre 1821—29; „Novelle“ 1826) werden zu bloßen Trägern von Ideen; sie wenden sich vorzugsweise dem socialen Leben zu, dessen Probleme sie im Sinne eines idealen Humanismus zu lösen versuchen. Dennoch sind diese Werke noch Zeugnisse von einer so ausgezeichneten Geisteskraft, wie sie nur der sich bis ins Greisenalter zu erhalten vermochte, der bis zur letzten Lebensstufe strebte und forschte. Er starb den 22. März 1832.

Von seiner Kindheit und Jugend bis zur Reise nach Weimar hat Goethe eine anmuthige Darstellung geliefert, unter dem Titel „Dichtung und Wahrheit“ (1811—13. 3 Theile; 1833. 4. Thl.); daran reihen sich die meisterhaften Schilderungen der Schweizerreise von 1779 („Briefe aus der Schweiz“), die „Italienische Reise," Darstellungen aus der „Campagne in Frankreich 1792," „Annalen" oder „Tages- und Jahreshefte" und ähnliche Auszüge aus Tagebüchern und Reisenotizen (Schweizerreise von 1797, Rhein- und Mainreise 1815).

Goethe-Literatur. L. v. Lancizolle, Uebersicht der wichtigsten Schriften von und über Goethe, 1857. — Zahlreiche Briefsammlungen: an Lavater (hgg. von Hirzel, 1833), an F. H. Jacobi (hgg. 1846), an Knebel (hgg. von Guhrauer, 1851. 2 Thle.), an Zelter (hgg. von Riemer, 1833. 34. 6 Thle.) u. and. Vgl. zu §. 127. 150. — Ueber G.'s Leben und Charakter: J. P. Eckermann, Gespräche mit Goethe in den letzten Jahren seines Lebens, 1836. 2 Bde. 3. Bd. 1848. L. Vogel, Goethe in amtlichen Verhältnissen, 1834. F. W. Riemer, Mittheilungen über Goethe etc. 1841. 2 Thle. K. Rosenkranz, Goethe und seine Werke, 1847. 2. A. 1856. Goethe's Leben von H. Viehoff, 1847—54. 4 Thle. 2. A. 1859; von J. W. Schaefer, 1851. 2 Bde. 2. A. 1858. Leben und Werke in chronolog. Tab. von E. J. Saupe, 1854. — Goethe's Werke: Erste rechtmäßige Sammlung: Goethe's Schriften (Leipzig, Göschen), 1787—90. 8 Bde. und 1787—91. 4 Bde. Neue Schriften, 1797—1800. 7 Bde. Werke (Stuttgart, Cotta) 1806 ff. 13 Bde.; 1816 ff. 20 Bde.; vollständige Ausgabe letzter Hand, 1827 ff. 40 Bde.; Nachlaß und Supplemente, 1832 ff. 20 Bde.; seitdem mehrere Wiederabdrücke. Gedichte, erste besondere Ausgabe, 1806; Auswahl, hgg. von J. W. Schaefer, 1846. 7. A. 1866. Goethe's Prosa etc., hgg. von J. W. Schaefer, 1848. 2 Bde. 2. A. 1859.

Chronologische Parallele

von

Herder. (1744—1803) I.	Goethe. (1749—1832) I.	Schiller. (1759—1805)
1766. 67 Fragmente zur deutschen Lit.		
	1767 Lustspiele: Laune des Verliebten; die Mitschuldigen.	
1769 Kritische Wälder.	1769 „Neue Lieder" (Leipziger Liederbuch.)	
1772 Ueber den Ursprung d. Sprache.	1772 Von altdeutscher Baukunst.	

1773 Abhandlungen über Shakspeare, Ossian u. Volkslieder.	1773 Götz von Berlichingen. Jahrmarktsfest zu Plundersweilern.	
1774. 76 Aelteste Urkunde d. Menschengeschlechts.	1774 Clavigo; Werthers Leiden; Fragmente des Faust.	
	1775 Erwin und Elmire, Claudine von Villabella; Stella; Egmont begonnen.	
	1776 Die Geschwister.	
	1777 Lila; d. Triumph der Empfindsamkeit. Wilhelm Meister begonnen.	
1778. 79 Volkslieder.		
	1779 Iphigenie in Prosa; Jery und Bätely.	
II.		
1780. 81 Briefe, das Studium d. Theologie betreffend.	1780. 81 Tasso begonnen; Egmont fortgesetzt.	I.
		1781 Die Räuber.
1782. 83 Vom Geist der ebräischen Poesie.	1782 Die Fischerin. 1782-85 Wilhelm Meister, 2. bis 6. Buch.	1782 Lyrische Anthologie.
		1783 Fiesco, Don Carlos begonnen.
1784-91 Ideen zur Philosophie der Geschichte d. Menschheit.		1784 Cabale u. Liebe.
		II.
1785-98 Zerstreute Blätter (griech. Anthologie, Paramythien, Parabeln, Legenden ꝛc.)		1785 ff. Zeitschrift Thalia. Scenen aus Don Carlos (in Prosa).

	II.	
	1786 Iphigenie in Versen.	
1787 Gott, einige Gespräche.	1787 Egmont vollendet. Erwin u. Elmire, Claudine umgearb. (in Versen).	1787 Don Carlos.
		1788 Gesch. des Abfalls der Niederlande.
	1789 Torquato Tasso vollendet.	1789 Der Geisterseher.
	1789. 90 Römische Elegieen. Metamorphose d. Pflanzen.	1790-92 Gesch. des dreißigjährigen Kriegs.
	1792 Der Großkophta.	1792. 93 Neue Thalia; philosoph. Abhandl.
1793-97 Briefe zur Beförderung der Humanität.	1793 Reineke Fuchs. Der Bürgergeneral. Die Aufgeregten.	1793. 94 Briefe über ästhetische Erziehung.
1794-99 Christl. Schriften.	1794-96 Wilhelm Meisters Lehrjahre beendet.	
		III.
1795. 96 Terpsichore (Balde's Gedichte.)		1795 Horen; Musenalmanach.
		1796 Xenien (m. Goethe.)
	1797 Hermann und Dorothea.	1797 „Balladenjahr."
	1798-1800 Propyläen.	1798 Wallensteins Lager.
1799 Verstand u. Erfahrung (gegen Kant).	1799 Voltaire's Mahomet übersetzt.	1799 Piccolomini. Wallensteins Tod.
1800 Kalligone.	1800 Voltaire's Tancred übersetzt.	1800 Maria Stuart.
1801-3 Adrastea.	1801-3 Die natürliche Tochter.	1801 Jungfrau v. Orleans. Macbeth übersetzt.
1802. 3 Romanzen v. Cid.		1802 Turandot bearb.
		1803 Braut v. Messina.
		1804 Wilhelm Tell.

1805 Winckelmann u. sein Jahrhundert.	1805 Racine's Phädra übers. Demetrius (Fragment).
1807 Faust, 1. Theil hgg.	
III.	
1808 Pandora.	
1809 Die Wahlverwandtschaften.	
1810 Farbenlehre.	
1811-13 Aus meinem Leben, Wahrheit und Dichtung.	
1814 Epimenides Erwachen.	
1816 ff. Zeitschrift: Kunst und Alterthum.	
1819 Westöstlicher Divan.	
1821-29 Wilh. Meisters Wanderjahre.	
1831 Faust, zweiter Theil beendigt.	

V. Die Literatur des XIX. Jahrhunderts.

Universalismus in Poesie und Wissenschaft.

A. Bis zu dem Befreiungskriege.

1. Entwickelung der Philosophie. Naturwissenschaft. Theologie. Pädagogik.

§. 154. Die philosophische Speculation war durch Kant's Kritik (§. 144) in solchem Grade geweckt worden, daß sie neben und im Bunde mit der Poesie das geistige Leben der Nation in allen seinen Richtungen beherrschte.

Johann Gottlieb Fichte (geb. 1762; 1793—99 Professor zu Jena; † 1814 als Professor zu Berlin), mit ausgezeichneter Kraft des Geistes und Charakters ausgerüstet, unternahm es, aus einem obersten, durchgreifenden Grundsatze die ganze Philosophie im Zusammenhange zu entwickeln (Wissenschaftslehre). Aus der Denkthätigkeit ließ er das Sein, die Welt der Erscheinungen hervorgehen.[1] Ernste Wissenschaftlichkeit, strenger moralischer Sinn, feurige Begeisterung für alles Edle und Tüchtige durchdringen seine Schriften; seine Reden an die deutsche Nation (1808) sind zugleich Muster kräftiger Beredsamkeit und ein unvergängliches Denkmal männlichen Muthes.

Friedrich Wilhelm Joseph von Schelling (geb. 1775, 1808—41 in München, darauf zu Berlin, † 1854), Fichte an historischen und naturwissenschaftlichen Kenntnissen überlegen, stellte neben die Idealphilosophie die Naturphilosophie und verknüpfte beides, Ideales und Reales, durch die Idee des Absoluten, der Gottheit (Identitätssystem). Indem die Methode auf geistige Anschauung gegründet ward, gerieth die Speculation in die Gewalt der Phantasie, und die neue Philosophie nahm die poetischen Richtungen des Zeitalters in sich auf.[2]

[1] Grundlage der gesammten Wissenschaftslehre, 1794. Grundlage des Naturrechts, 1796. 97. 2 Thle. System der Sittenlehre, 1798. Vorlesungen über die Bestimmung des Gelehrten, 1794, umgearb. 1806. Ueber die Bestimmung des Menschen, 1800. Anweisung zum seligen Leben, 1806. Leben und Briefwechsel, hgg. von J. H. Fichte, 1830. 2 Bde. [2] Ideen zu einer Philosophie der Natur, 1797. 2. Aufl. 1803. Von der Weltseele, 1798. 3. A. 1809. Erster Entwurf eines Systems der Naturphilosophie, 1799. System des transcendentalen Idealismus, 1800. Philosophie und Religion, 1804. Vorlesungen über die Methode des akademischen Studiums, 1803. 3. Aufl. 1830, u. and. Schr. Werke, 1856 ff. 10 Bde.

§. 155. Den größten Einfluß hatte Schelling's Lehre auf die Naturwissenschaften, für welche seine erhabenen Naturanschauungen die lebhafteste Begeisterung erweckten, mochte gleich bei Vielen die Naturphilosophie in poetisirende Phantasterei und unwissenschaftliche Mystik ausarten. Die bedeutendsten unter den Naturphilosophen (vgl. §. 179) sind Lorenz Oken (1782—1851),[1] Gotthilf Heinrich von Schubert (geb. 1780, seit 1826 Prof. in München, † 1860)[2] und Henrich Steffens (geb. 1773 zu Stavanger in Norwegen, † als Prof. zu Berlin 1845).[3] Kein Theil der Wissenschaft blieb ohne Bereicherung: Abraham Gottlieb Werner (1750—1817) für Geologie und Mineralogie, A. v. Humboldt (geb. 1769, † zu Berlin 1859),[4] Gottfried

Reinhold Treviranus (1776—1837) für Naturgeschichte und Physik, Wilhelm Olbers (1758—1840), Karl Friedrich Gauß (1777—1855) für Astronomie u. s. w. Gründliche populäre Bearbeitungen führten die Ergebnisse der Wissenschaft der allgemeinen Bildung zu (Heinrich Wilhelm Brandes,[5] geb. 1777, † als Prof. zu Leipzig 1834).

[1] Lehrbuch der Naturphilosophie, 1809—11. 3 Bde. N. A. 1831. [2] Ansichten von der Nachtseite der Naturwissenschaften, 1808. 3. A. 1827. [3] Grundzüge der philosophischen Naturwissenschaft, 1806; Anthropologie, 1822. 2 Bde. [4] Ansichten der Natur, 1808. 3. A. 1849. 2 Thle. Ideen zu einer Geographie der Pflanzen, 1811. Kosmos rc. 1845 ff. u. and. Schr. Vgl. §. 167. [5] Die vornehmsten Lehren der Astronomie, in Briefen rc. 1811 ff. 4 Bde. Vorlesungen über die Astronomie, 1827. 2 Thle. Vorlesungen über die Naturlehre, 1830—32. 3 Thle. 2. A. 1845.

§. 156. Friedrich Schleiermacher (geb. 1768, Prof. und Prediger zu Halle und seit 1809 zu Berlin, † 1834) richtete seine Forschung vornehmlich auf die Religionslehre und Moral[1] und wirkte mit lebendigem Geiste für die Fortbildung der theologischen Wissenschaft. Die ideale Richtung der Philosophie förderte er auch durch seine meisterhafte Uebersetzung des Plato.[2] Der Einfluß der neuen Richtung der Religionsphilosophie äußerte sich auch in der Behandlung der Mythologie des Alterthums, in der man durch symbolische Deutung einen tieferen philosophischen Gehalt nachzuweisen suchte. Das wichtigste Werk dieser Gattung ist Friedrich Creuzer's (geb. 1771, † 1858 als Prof. zu Heidelberg) Symbolik und Mythologie der alten Völker (1810).[3]

[1] Ueber die Religion, Reden an die Gebildeten unter ihren Verächtern, zuerst 1799. Monologen, zuerst 1800. Grundlinien der Kritik der bisherigen Sittenlehre, 1803. Der christliche Glaube rc. 1821. 2 Bde. 2. A. 1830. 31. Predigten s. §. 158. Sämmtliche Werke, 1834 ff. (darin auch literarischer Nachlaß). [2] Platon's Werke, 1804—28. 3 Thle. in 6 Bdn. [3] Umgearb. 2. A. 1819 ff. 4 Thle. 3. A. 1835 ff. — Dagegen Voß: Antisymbolik, 1824. 26. 2 Thle.

§. 157. Die Erziehungs- und Unterrichtslehre beschäftigte in diesem philosophischen Zeitalter viele ausgezeichnete Männer. Durch neue Lehrmethoden versuchte man das gesammte Unterrichtswesen umzugestalten; namentlich griff Johann Heinrich Pestalozzi (1746—1827; Erziehungsanstalt zu Yverdun seit

1804) durch seine Methode belebend in die Organisation des Volksschulwesens ein.[1] Aus der Kantischen Schule gingen August Hermann Niemeyer[2] (1754—1828), Gustav Friedrich Dinter[3] (1760—1831) u. And. hervor, deren besonnene Methodik sich auf eine ausgebreitete Erfahrung stützte. Die ideale Richtung des Zeitgeistes wirkte dahin, dem Unterrichte das höhere Princip der Bildung zu erhalten.

[1] Wie Gertrud ihre Kinder lehrt, 1801. Buch der Mütter, 1803. Sämmtl. Schriften, 1819 ff. 15 Bde. [2] Niemeyer's Grundsätze der Erziehung und des Unterrichts, 1796; 9. Aufl. 1834 ff. 3 Thle. [3] Reden an künftige Volksschullehrer, 1803 ff. 4 Thle., u. v. and. Schr.

§. 158. In der Kanzelberedsamkeit und Erbauungsliteratur, so sehr sie auch die Farben der theologischen Parteien trägt, strebte man mehr und mehr nach tieferem, lebendigerem Erfassen des religiösen Lebens. Der vorzüglichste Vertreter der geistlichen Beredsamkeit war Franz Volkmar Reinhard (1753—1812, seit 1782 Oberhofprediger zu Dresden), ein Mann von gründlicher Gelehrsamkeit und ausgebreiteter Wirksamkeit;[1] ihm stehen am nächsten Christoph Friedrich von Ammon[2] (geb. 1766; 1813—49 Oberhofprediger zu Dresden, † 1851), Heinrich Gottlieb Tzschirner[3] (1778—1828, zu Leipzig), Friedrich Röhr[4] (1777—1848, zuletzt Generalsuperintendent in Weimar). Eine neue Form der geistlichen Rede begründeten Fr. Schleiermacher,[5] Johann Heinrich Bernhard Dräseke[6] (1774—1849), Klaus Harms[7] (1779—1855, Prediger in Kiel), Franz Theremin[8] (geb. 1783, † zu Berlin 1846). Der namhafteste unter den katholischen Theologen dieser Zeit ist der milde und gemüthvolle Johann Michael von Sailer[9] (geb. 1751, † als Bischof von Regensburg 1832).

[1] Predigten seit 1786. Ausg. in 40 Bdn. 1831 ff. System der christlichen Moral, 1788 ff. 5 Thle. Geständnisse ꝛc. 1810. Leben von Pölitz, 1813. 15. 2 Thle. [2] Predigten seit 1793. Handbuch der christlichen Sittenlehre, 1823 ff. 3 Bde. Die Fortbildung des Christenthums zur Weltreligion, 1833—35. 2 Bde. in 3 Abthl. [3] Predigten, hgg. von Goldhorn, 1829. 4 Bde. Protestantismus und Katholicismus, 1822. 4. A. 1824. Der Fall des Heidenthums, 1829. [4] Predigtsammlungen seit 1812. [5] Predigtsammlungen seit 1801, vollständig nebst den nachgelassenen Predigten in den sämmtl. Werken; vgl. §. 156. [6] Predigten für denkende Verehrer Jesu, 1804

ff. 5 Thle. N. A. 1836. Predigten über die letzten Schicksale unsers Herrn, 1816 ff. 4 Thle. u. and. Sammlungen. [7] Winterpostille, 1808. 5. A. 1836. Sommerpostille 1815. N. A. 1836, u. and. Samml. [8] Predigten, 1817 ff. 8 Bde. (1—5: Zeugnisse von Christo &c. 6—8: das Kreuz Christi). [9] Gebetbuch, 1785 und öfter; vertraute Reden, 1803. 2 Bde. Handbuch der christl. Moral, 1818. 3 Thle. u. s. w. Sämmtl. Werke, 1830 ff. 26 Bde.

2. Aesthetik und Kritik. Literatur- und Kunststudien.

§. 159. Kant's Kritik der Urtheilskraft und die darauf gebauten Lehrbücher der Aesthetik konnten einem Zeitalter, das für Poesie und Kunst so lebhaft fühlte, nicht genügen. Das Bedeutendste, was von diesem Standpuncte aus geleistet ward, sind Schiller's Aufsätze, der über das Schulsystem hinaus mit genialem Blicke in das Wesen der Kunst eindrang. Feines Kunstgefühl leitet auch die ästhetischen Untersuchungen seines geistesverwandten Freundes Wilhelm von Humboldt[1] (1767—1835). Lessing's Kritik, Herder's und Schiller's sinnvolle Auffassung der verschiedenen Gestalten des Schönen hatten eine Bahn gebrochen, auf welcher August Wilhelm (von) Schlegel (geb. 1767, † als Professor zu Bonn 1845) und sein Bruder Friedrich (von) Schlegel (geb. 1772; seit 1803 Katholik, seit 1808 zu Wien, † 1829) fortgingen. Mit scharfer Polemik kämpften sie gegen das Seichte und Mittelmäßige, gegen Nicolai, Kotzebue und andere Wortführer des Tages, erhoben dagegen die wahrhaft großen Dichter älterer und neuerer Zeit, unter den deutschen vor allen Lessing und Goethe. Mit dieser Kritik verbanden sie die Erforschung der Literatur verschiedener Völker und legten dadurch den Grund zur Literaturgeschichte.[2] (Dichtungen §. 162. 164).

Durch Voß und den geistvollen Philologen Friedrich August Wolf (1759—1824; 1783—1806 Prof. zu Halle, später zu Berlin) war für das griechische Epos das lebhafteste Interesse erweckt worden. Bald folgte das gründlichere Studium des griechischen Drama's, und man versuchte sich häufiger in Uebersetzungen. Karl Wilhelm Ferdinand Solger's (1780—1819) Uebersetzung des Sophokles (1808; 3. A. 1837. 2 Bde.) und Wolf's Uebersetzung der „Wolken" des Aristophanes (1811) erweiterten die Sprache und Metrik.

Obwohl A. W. und Fr. Schlegel auch diesen Bestrebungen

nicht fremd blieben, widmeten sie doch vorzugsweise ihre Thätigkeit der Poesie der modernen Völker und begünstigten die Richtung der Literatur zur Romantik. A. W. Schlegel begann 1797 die Uebersetzung des Shakspeare,[3] unter seinen Leistungen die verdienstlichste. Von dieser zog ihn die Beschäftigung mit den südlichen Dichtern ab, deren künstliche Formen er mit gleicher Sprachgewandtheit in den „Blumensträußen"[4] und dem „Spanischen Theater"[5] nachbildete. Diesen Weg verfolgte mit nicht geringerer Meisterschaft Johann Dietrich Gries (1775—1842), namentlich als Uebersetzer Tasso's,[6] Ariost's[7] und Calderon's.[8]

[1] Aesthetische Versuche (über das Epos, besonders Goethe's Hermann und Dor.) 1799, und einzelne zerstreute Abhandlungen; auch Gedichte („Rom," „Sonette"). Gesammelte Werke, 1841 ff. 7 Bde. — Lebensbild und Charakteristik von R. Haym, 1856. [2] Athenäum, 1798—1800. Sammlung kritischer Abhandlungen in den „Charakteristiken und Kritiken," 1801. 2 Thle. und in A. W. Schlegel's kritischen Schriften, 1828. 2 Bde. — A. W. Schlegel's Vorlesungen über dramatische Kunst und Literatur, 1809 ff. 3 Thle. Sämmtl. Werke, hgg. von Böcking, 1845 ff. 12 Bde. — Fr. Schlegel's Geschichte der Poesie der Griechen und Römer (unvollendet), 1798; Vorlesungen über die Geschichte der älteren und neueren Literatur, 1812; sämmtl. Werke, 1822 ff. 12 Bde. [3] Sh.'s dram. Werke, 1797—1810. 9 Bde.; N. A. von L. Tieck vervollständigt, 1823 ff. 9 Bde. und öfter. [4] Blumensträuße der italienischen, spanischen, und portugiesischen Poesie, 1804. [5] Spanisches Theater, 1803. 9. 2 Bde. 2. Aufl. 1845. [6] Tasso's befreites Jerusalem, zuerst 1800 ff. 4 Bde. [7] Ariost's rasender Roland, zuerst 1804 ff. 4 Bde. [8] Schauspiele des Calderon, 1815 ff. 7 Thle. N. A. 1840. 41. 8 Thle.

§. 160. Die Romantik des katholischen Südeuropa's verdrängte mehr und mehr die ideale Kunstform, welche durch Goethe und Schiller nach dem Princip der antik-classischen Poesie ausgebildet war, und führte tiefer in die religiöse Weltanschauung des Mittelalters. Mit dieser traf die patriotische Richtung in dem Studium der altdeutschen Poesie zusammen; das Nibelungenlied wurde von Friedrich Heinrich von der Hagen (1780—1856) in verjüngter Sprache (1807) und darauf im Original (1810) herausgegeben. Hiermit erwachte ein erfolgreiches Studium der älteren deutschen Literatur. Friedrich Schlegel fand ein neues Feld für seine literarischen Forschungen in der Beschäftigung mit der indischen Poesie, für die in Deutschland das Interesse zuerst durch Forster's Uebersetzung des Drama's

„Sakontala oder der entscheidende Ring“ (1791) geweckt worden war. Die Begeisterung für die mittelalterliche Romantik ward zugleich durch Schelling's Philosophie genährt. Die Kunst erschien als die Darstellung des Unendlichen im Endlichen, das Schöne als Offenbarung der Gottheit, und die Kunst daher eins mit der Religion.

In demselben Maße, wie in der Poesie das Romantische dem „Classischen“ gegenübertrat, nahm auch das Studium der bildenden Künste die Richtung auf das Mittelalterliche und Religiöse, und beschäftigte sich vorzüglich mit altdeutscher und altitalienischer Kunstgeschichte. Eine andächtige Begeisterung für die Romantik der Kunst spricht sich in Wilhelm Heinrich Wackenroder's (1772—98) Herzensergießungen eines kunstliebenden Klosterbruders“ (1797) aus; gleiche Tendenz hat der nach den Ideen des Freundes ausgearbeitete Künstlerroman Tieck's „Franz Sternbalds Wanderungen“ (1798). Die Einwirkung dieser Kunstansichten auf die Künstler selbst war groß, so daß wir hier Erscheinungen begegnen, welche denen der poetischen Literatur entsprechen. Hier sind die Keime der neueren deutschen Malerschule und der Romantik der neueren Musik (K. M. von Weber, † 1826; L. van Beethoven, † 1827).

3. L. Tieck und die romantische Dichterschule.

§. 161. Die poetische Literatur schließt sich eng an die philosophischen und kritischen Bestrebungen an, so daß sie weniger aus einem genialen Gefühl des Schönen, als aus der Reflexion über die Kunst und aus der Nachahmung anerkannter Meisterwerke hervorgegangen ist. Daher vermißt man in den vielfarbigen Poesieen die Energie einer schöpferischen Dichterkraft, das geistige Centrum, dessen Mangel die Romantiker durch die Theorie von der Objectivität und der „Ironie,“ wodurch die poetische Darstellung zu einem Spiel der Phantasie verflüchtigt ward, vergebens zu verbergen suchten.

Ludwig Tieck (geb. den 31. Mai 1773 zu Berlin, 1799—1800 in Weimar und Jena; 1805 in Italien; 1817 in England; seit 1819 in Dresden; seit 1842 in Berlin und Potsdam; † in Berlin den 28. April 1853) ist vornehmlich der Vertreter dieser Richtung. Durch ein umfassendes Studium der Literatur älterer und neuerer Zeit bildete er sein Talent zu der Vielseitigkeit aus, welche in der ersten und reichsten Periode seiner poetischen Thätigkeit sich in einer Reihe der verschiedenartigsten Productionen kund gab. In den Jugendversuchen „Abdallah" (1792; hgg. 1795) und „William Lovell" (1795. 96) spiegelte sich ein düsterer Kampf des Innern ab. Bald wich die Verstimmtheit dem heitern Humor, der sich gegen die Verstandeseinseitigkeit der Zeit wandte: Peter Lebrecht, eine Geschichte ohne Abenteuerlichkeiten (1795. 96), Peter Lebrecht's Volksmärchen (1797), besonders der „Blaubart," „der gestiefelte Kater" (1797), „die verkehrte Welt" (1798), satirische Dichtungen in dramatischem Gewande, deren Tendenz auch in „Prinz Zerbino oder die Reise nach dem guten Geschmack" (1796 ff. hgg. 1799) herrscht.

Der Umgang mit seinem Freunde Wackenroder und die Beschäftigung mit der spanischen und altdeutschen Literatur vermittelten den Uebergang zu der ernsten Romantik, die sich schon in den ahnungsvollen Klängen seiner lyrischen Gedichte ankündigte. (Uebersetzung des Cervantes, 1799—1801; Minnelieder in verjüngter Sprache, 1803). Am stärksten zeigt sich der Gegensatz der mittelalterlichen Gemüthswelt zur Gegenwart in den beiden größeren dramatischen Dichtungen Genoveva (1799) und Kaiser Octavianus (1802, hgg. 1804), in denen Ritterlichkeit und Religiosität die leitenden Ideen sind; sie bezeichnen nebst dem Fortunatus (angefangen 1800, erst 1816 hgg.) den Höhestand der Tieck'schen Poesie.[1] Hiermit schien seine poetische Kraft erschöpft, und Literaturstudien[2] gewannen wieder den Vorrang, bis er (seit 1821) als fruchtbarer Novellendichter das gesellschaftliche Leben zum Gegenstande seiner Darstellungen machte, über die sich noch manchmal der Duft der phantastischen Jugend-Romantik ergießt (§. 174).

[1] Romantische Dichtungen, 1799 f. 2 Thle. Phantasus (mit trefflicher Einkleidung). 1812 ff. 3 Bde. N. A. 1844 f. — Musenalmanach auf das J. 1802 (mit A. W. Schlegel). Gedichte, 1821 ff. 3 Bde. Schriften, 1828—46. 20 Bde. [2] Altenglisches Theater, 1811. 2 Bde. Deutsches Theater, 1817. 2 Bde. Shakspeare's Vorschule, 1823. 2 Bde. Dramaturgische Blätter, 1826. 2 Bde. 1852. 3. u. 4. Bd. Kritische Schriften, 1848. 2 Bde. Nachgelassene Schr., hgg. von R. Köpke, 1855. 2 Bde. — L. Tieck, Erinnerungen aus dem Leben des Dichters 2c. von R. Köpke, 1855. 2 Thle.

§. 162. Unter Tieck's Freunden war der frühverstorbene Friedrich von Hardenberg (1772—1801) — bekannter unter dem Namen Novalis (der von einem Gute der Familie entlehnt war) — der begabteste Dichter. In den „Hymnen an die Nacht" und in den „geistlichen Liedern" ist eine Kraft der Lyrik, welche selbst Tieck nicht erreicht hat. Sein phantastisch entworfener Roman „Heinrich von Ofterdingen," eine Verherrlichung der romantischen Dichtung, blieb unvollendet.[1]

A. W. Schlegel zeigt sich, wie in seinen Uebersetzungen, ebenso in seinen Gedichten als den Meister in der Behandlung der metrischen Form. In der Elegie („Rom, an Frau von Stael," „die Kunst der Griechen") und in der Ballade („Arion") ist Goethe sein Vorbild. (Drama „Jon" §. 164.) Mit dem Gedichte „Prometheus" (1797) führte er zuerst die italienischen Terzinen ein. Am gewandtesten ist er im Sonett, so daß die Sonettenpoesie durch ihn besonders zu Ansehen kam. Friedrich Schlegel versuchte vielerlei, bald in antiker, bald in moderner Weise, doch unklar und verworren und ohne des Bruders Formgewandtheit. (Drama „Alarkos" §. 164).

Während einige Lyriker sich mehr an Schiller anschlossen, z. B. Johann Gottlieb Seume (1763—1810), ein derber und schroffer, doch durch biedere Gesinnung anziehender Charakter, August Mahlmann (1771—1826), Jens Baggesen[a] (geb. 1764 zu Corför auf Seeland, † 1826), wandten die jüngeren Dichtertalente sich meist der Romantik zu („romantische Schule"): Karl Bernhard Trinius (1773—1849), Georg Philipp Schmidt (geb. zu Lübeck 1766, † 1849), Joseph v. Eichendorff (1788—1857) und die mehr durch Novellen und Märchen bekannten Fr. de la Motte Fouqué, Arnim und Brentano (§. 165). Die beiden Letzteren hatten einen großen Einfluß auf die lyrische Poesie durch ihre Sammlung von Volksliedern: des Knaben Wunderhorn (1806).

Friedrich Hölderlin (geb. zu Lauffen am Neckar 1770; † zu Tübingen 1843) machte die Form der antiken Ode zum Organ seines tiefen Gefühls, das, der Gegenwart entfliehend, auf Hellas classischem Boden heimisch geworden war; unheilbarer Wahnsinn zerrüttete früh (seit 1806) sein reiches Gemüth.[2] Johann Peter Hebel (1760—1826) führte zu der Einfachheit des Volksliedes und der Volksidylle zurück, indem er „Allemannische Gedichte“ (1803) in dem gemüthlichen oberrheinischen Volksdialekte verfaßte.

[1] Schriften, hgg. (mit Biographie) von L. Tieck und F. Schlegel, 1802. 2 Thle. 5. Aufl. 1837. 3. Thl. 1846. Baggesen's poetische Werke in deutscher Sprache, 1836. 5 Thle. [2] Roman: Hyperion oder der Eremit in Griechenland, 1797. 99. 2 Bde. 2. Aufl. 1822. Gedichte, 1826. (1843. Werke, hgg. (mit Biographie) von C. T. Schwab, 1846. 2 Bde.

§. 163. Die didaktische Poesie wurde von der Aesthetik der Romantiker verdrängt; daher nahmen sich dieser Gattung nur wenige Dichter an. Valerius Wilhelm Neubeck (1765—1827, Arzt zu Steinau in Schlesien) ahmte mit Glück die Lehrdichtung der Alten nach: die Gesundbrunnen (1794). Friedrich Adolf Krummacher (1767—1845) schließt sich in sinniger Auffassung des Lebens an Herder an: Parabeln (1805 ff.), Apologen und Paramythien (1809). Johann Christoph Friedrich Haug (1761—1829) war trefflich in witzigen Epigrammen.[1]

Das idyllische Epos in Voß-Goethe'scher Weise ward oft versucht; z. B. von Amalie von Helvig (1776—1831): „die Schwestern von Lesbos“ (1800), Jens Baggesen (§. 162); „Parthenais oder die Alpenreise“.[2] Im romantischen Epos ließ sich kein dauernder Beifall erringen.

[1] Sinngedichte, 1791, u. and. Samml. [2] Verfaßt 1795. 96: hgg. 1802. 1807; letzte Umarbeitung in Baggesen's poetischen Werken.

§. 164. Die dramatische Poesie sank schnell von ihrer Höhe herab. Den Weg, den Goethe und Schiller gegangen waren, wußten Wenige zu verfolgen. Die Nachahmungen des griechischen Drama's, z. B. Jon von A. W. Schlegel (1803), Alarkos von Fr. Schlegel (1802), in welchen das Romantische sich mit dem Antiken verschmelzen soll, können nur für dramaturgische Studien gelten. Die meisten dramatischen Dichter ließen sich durch Shakspeare zur Formlosigkeit verleiten, ein Vorwurf, der auch Tieck's dramatische Arbeiten trifft. Zugleich führte die falsche Nachahmung Calderon's in schwächliche Mystik hinein, welche sich mit der antiken Schicksalsidee verschmolz, woraus die fratzenhaften Schicksalstragödien hervorgingen. (§. 173).

Zacharias Werner (geb. 1768 zu Königsberg; seit 1811 Katholik; † als Priester zu Wien 1823) erregte bei seinem ersten Auftreten große Hoffnungen; „die Söhne des Thals" (1803), „Martin Luther oder die Weihe der Kraft" (1807), worin schon die phantastische Mystik bemerkbar wird, in der sein Talent mehr und mehr ermattete. Unter den späteren Arbeitern ist nur das düstere Schicksalsdrama „der vierundzwanzigste Februar" (1816) von einiger Bedeutung.[1] Eine krankhafte Gemüthsstimmung herrscht auch in den Dichtungen des patriotischen, für dramatische Dichtung sehr begabten Heinrich von Kleist (1775—1811); z. B. die Familie Schroffenstein (1803), Käthchen von Heilbronn oder die Feuerprobe (1808, hgg. 1810), der Prinz von Homburg (1809. 10), den hervorragendsten Dramen der romantischen Schule.[2] Zu den bedeutenderen Leistungen im Drama gehören ferner die des Dänen Adam Oehlenschläger (geb. 1779 unweit Kopenhagen, † 1850): Aladdin oder die Wunderlampe (1808), Correggio (1816); am glücklichsten behandelte er nordische Stoffe, z. B. Hakon Jarl (1809), Axel und Walburg (1810).[3]

[1] Ausgewählte Schriften, 13 Bde. (14. 15. Bd. Biographie von Schütz). 1840. 41. [2] In K.'s hinterlassenen Schriften, hgg. mit einer Vorrede über des Dichters Leben von L. Tieck, 1821. Werke, hgg. von Tieck, 1826. 3 Bde. 1846. 4 Bde. Leben und Briefe, hgg. von E. v. Bülow, 1848. Briefe an seine Schwester Ulrike, hgg. von A. Koberstein, 1860. H. v. Kleist, von A. Wilbrandt, 1863. [3] Schriften (nebst einer Selbstbiographie), 1829. 30. 18 Bde.

§. 165. Im Fache des Romans und der Novelle war große Thätigkeit. In den besseren Arbeiten zeigte sich der Einfluß des Goethe'schen Wilhelm Meister; doch schon Tieck fing an, die freie, gesunde Weltansicht desselben durch Romantik und Mystik zu trüben. Ein ausgezeichnetes humoristisches Talent offenbart sich in den Romanen und Novellen von Ludwig Achim von Arnim (1781—1831):[1] Gräfin Dolores, 1810. 2 Thle. der Wintergarten (gesammelte Novellen), 1809; Isabella von Aegypten, Kaiser Karls V. erste Jugendliebe, 1811; die Kronenwächter, 1. Thl., 1817: Fürst Ganzgott und Sänger Halbgott ꝛc.; doch die Formlosigkeit und phantastische Unklarheit gestattet keinen reinen Genuß. Als Erzähler und Novellisten verdienen hier noch eine Stelle: H. von Kleist („Michael Kohlhaas"), Clemens Brentano (1777 — 1842),[2] Friedrich de la Motte

Fouqué (1777—1843, seit 1794 im preuß. Militärdienst): „Undine“ (1812), „der Zauberring“ (1816).[3] Zu dieser Gattung der Unterhaltungsliteratur lassen sich auch viele unter den Reisebeschreibungen zählen; z. B. Seume's Spaziergang nach Syrakus, 1803.

[1] Werke, hgg. von W. Grimm, 1839—56. 22 Bde. (Bd. 1—3. 9—12: Novellen.) [2] Märchen, hgg. von G. Görres, 1846. 47. 2 Bde. Gesammelte Schriften, 1851 ff. 9 Bde. (Bd. 8. 9. Lebensbeschr. und Briefe). [3] Ausgewählte Werke, 1841. 12 Bde.

4. Historische Forschung. Vaterländischer Sinn in den Jahren der Fremdherrschaft.

§. 166. Die französische Staatsumwälzung und ihre Folgen für Europa, im Besonderen für Deutschland, riefen eine reichhaltige politische Literatur, eine Menge von Darstellungen der Zeitereignisse ins Leben, ohne zunächst der Form der Geschichtschreibung bedeutenden Gewinn zu bringen.

Die allgemeine Geschichte wurde in trefflichen Grundrissen und Handbüchern bearbeitet; z. B. von A. H. L. Heeren[1] (1760—1842), G. G. Bredow (1773—1814)[2] Ausführlichere Darstellungen nahmen auf die Bedürfnisse des größeren Publicums mehr Rücksicht. Um die Geschichte der Literatur erwarben sich Johann Gottfried Eichhorn[3], Ludwig Wachler[4] (1767—1838) und Friedrich Bouterwek[5] (1766—1828) große Verdienste.

Für die universelle Behandlung der vaterländischen Geschichte geschah bei der Lockerung der Nationalbande wenig. Karl Friedrich Eichhorn's (1781—1851 ff) deutsche Staats- und Rechtsgeschichte (1808 ff. 5. Aufl. 1842) brach nach einer Seite hin eine neue Bahn. Mehr suchte man in fernliegenden großen Geschichtsepochen einen Trost unter dem Drucke der Gegenwart. Barthold Georg Niebuhr's (1777—1831) römische Geschichte (1811. 12) belebte die wissenschaftliche Forschung auf dem Gebiete der Geschichte des Alterthums. (Vgl. §. 177). Um diese Zeit begann auch Friedrich Wilken (1777—1841) die umfangreiche Geschichte der Kreuzzüge nach morgenländischen und abendländischen Berichten“ (1807—32. 7 Thle.), ein Werk, das die universalhistorische Bearbeitung der mittelalterlichen Geschichte sehr gefördert hat. In der Kunst der historischen Darstellung wurden indeß noch keine großen Erfolge errungen. Vornehmlich suchte Karl Ludwig von Woltmann (1770—1817) durch den Glanz der Schilderung anzuziehen; allein so groß sein Talent war, mißkannte er doch die Würde der Geschichte, und nur wenige seiner Schriften[6] genügen strengeren Ansprüchen.

Wie in der Zeit der Prüfung das vaterländische Interesse wieder erstarkte, zeigt sich in mancher erhebenden Regung nationaler Begeisterung. Wir erinnern an Fichte's Reden an die deutsche Nation (1808), Ernst Moritz Arndt's (geb. 1769 zu Schoritz auf Rügen, 1806—13 flüchtig; 1818 Professor zu Bonn, 1819—40 seines Lehramts entlassen; † zu Bonn 1860): Geist der Zeit (1806—18. 4 Thle.). Daß Preußen nicht verzagte, sondern von der Förderung geistiger Bildung seine Wiedergeburt erwartete, bewies es durch die Stiftung der Universitäten Berlin (1810) und Breslau (1811).

[1] Handbuch der Geschichte der Staaten des Alterthums, mit besonderer Rücksicht auf ihre Verfassungen ꝛc. 1799. 5. A. 1826; Handbuch der Geschichte des europäischen Staatensystems, 1809; 4. Aufl. 1822. Ideen über die Politik, den Verkehr und den Handel der vornehmsten Völker der alten Welt, 1793 ff. [2] Handbuch der alten Geschichte ꝛc. 1799. 5. Aufl. 1825. [3] Allgemeine Geschichte der Cultur und Lit. des neueren Europa, 1796 ff. 2 Bde. Geschichte der Literatur von ihrem Anfange bis auf die neuesten Zeiten, 1805 ff. 6 Bde. [4] Handbuch der allgemeinen Geschichte der literarischen Cultur, 1801. 2 Bde. Handbuch der Geschichte der Lit. (3. Umarb.), 1833 ff. 4 Thle. [5] Geschichte der Poesie und Beredsamkeit, 1801—20. 12 Bde. [6] Geschichte des britischen Reichs, 1799; Geschichte des westphälischen Friedens, als Fortsetzung von Schiller's Geschichte des dreißigjährigen Krieges, 1808. 9. 2 Theile.

§. 167. Geographie und Statistik (Schlözer's Theorie der Statistik, 1804) fanden in dieser Periode, wo vielfache Umgestaltungen der Staaten den Blick mehr auf deren innere und äußere Verhältnisse lenkten, fleißige Bearbeiter. Allgemeine Lehr- und Handbücher folgten rasch auf einander. Wissenschaftliche Reisen (Alex. von Humboldt[1] in Amerika 1799—1804, Lichtenstein[2] im südlichen Afrika 1803—6 u. s. w.) erweiterten, wie die Naturkunde, so auch die geographischen Kenntnisse. Mannigfaltiger Stoff zur Belehrung und Unterhaltung wurde in Sammlungen von Reisebeschreibungen dem größeren Publicum dargeboten.

[1]Reisen nach den Aequinoctialgegenden des neuen Continents, 1815—29. 6 Thle. Bessere Bearbeitung des französ. Originals von H. Hauff, seit 1859. Versuch über den politischen Zustand des Königreichs Neuspanien, 1810 ff. 5 Bde. [2]Reisen im südlichen Afrika ꝛc. 1810. 11. 2 Thle.

B. Die Zeit nach dem Befreiungskriege.

1. Der Befreiungskrieg und die patriotische Erhebung.

§. 168. Als Preußen zu den Waffen rief, und ein deutsches Volk nach dem andern sich zur Befreiung des Vaterlandes anschloß, erwachte jene Begeisterung, jene fromme Schwärmerei, jene Eintracht des Wollens und des patriotischen Strebens, welche das Jahr 1813 zu dem schönsten unserer neueren Geschichte gemacht haben. Der Freiheitsenthusiasmus, die langverhaltene Erbitterung machten sich hier im Liede, dort in Spott- und Flugschriften Luft, und die wissenschaftliche Forschung knüpfte näher an die Gegenwart an, um für das neu zu errichtende Gebäude Sorge zu tragen. Unter den patriotischen Sängern ist Theodor Körner (geb. 1791, † den 26. August 1813 im Gefechte bei Gadebusch) der gefeiertste. In seinen Liedern spricht sich das reinste Feuer jugendlicher Begeisterung aus („Leier und Schwert" 1814 — „Das Volk steht auf, der Sturm bricht los," „Du Schwert an meiner Linken" [1]. Echt volksmäßig sind die Gesänge von E. M. Arndt (§. 166): („Was ist des Deutschen Vaterland?" „Der Gott, der Eisen wachsen ließ," „Sind wir vereint zur guten Stunde") [2]. Friedrich Rückert (geb. zu Schweinfurt 1789, † zu Coburg 1866) rief in „geharnischten Sonetten" zum Rachekampf gegen die Unterdrücker auf und feierte die Siege in Spottliedern und Hymnen [3]. Die ritterlich-religiöse Lyrik der Romantiker verschmolz mit dem Patriotismus der Gegenwart in den Kriegsliedern Fouqué's, („Frisch auf zum fröhlichen Jagen"), und noch inniger und tiefer in den Gedichten Maximilians von Schenkendorf [4] (geb. 1783 zu Tilsit, † 1817 zu Coblenz).

[1]Sämmtliche Werke, hgg. von K. Streckfuß, 1834 und öfter (auch dramatische Dichtungen: Zriny ꝛc.) [2]Lieder für Deutsche, 1813; Kriegslieder und Wehrlieder, 1815. Gedichte, 1815. 2 Bde. 1840. 1843. [3]Deutsche Gedichte von Freimund Raimar, 1814; Kranz der Zeit, 1817. [4]Vaterlandslieder, 1815; poetischer Nach-

laß, 1832; sämmtliche Gedichte, 1837. Leben, Denken und Dichten v. A. Hagen, 1863.

§. 169. Die Umgestaltung der öffentlichen Verhältnisse rief auch die politische Beredsamkeit ins Leben, an der es bisher den Deutschen noch gefehlt hatte. Da die politische Aufregung zugleich ein religiöses Moment hatte, so war sie für die Wiederbelebung eines frommen Sinnes, der schon in den Jahren des Druckes begonnen hatte, von dem größten Einflusse; Züge zu dem Gemälde der Zeit finden sich daher auch in den Religionsvorträgen.

Die reine Begeisterung machte bald anderen Bestrebungen und Interessen Platz. Doch wie sehr auch das Bild der folgenden Zeit durch politischen Parteigeist, durch Sectirerei und Unduldsamkeit kirchlicher Parteiungen getrübt wird: das Band nationaler Einheit ward mehr und mehr befestigt, die Kraft der Nation mehr und mehr entwickelt.

2. Vorherrschen des Lyrischen. Orientalismus und didaktische Poesie.

§. 170. Als das Leben ins Gleis der Ruhe zurückgekehrt war, trat die Nachwirkung der gewaltigen Zeitereignisse nur in der lyrischen Poesie hervor. Die sehnsuchtsvolle, gefühlschwelgende Romantik erscheint wieder, jedoch mehr dem Vaterländischen, dem sittlich-Religiösen zugewendet.

Das eigentliche Epos hat nur einen spärlichen Nachwuchs früherer Perioden aufzuweisen; als solchen bezeichnen wir die idyllischen Erzählungen im Voß-Goethe'schen Charakter — z. B. August Gottlob Eberhard's (1769—1845) Hannchen und die Küchlein, 1822; der erste Mensch und die Erde 1828 —, die größeren hexametrischen Epopöen von Johann Ladislav Pyrker (geb. 1772, † als Erzbischof von Erlau 1847): Tunisias in 12 Ges., 1819; Perlen der heiligen Vorzeit, 1821; Rudolf von Habsburg in 12 Ges., 1824; und die romantischen Dichtungen von Ernst Schulze[1] (1789—1817): Cäcilie in 12 Ges. (vollendet 1815), die bezauberte Rose in 3 Ges. (verfaßt 1816). In neuester Zeit wurde das altdeutsche Epos durch gelungene Bearbeitungen erneuert, namentlich von Karl Simrock (geb. zu Bonn 1802), der diese Form auch in eigenen epischen Dichtungen mit Glück anwandte: Wieland der Schmied, 1835; das Amelungenlied, 1843 (vgl. §. 184).

Das Epische erscheint jetzt vorzugsweise in der Form der Romanze und Ballade, und wiederum erhielt die Lyrik einen mehr epischen, objectiven Charakter als Darstellung von Gemüthszuständen aus der Mitte des Volkslebens, worin sich die Hinneigung zum Volksliede kund giebt. Mittelpunct dieser Gattung der Lyrik sind die Gedichte Ludwig Uhland's (geb. zu Tübingen 1787, † daselbst 1862), der sowohl im eigentlichen Liede als in der Ballade und Romanze (Sängerliebe, Bertrau de Born, das Glück von Edenhall, Taillefer 2c.) von keinem der neuesten Dichter übertroffen worden ist.[2] Die Dichter Schwabens, deren man viele zählt, sind mehr oder weniger von seiner Manier abhängig. Gustav Schwab (geb. zu Stuttgart 1792, † 1850) wurde als gewandter Romanzen-, Balladen- und Legendendichter bekannt: Romanzen aus dem Jugendleben Herzog Christophs, 1819; Legenden von den heiligen drei Königen, 1822 u. s. w. Justinus Kerner (geb. zu Ludwigsburg 1786, † 1862) machte das romantische Sehnen und Trauern zum Element seiner Lyrik, trefflich in manchem seiner Lieder, Karl Mayer (geb. 1786) die gemüthliche, doch etwas einförmige Naturfreude und Reiselust, die er epigrammatisch zu kleinen Naturbildern gestaltet. Als die späteren schließen sich diesem schwäbischen Kreise Eduard Mörike (geb. 1804) und Wilhelm Zimmermann (geb. 1807) an. Auch das Elsaß hat noch namhafte Vertreter deutscher Poesie; die Brüder August Stöber (geb. zu Straßburg 1808) und Adolf Stöber (geb. zu Straßburg 1810) sind den trefflichsten Lyrikern beizuzählen.

Wilhelm Müller (geb. zu Dessau 1794, † daselbst 1827) hängt mit der Uhland'schen Geschmacksrichtung zusammen, tritt jedoch namentlich in seinen „Griechenliedern" (1822—25), die durch die Erhebung des griechischen Volkes veranlaßt wurden, eigenthümlicher auf. Ein ähnliches Streben nach volksmäßiger Lyrik erkennt man in den Gedichten Heinrich Hoffmann's (geb. zu Fallersleben 1798) und Wilhelm Wackernagel's (geb. zu Berlin 1806), so wie in den sinnigen, kindlich-heitern Liedern des Malers Robert Reinick (geb. zu Danzig 1805, † zu Dresden 1852) und den humoristischen Schwänken des

Malers August Kopisch (geb. zu Breslau 1799, † zu Berlin 1853).

Die romantische Gefühlslyrik schlug in Heinrich Heine[3] (geb. zu Düsseldorf 1799, seit 1831 in Paris, † 1856) in ihren Gegensatz um; seine Poesie, im Liede nicht selten von großer Zartheit, vernichtet sich selbst durch die Ironie, welche mit Schmerz und Patriotismus gelegentlich tändelt, um sie wieder zu verlachen, ein Zeugniß von der in sich zerfallenen Zeit.

Die Sentimentalität der Schwaben mit einiger Hinneigung zur Heine'schen Ironie ist auf die namhaftesten östreichischen Lyriker übergegangen. Joseph Christian von Zedlitz (1790—1862) ist am vorzüglichsten in den episch-reflectirenden „Todtenkränzen" (1828). Nicolaus Lenau (Nicolaus Niembsch, Edler von Strehlenau, geb. zu Czadat bei Temeswar in Ungarn 1802, seit 1844 im Wahnsinn, † 1850 im Irrenhause zu Ober-Döbling bei Wien) zieht besonders durch die sentimentalen Schilderungen ungarischer Natur und ungarischen Volkslebens an; seine lyrischen und episch-didaktischen Dichtungen (Faust 1836, Savanarola 1838, Albigenser 1842,) sind der Ausdruck eines tiefen Seelenleidens, das ihn zuletzt zum Wahnsinn führte. Anastasius Grün (Anton Alexander Graf von Auersperg, geb. 1806) ist vornehmlich als gemüthvoller Romanzendichter auszuzeichnen (der letzte Ritter 1830; Schutt, 1835; Robin Hood, 1864).

[1] Werke, hgg. mit einer Biographie von Bouterwek, 1819. 20, und öfter. Briefe und Auszüge aus Tagebüchern, hgg. von Marggraff, 1855. [2] Uhland's Gedichte, zuerst 1815. [3] Heine's Buch der Lieder, zuerst 1827.

§. 171. Als nach 1819 die patriotischen Dichtungen zugleich mit der Begeisterung für vaterländische Interessen verschwanden, kam die orientalische Lyrik zu gelegener Zeit, um bei uns Glück zu machen. Durch wissenschaftliche Studien und Uebersetzungen morgenländischer Gedichte war bereits die Aufmerksamkeit auf diese noch nicht verbrauchte Manier der poetischen Einkleidung hingelenkt worden. Goethe's Divan führte sie völlig in die Literatur ein und fand talentvolle Nachfolger.

Friedrich Rückert verließ die patriotische Lyrik (§. 168) und gab sich (den Uebergang zeigt „Edelstein und Perle" 1817) der beschaulichen Poesie des Morgenlandes hin (seit 1826 Prof.

der orientalischen Sprachen in Erlangen, seit 1841 in Berlin), nun eben so gewandt in ihren künstlichen Maßen, wie früher in Sonetten, Terzinen u. dgl.[1]. Die orientalische Lyrik klingt auch in dem „Liebesfrühling" (1821) durch, in welchem er die köstlichsten Sträuße seiner Poesie der Geliebten zum Kranze wand. In der letzten Periode seiner dichterischen Thätigkeit ist zwar die Reflexion vorherrschend; allein die Poesie bemächtigt sich derselben und breitet einen reichen Farbenglanz darüber aus, so daß wir stets daran erinnert werden, wie heimisch der Dichter in den Naturanschauungen des Orients geworden ist. Ruhig und in einfachster Form (dem Alexandriner) tritt seine (allzu weit ausgesponnene) Sammlung von Weltbetrachtungen und Sentenzen auf: die Weisheit des Brahmanen, ein Lehrgedicht.[2] Eben diese kunstlose Form wählte er für die epische Dichtung: Rostem und Suhrab (1837), eine durch viele zarte Schilderungen ausgezeichnete Bearbeitung einer persischen Heldensage, einer Episode des Schach Nameh. Später hat er, seinen Dichterberuf verkennend, sich der dramatischen Dichtung zugewandt: Saul und David, 1843; Herodes der Große, 1844; Heinrich IV. Thl. 1: des Kaisers Krönung; Thl. 2: des Kaisers Begräbniß, 1844; Christofero Colombo oder die Entdeckung der neuen Welt, in 3 Thln., 1845. (Uebersetzungen s. §. 182.)

August Graf von Platen (geb. zu Ansbach 1796, seit 1826 in Italien, † zu Syrakus 1835) trat zugleich mit Rückert als Ghaselendichter auf (1821). Allein obgleich auch er sich von der Gegenwart abwandte und sich zu der resignirenden Beschaulichkeit des Orients hinneigte, fesselte ihn doch vornehmlich die Schönheit der griechischen Poesie. Auf diese Muster blickend, strebte er nach der höchsten Vollendung in der Form und zeigte seine Meisterschaft sowohl in modernen als namentlich in antiken Versmaßen („Oden," „Festgesänge"). Von seiner Beschäftigung mit der Welt des Orients zeugt noch seine letzte Gabe: die Abbassiden in neun Ges. (1835); von seiner Thätigkeit fürs Drama s. §. 173.[3]

Adelbert von Chamisso (geb. 1781 auf dem Schlosse Boncourt in der Champagne, seit 1790 meist in Deutschland, 1798—1806 in preußischem Militärdienst; 1815—18 als Naturforscher auf O. v. Kotzebue's Entdeckungsexpedition; dann Aufseher des botanischen Gartens in Berlin; † zu Berlin 1838) erwarb sich die Liebe der Deutschen, denen er sich zuerst durch das vortreffliche Märchen „Peter Schlemihl's wunderbare Geschichte" bekannt machte, hauptsächlich durch den sittlichen Ernst, der in seinen lyrischen und epischen Gedichten herrscht.[4] Die gewichtigen Terzinen eignen sich trefflich zu tragischen Stoffen („Salas y Gomez," „Woinarowsky"); doch hat er nicht selten auch das Widerliche in das Gebiet der poetischen Darstellung gezogen. Dieser Vorwurf trifft auch zum Theil die Jugendgedichte des phantasievollen Ferdinand Freiligrath (geb. 1810 zu Detmold, meistens in Handelsgeschäften thätig, jetzt in London), welche vorzugsweise bei den Schilderungen der Natur und des Lebens in den Tropenländern verweilen und in der bilderreichen Darstellung die Einwirkung der neu-französischen Romantik erkennen lassen; seine Poesie ging zu Grunde, seit sie sich zum Organe des politischen Parteigeistes hergab.[5]

So erfreulich es auch war, daß die Poesie sich wieder dem Vaterländischen zuwandte, so wurden wir doch durch die rhetorisch ausgestattete politische Lyrik (besonders seit 1840) nur mehr und mehr von der Quelle echter Poesie abgelenkt. Daß indeß für das heitere Spiel der Phantasie und die Lyrik des Herzens der Sinn noch lebendig geblieben war, bewies die Aufnahme, welche die Gedichte Emanuel Geibel's[6] (geb. zu Lübeck 1815), die Balladen und Romanzen von Adolf Bube (geb. 1802 unweit Gotha) und Wolfgang Müller (geb. 1816 zu Königswinter) sowie die idyllischen und romantisch-märchenhaften Dichtungen, z. B. von Gottfried Kinkel (Otto der Schütz), Otto Roquette (Waldmeisters Brautfahrt), Adolf Böttger (Habanna), Friedrich Bodenstedt (Ada die Lesgierin), Oskar von Redwitz (Amaranth) fanden. Auch die Poesie der Volksmundart, vornehmlich der niederdeutschen, wurde in der Idylle und im Liede mit Erfolg versucht (Claus Groth).

[1] Ghaselen, seit 1819; östliche Rosen, 1819. 20. (hgg. 1822). [2] 1836—39. 6 Bdchn. 2. A. 1838 ff. und in 1 Bde. 1843; R's gesammelte Gedichte, 1. Bd. 1834. 5. A. 1839; 2.—6. Bd. 1836—39. Auswahl, 1841, und öfter. [3] Gedichte, zuerst 1828. Gesammelte Werke, 1838; in 5 Bdn. 1843, und öfter. [4] Gedichte, zuerst 1831. Werke, 1836 ff. 2. Aufl. 1842. 6 Bde. (Bd. 5. 6. Briefe und Leben.) [5] Gedichte, zuerst 1838. Glaubensbekenntniß, 1844. [6] Gedichte, zuerst 1840. Zeitstimmen, 1841. Juniuslieder zuerst 1847, und spätere Sammlungen.

§. 172. Die didaktische Poesie gewann in letzter Zeit mehr Boden; dahin gehören die dem Rückert'schen Lehrgedichte verwandten Welt- und Lebensbetrachtungen, welche Leopold Schefer (1784—1862) unter dem Titel „Laienbrevier" (1834) und „Hausreden" (1854) zusammenstellte; ferner die Fabeln von Abraham Emanuel Fröhlich (geb. 1796) und Wilhelm Hey (1794—1854), die philosophisch-reflectirenden Gedichte von Gustav Pfizer (geb. zu Stuttgart 1807) und Julius Hammer („Schau um dich und schau in dich," 1851). Auch das geistliche Lied hat mehrere namhafte Bearbeiter gefunden: E. M. Arndt, Albert Knapp (geb. zu Tübingen 1796, † 1864), Franz Theremin (§. 158), Karl Philipp Spitta (geb. zu Hannover 1801, † 1859, — „Psalter und Harfe").

3. Dramatische Poesie. Roman und Novelle.

§. 173. Die dramatische Poesie war unter der Herrschaft der Romantik wieder rasch in Verfall gerathen. Die besseren Dichter der romantischen Schule schadeten wenigstens durch ihre Entfernung von dem Nationalen und Bühnenmäßigen, so daß ihre vorzüglicheren Leistungen nicht einmal auf die Bühne gebracht werden konnten. Uhland's „Herzog Ernst von Schwaben" (1817) und „Ludwig der Baier" (1819) enthalten zwar einzelne vortreffliche, balladenartig zusammengestellte Scenen, aber als Ganzes ist keines derselben von dramatischer Wirkung.

Nach stärkerem Effecte strebte Adolf Müllner (geb. 1774, † 1829 zu Weißenfels), welcher die Schicksalsidee, die von Schiller, besonders in der Braut von Messina, und von Werner mit Erfolg benutzt worden war, bis zur Caricatur des Tragischen steigerte. Seine grausenhaften Dramen „der neunundzwanzigste Februar" und vor allen „die Schuld" (1815) waren von großer, doch schnell vorübergehender Wirkung. Nachahmungen blieben nicht aus, unter denen Ernst von Houwald's „Bild" (1821) und Franz Grillparzer's (geb. zu Wien 1790) „Ahnfrau" (1817) sich eines kurzen Beifalls zu erfreuen hatten. Von edlerem Gehalt und reinerer Form sind dessen spätere dramatische Dichtungen: Sappho (1818), König Ottokars Glück und Ende (1825).

Das Vorbild Shakspeare's und Calderon's verlockte Viele zur Formlosigkeit, z. B. Christian Grabbe (1801—36), oder zu lyrischer Zerflossenheit, z. B. von Zedlitz („Kerker und Krone"), Eichendorff („der letzte Held von Marienburg"). Dem tüchtigen Streben Karl Immermann's (1796—1840) gelang es nicht, für den Ideengehalt eine vollendete Kunstform zu finden (Merlin, Andreas Hofer, Alexis u. s. w.). Platen's Leistungen im ernsten und komischen Drama (Treue um Treue, Schatz des Rhampsinit, der gläserne Pantoffel, Liga von Cambrai u. and.) sind ebenfalls nur als Studien anzusehen. Wichtiger ward er als Bekämpfer falscher Richtungen, indem er Müllner's Schicksalstragödien in der „verhängnißvollen Gabel" (1826) und die romantischen Dramen der Zeitgenossen (Immermann's 2c.) in dem „romantischen Oedipus" (1828) mit meisterhafter Anwendung der Form der Aristophanischen Komödie verspottete.

Die, welche nach dem Bühnenmäßigen strebten, schlossen sich enger an Schiller's Vorbild an, z. B. Joseph von Auffenberg (geb. 1798): die Flibustier (1819), das Opfer des Themistokles (1821) 2c.; Michael Beer (1800—33): der Paria (1825), Struensee (1829); Ernst Raupach (geb. 1784, † zu Berlin 1852), Isidor und Olga, Rafaele, Tasso's Tod, Hohenstaufen-Cyclus 2c.

Im Fache des Lustspiels ist ungeachtet der Masse der Erzeugnisse des Bedeutenden wenig zu finden. Als die besseren unter den Lustspieldichtern sind Raupach („Schleichhändler", „Laßt die Todten ruh'n"), Franz von Elsholtz („die Hofdame"), Eduard Bauernfeld („die Bekenntnisse", „das Liebesprotokoll"), Roderich Benedix („Doctor Wespe," „der Vetter," „das Lügen"), Gustav zu Putlitz („Badekuren",) und die Prinzessin Amalie von Sachsen, † 1863, („Lüge und Wahrheit," „der Oheim," „die Fürstenbraut") zu nennen.

Das Streben der jüngsten Zeit, das Drama in nähere Beziehung zur Nation und zu den Interessen der Gegenwart zu setzen, hat zu einer neuen Belebung der dramatischen Literatur viel beigetragen: Julius Mosen, geb. 1803 (Otto III., Cola Rienzi 2c.; Karl Gutzkow, geb. 1811 (Richard Savage, Patkul, Zopf und Schwert, Uriel Acosta 2c.); Friedrich Hebbel, 1813—1863 (Judith, Maria Magdalena, Nibelungen-Tragödien als Trilogie 2c.); Robert Prutz, geb. 1816 (Moritz von Sachsen, Erich der Bauernkönig 2c.), die beiden letztern nebst Mosen auch als Lyriker auszuzeichnen; Heinrich Laube, geb. 1806 (die Karlschüler, Graf Essex); Gustav Freytag, geb. 1816 (die Valentine, Graf Waldemar, die Journalisten, die Fabier); Rudolf Gottschall (Pitt und Fox, Mazeppa).

§. 174. Romane, Novellen und ähnliche Gattungen der Unterhaltungspoesie treten so sehr in den Vordergrund unserer heutigen Literatur, daß sie sich zu einer unübersehbaren Masse häufen. Es genüge, die vorzüglichsten Richtungen anzudeuten. Daß Fouqué's u. And. „Altdeutsche Geschichten" im Beginn dieses Zeitabschnitts Glück machen konnten, ist erklärlich. Der damaligen Ueberreizung der Phantasie entsprachen die gespensterhaften Schilderungen Ernst Theodor (Amadeus) Hoffmann's (1776—1822), worin wir noch die Grundzüge des J. Paul'schen Humors und der Romantik wiedererkennen.[1]

Eine neue Epoche in der Geschichte des Romans machten die historischen Romane Walter Scott's (Uebersetzungen seit 1816). Historische Romane wurden seitdem mit Vorliebe bearbeitet, z. B. von Karl Franz van der Velde (die Eroberung von Mexico &c.), Karl Spindler (der Jude, der Jesuit &c.)., Wilhelm Häring (Wilibald Alexis). Daneben hielt sich die Gattung des Familienromans, für den Goethe in W. Meister das Muster gegeben hatte, z. B. Karl Immermann: die Epigonen (1836), origineller im satirisch-komischen Roman: Münchhausen (1838 ff.); die Geschichte des westphälischen Dorfschulzen, ein idyllisches Sittengemälde, wurde das Muster der „Dorfgeschichten"; ferner Gustav Freytag: „Soll und Haben," 1855; „die verlorene Handschrift", 1865.

Das Beste ist in der Novelle und kleineren Erzählung geleistet worden. Tieck trat nach langer Unterbrechung als Novellendichter auf: die Gemälde, 1821; auszuzeichnen sind: der Aufruhr in den Cevennen, 1826; Dichterleben [Shakspeare], 1825. 29; Dichters Tod [Camoens], 1833. Außer diesen nennen wir die Novellen von Eichendorff, in denen die Romantik der vorigen Periode nachklingt (Aus dem Leben eines Taugenichts, 1826), die humoristischen Novellen von Wilhelm Hauff (1802—27), die mehr populären Erzählungen von Friedrich Jacobs (Rosaliens Nachlaß, Feierabende in Meinau u. and.) und Heinrich Zschokke, die phantasievollen Schilderungen nordischer Naturscenen von Henrich Steffens (Walseth und Leith, die vier

Norweger, Malcolm), die ernsten Seelengemälde von Leopold Schefer (die Deportirten u. and.) und Paul Heyse (seit 1855), die durch zarte Auffassung der Natur ausgezeichneten Schilderungen Adelbert Stifter's („Studien" seit 1844). Berthold Auerbach's (geb. 1812) „Schwarzwälder Dorfgeschichten" (seit 1843) waren ein glücklicher Griff ins niedere Volksleben, obwohl hart an die Grenze der Poesie streifend. Verwandt sind Fritz Reuter's Sittenschilderungen aus dem norddeutschen Volksleben, zugleich eine gelungene Anwendung der niederdeutschen Mundart. Volkssagen und Märchen wurden mit Eifer hervorgesucht und erhielten treffliche Bearbeiter an den Brüdern Grimm[2], E. M. Arndt[3] u. m. And.

[1] Phantasiestücke in Callot's Manier, 1814. 4 Bde. 3. Ausg. 1825. 2 Bde. Nachtstücke, 1816. 17. 2 Thle. Klein Zaches, 1819. 2. A. 1824. Serapionsbrüder, 1819 ff. 4 Bde. Lebensansichten des Katers Murr, 1820. 21. 2 Bde. u. and. Schr. Ausgewählte Schriften, 1827 ff. 10 Bde. Aus H.'s Leben und Nachlaß (hgg. von Hitzig), 1823. 2 Bde. [2] Kinder- und Hausmärchen, 1812. 14. 2 Bde. und öfter; deutsche Sagen, 1816. 18. 2 Bde. 2. A. 1865. [3] Märchen und Jugenderinnerungen, 1818. 2. A. 1842 f.

4. Philosophie und Theologie.

§. 175. Die philosophischen Systeme folgten nicht mehr mit solcher Schnelligkeit auf einander, wie an der Scheide dieses und des vorigen Jahrhunderts; die philosophische Literatur ist minder reich. Man zog sich aus dem Gebiete der Speculation mehr auf die Erforschung des Bestehenden und der geschichtlichen Entwicklung zurück. Dahin wirkte auch namentlich das philosophische System Georg Wilhelm Friedrich Hegel's (1770—1831), welches sich seit dessen Berufung nach Berlin (1818) im nördlichen Deutschland mehr und mehr Anerkennung erwarb, während die Schelling'sche Philosophie auf den süddeutschen Universitäten die meisten Anhänger zählte. Hegel verwarf die phantasievolle Methode Schelling's und strebte mit strenger Logik durch den „Begriff" zur Erkenntniß des Absoluten.[1] Daneben setzten sich die übrigen Richtungen, welche die Philosophie in der vorigen Periode eingeschlagen hatte, fort. Eifriger als je vorher widmete man sich der Geschichte der Philosophie, gerechter die Vergangenheit würdigend. Darstellungen der Geschichte der Philosophie oder einzelner Perioden erhielten wir von Heinrich Ritter,[2] Ernst Reinhold,[3] Chr. August Brandis[4] u. v. And.

[1] System der Wissenschaft, Thl. 1: Phänomenologie des Geistes, 1807. Wissenschaft der Logik, 1812 ff. 3 Bde. Encyklopädie der philosoph. Wissenschaften, 1817. Werke, 1832 ff. (Aesthetik, Philosophie der Geschichte u. s. w.) [2] Geschichte der ionischen Philosophie, 1821; der pythagorischen Phil., 1826. Gesch. der Phil., 1829 ff. 2. A. 1836—52. 12 Thle. [3] Gesch. der Phil., 1828 ff. 3 Bde. u. öfter. [4] Handb. d. Gesch. der griechisch-römischen Philosophie, 1835 ff.

§. 176. Auf dem Gebiete der Theologie rief der Umschwung des religiösen Sinnes zur Zeit der Fremdherrschaft und Befreiung eine rege Thätigkeit und eine reiche theologische Literatur hervor. Als Vertreter der verschiedenen Richtungen mögen, mit besonderer Rücksicht auf die Darstellungsform, genannt werden: Karl Gottlieb Bretschneider[1] (1776—1848), W. M. L. de Wette[2] (1780—1849), Philipp Marheineke[3] (1780—1846, seit 1811 Professor in Berlin), Friedrich August Tholuck[4] (geb. 1799, Professor zu Halle), zugleich außer den §. 158 erwähnten als geistliche Redner auszuzeichnen. — Die Kirchengeschichte ist von verschiedenen Standpuncten aus mit Gründlichkeit bearbeitet worden, z. B. von August Neander[5] (1789—1850; Professor zu Berlin), Joh. Ludwig Karl Gieseler[6] (geb. 1782, seit 1831 Professor zu Göttingen, † 1854), Karl Hase[7] (geb. 1800, Professor zu Jena).

[1] Handbuch der Dogmatik, 1814. 18. 2 Bde. und öfter. Die religiöse Glaubenslehre, für denkende Leser dargestellt, 1844. Christliches Andachtsbuch für denkende Verehrer Jesu, 1845. 3 Thle. [2] Lehrbuch der christl. Dogmatik, 1814. 16. 2 Thle. Christl. Sittenlehre, 1818 ff. 3 Thle. u. s. w. [3] Dogmatik, 1819, und öfter. Geschichte der deutschen Reformation, 1816 ff. 2. A. 1831. 4 Bde. [4] Stunden christl. Andacht, 1840 (und öfter), 3 Bde. u. s. w. [5] Geschichte der christl. Religion und Kirche, 1825 ff. 11 Thle. in 6 Bdn. [6] Lehrbuch der Kirchengeschichte, 1824—53. 3 Bde. in 8 Abth. (Bd. 4—6 aus dem Nachlaß, 1855. 57). [7] Kirchengeschichte, 1834, und öfter.

5. Historische Wissenschaften. Naturgeschichte. Geographie.

§. 177. Die Begebenheiten der letzten Jahrzehnte, die Erhebung des deutschen Volks und das Wiedererringen seiner Selbstständigkeit sowie das Streben nach neuen Verfassungsformen eröffneten einen freieren Blick in den Gang der Entwickelung der Weltereignisse; wie jene Zeit die engherzigen Formen im politischen und socialen Leben zerstörte, so auch in der Darstellung desselben, in der Geschichte. Am lebhaftesten war zunächst das Interesse für die vaterländische Geschichte angeregt. Aus der Stimmung jener Jahre erklärt sich die patriotisch-begeisterte, ins Rhetorische übergreifende Darstellung, namentlich in der unter großen Erwartungen begonnenen „Geschichte des deutschen Volkes“ (1825 ff. 12 Bde.) von Heinrich Luden (geb. 1780, seit 1806 Professor zu Jena, † 1847), dessen subjective Darstellungsmanier ungeachtet der Fülle historischer Gelehrsamkeit weder die Fachgelehrten befriedigen, noch dem größeren Publicum ein dauerndes Interesse einflößen konnte. Wichtiger sind die Bearbeitungen einzelner Perioden der deutschen Geschichte, z. B. Friedrich von Raumer's (geb. 1781, Professor zu Berlin) umfassendes Werk „Geschichte der Hohenstaufen und ihrer Zeit“ (1823 ff. 6 Bde.), das besonders durch klaren Fluß der Darstellung sich auszeichnet und in weiten Kreisen, auch auf die poetische Literatur, gewirkt hat; Gustav Adolf Stenzel's (1792—1854, Professor zu Breslau) „Geschichte Deutschlands unter den fränkischen Kaisern“ (1827); Wilhelm Giesebrecht's „Geschichte der deutschen Kaiserzeit“ (1854 ff.). In den Specialgeschichten deutscher Länder tritt die Beziehung auf die Gesammtheit des Volks mehr hervor.

§. 178. Nicht minder war indeß der deutsche Forscherfleiß auf den übrigen Gebieten der Geschichte thätig. Das griechische Alterthum wurde in den Werken von Friedrich Jacobs,[1] August Boeckh,[2] Karl Otfried Müller,[3] Wilhelm Wachsmuth (1784—1866, Professor in Leipzig),[4] Max Duncker[5] sorgfältig durchforscht. Der Behandlung der römischen Geschichte hatte Niebuhr's (seit 1823 in Bonn) „römische Geschichte“[6] eine neue Gestalt gegeben. Auf dieser Bahn hat sich ihm Theodor Mommsen[7] mit vorzüglichem Erfolge angeschlossen. Auch über die Urgeschichte der morgenländischen Reiche ward ein helleres Licht verbreitet. Friedrich Christoph Schlosser (1776—1861, Professor zu Heidelberg) umfaßte die gesammte Geschichte des Alterthums nach den allgemeinen Beziehungen der Culturentwickelung.[8]

Für die Geschichte der europäischen Staaten im Mittelalter und in der neueren Zeit hat die deutsche Geschichtschreibung

Ausgezeichnetes geleistet und sich nicht nur durch die Tüchtigkeit der wissenschaftlichen Forschung, sondern auch durch die gediegene Form der Darstellung auf der Höhe der geistigen Bildung behauptet. Aus der großen Reihe hervorragender Geschichtswerke nennen wir hier nur Johannes Voigt's († 1863) Geschichte Preußens von den ältesten Zeiten bis zum Untergang der Herrschaft des deutschen Ordens (1827 ff. 9 Bde.), Friedrich Manso's († 1826) Geschichte des preußischen Staats seit dem Hubertsburger Frieden (1819 ff. 3 Bde.), G. A. Stenzel's Geschichte Preußens (1830 ff. 3 Bde.), Heinrich Leo's Geschichte von Italien (1829 ff. 5 Bde.), Friedrich Christoph Dahlmann's († 1860) Geschichte von Dänemark (1840 ff. 3 Bde.), Wilhelm Wachsmuth's Geschichte Frankreichs im Revolutionszeitalter (1840 ff. 4 Bde.), Ludwig Häusser's deutsche Geschichte vom Tode Friedrichs des Großen bis zur Gründung des deutschen Bundes (1854 ff. 4 Thle.).

Die Entwickelung des neueren europäischen Staatensystems haben die Geschichtswerke von Friedrich von Raumer,[9] Leopold Ranke,[10] F. Chr. Schlosser[11] und Georg Gottfried Gervinus[12] von verschiedenen Standpuncten aus dargestellt und zugleich manche dunkle Partieen aufgehellt.

Von Seiten der Darstellung gehören die Biographieen K. A. Varnhagen's von Ense (1785—1858)[13] zu den besten Leistungen deutscher Geschichtsschreibung und haben das Interesse an biographischen Darstellungen und Charakteristiken wieder belebt: Georg Heinrich Pertz, Leben des Freiherrn von Stein (1849—56. 6 Bde.), Johann Georg Droysen's Leben des Generals York (1851); Otto Jahn's W. A. Mozart (1856 ff.). Anziehende Selbstschilderungen erhielten wir von E. M. Arndt,[14] H. Steffens,[15] H. Zschokke[16] u. And.

[1] Leben der Alten, 1824 ff. 4 Bde. [2] Staatshaushaltung der Athener, 1817. 18. 2 Bde. [3] Geschichten hellenischer Stämme und Städte, 1820—24. 3 Bde. [4] Hellenische Alterthumskunde, 1826 ff. 4 Bde. 2. A. 1843 ff. [5] Geschichte des Alterthums, d. j. 4 Bde. [6] 2. umgearb. Ausg. 1. Thl. 1827. 5. A. 1853; 2. Thl. 1831. 4. A. 1853; 3. Thl. 1832. 3. A. 1853. [7] Römische Geschichte, 1854 ff. 3 Bde. [8] Universalhistorische Uebersicht der Geschichte der alten Welt, 1826 ff. 3 Thle. in 9 Bdn. [9] Geschichte Europa's, 1832 ff. 8 Bde. [10] Geschichte der romanischen und germanischen Völkerschaften, 1821. 2 Thle.; Fürsten und Völker von Süd-

Europa, 1827 ff. 3 Thle. 3. A. 1844. Die römischen Päpste, ihre Kirche und ihr Staat im 16. u. 17. Jh. 1834—36. 3 Bde. Deutsche Geschichte im Zeitalter der Reformation, 1839 ff. 5 Bde. Französische Geschichte im 16. und 17. Jh. 1852—56. 4 Bde. Englische Geschichte, 1859 ff. [11]Geschichte des 18. Jahrhunderts, 1823. 2 Thle.; Geschichte des 18. und 19. Jahrhunderts, mit besonderer Rücksicht auf geistige Bildung, 1836 ff. 5 Bde. 4. A. 1853 ff. [12]Geschichte des 19. Jahrhunderts seit den Wiener Verträgen, 1855 ff. b. j. 7 Bde. [13]Biographische Denkmale, 1824 ff. 5 Thle. u. a. Schr. [14]Erinnerungen aus dem äußeren Leben, 1840. 3. A. 1843. [15]Was ich erlebte, 1840 ff. 7 Bde. [16]Selbstschau, 1842. 2 Thle. 5. A. 1853.

§. 179. Ein gleicher Forscherfleiß bewährte sich in den Naturwissenschaften. Die Naturgeschichte wurde durch großartige Reiseunternehmungen und Sammlungen erweitert. Eine systematische Darstellung nach dem jetzigen Standpuncte der Wissenschaft unternahmen L. Oken,[1] G. H. von Schubert[2] und mehrere Andere (A. von Humboldt's Kosmos, seit 1845). Sowohl durch Natur- und Geschichtsstudien als durch großartige Reiseunternehmungen (Heinrich Barth in Afrika u. s. w.) erhielt die Geographie mehr und mehr eine wissenschaftliche Gestaltung, vor Allem durch Karl Ritter's (geb. 1779, Professor zu Berlin, † 1859) „Erdkunde im Verhältniß zur Natur und zur Geschichte des Menschen."[3] Größere und kleinere Handbücher suchten mit der fortschreitenden Wissenschaft gleichen Schritt zu halten.

[1]Lehrbuch der Naturgeschichte, 1813 ff. 3 Thle.; allgem. Naturgesch. für alle Stände, 1833 ff. [2]Allgemeine Naturgeschichte, 1826; die Geschichte der Natur, 1835 ff. 3 Bde. Neue Bearb., 1852 ff. [3]1817. 18. 2 Bde. Neue Bearbeitung und Fortsetzung, 1822 ff. 19 Thle.

6. Aesthetik, Literatur- und Kunstgeschichte. Sprachstudien und Uebersetzungen.

§. 180. Obwohl die Aesthetik als philosophische Wissenschaft auch in dieser Periode mehrmals bearbeitet ward,[1] so treten doch die Fortschritte mehr in der historisch-kritischen Erforschung der Kunst- und Literaturgeschichte, in der Ergründung der einzelnen Werke der Kunst und Poesie hervor. Otfried Müller stellte die antike Kunstgeschichte mit wissenschaftlicher Gründlichkeit dar.[2]

Franz Kugler (1808—58) lieferte ein „Handbuch der Geschichte der Malerei von Constantin dem Großen bis auf die neuere Zeit" (1827. 2 Bde.) und ein „Handbuch der Kunstgeschichte" (3. A. 1855). Für die Geschichte der Malerschulen sind Karl Friedrich von Rumohr's „italienische Forschungen" (1827 ff. 3 Bde.), Johann David Passavant's Leben des Rafael von Urbino (1839) und die Schriften von Gustav Friedrich Waagen[3] reich an neuen Resultaten.

[1] Chr. H. Weiße: System der Aesthetik, 1830. 2 Bde. Fr. Th. Vischer: Aesthetik oder Wissenschaft des Schönen, 3 Thle. 1846 ff. Karl Rosenkranz, Aesthetik des Häßlichen, 1853. [2] Handbuch der Archäologie der Kunst, 1830; 2. A. 1835. [3] Hubert und Johann van Eyck, 1822, u. a.

§. 181. Die literarhistorischen Untersuchungen gewannen ein immer größeres Feld; Sprachforschungen und Uebersetzungen stehen ihnen zur Seite. Für die griechisch-römische Philologie waren viele Kräfte in Thätigkeit, und die Grenzen des Studiums wurden mehr und mehr erweitert. Das griechische Drama erregte vornehmlich den Wetteifer der Uebersetzer; auszuzeichnen sind: Aeschylos' Agamemnon von W. v. Humboldt (1816), Aeschylos, Sophokles, Euripides, Aristophanes von J. J. C. Donner (seit 1838), Aristophanes von J. G. Droysen (1835 ff.).

§. 182. Die Poesie des Orients hatte noch den Reiz der Neuheit, und da zugleich die orientalische Philologie durch die Sanskrit-Studien ein neues Leben erhalten hatte, so wurden mehrere Erzeugnisse der morgenländischen Poesie, vom chinesischen und indischen Alterthume bis auf die türkische Literatur herab, nach dem Westen herübergebracht; z. B. von Joseph von Hammer,[1] Franz Bopp,[2] Adolf Friedrich von Schack.[3] Der formgewandteste Uebersetzer (oder vielmehr Bearbeiter) orientalischer Poesieen war Friedrich Rückert: Nal und Damajanti (1828), Schi-King, chinesisches Liederbuch, gesammelt von Confucius (1833), Erbauliches und Beschauliches aus dem Morgenlande (1836. 37), Amrilkais (1843), Hamasa oder die ältesten arabischen Volkslieder 2c. (1846). In der Bearbeitung der Makamen des Hariri (1826) errang er die höchste Virtuosität in der Nachbildung der Spielereien arabischer Zungenfertigkeit.

[1] Geschichte der schönen Redekünste Persiens, nebst einer Blüthen-

lese, 1818; Geschichte der osmanischen Dichtkunst, mit einer Blüthenlese, 1836. 37. 2 Thle. Literaturgeschichte der Araber, 1850. 51. 2 Bde. Uebersetzung des Hafis, Montenebbi, Baki, Fasli u. s. w. [2] Nalas und Damajanti, 1838 rc. [3] Firdusi's Heldensagen rc. aus dem Persischen übersetzt, 1851; epische Dichtungen des Firdusi, 1853.

§. 183. Die mittelalterliche und moderne Literatur des europäischen Südens und Westens wurde durch treffliche Uebersetzungen und literarhistorische Darstellungen unter uns immer heimischer gemacht. Friedrich Diez führte tiefer in die altspanische und provençalische Poesie ein,[1] A. F. von Schack namentlich in die dramatische Literatur der Spanier.[2] Mehrere Dramen Calderon's wurden von Gries (§. 159), Otto von der Malsburg (1786—1824) u. And. übertragen. Mit Gries wetteiferte Karl Streckfuß (1779—1844) in der Uebersetzung von Ariost (1818 ff.) und Tasso (1822). Noch größerer Wetteifer zeigte sich in den Studien des Dante, dessen göttliche Komödie von Karl Ludwig Kannegießer,[3] Karl Streckfuß[4] in gereimten Terzinen, von Johann von Sachsen (1826 ff.), August Kopisch (1837) u. And. in reimfreien Versen übersetzt wurde. Shakspeare ward mehrmals übersetzt, ohne daß Schlegel's Uebersetzung im Ganzen übertroffen worden wäre, und durch historisch-kritische Untersuchungen erläutert (Gervinus, Bodenstedt u. s. w.). Was die neuere Poesie des Auslandes Anziehendes lieferte, wurde in zahlreichen Uebersetzungen zu uns herübergebracht. Volkslieder wurden häufig gesammelt und übertragen; z. B. Serbische Volkslieder, übersetzt von Talvj (Fräulein von Jacob) (1825. 26.), Siegfried Kapper (1852) u. And.; neugriechische Volkslieder, übersetzt von W. Müller (1825); italienische Volkslieder, übersetzt von A. Kopisch;[5] spanisches Liederbuch von E. Geibel und P. Heyse (1852); Romanzero der Spanier und Portugiesen von E. Geibel und A. Fr. v. Schack, 1860.

[1] Altspanische Romanzen, 1818. 21. Die Poesie der Troubadours, 1826. Leben und Werke der Troubadours, 1829. [2] Geschichte der dramatischen Literatur und Kunst in Spanien, 1845. 46. 3 Bde. Spanisches Theater, 1845. 2 Thle. [3] 1814 ff. 3 Bde., 4. sehr veränd. A. 1843. Auch Uebersetzer der „Gedichte der Troubadours" (1852). [4] 1824 ff. 3 Bde., 2. verbesserte A. 1834. [5] Agrumi, volksthümliche Poesieen aus allen Mundarten Italiens und seiner Inseln, 1838.

§. 184. Das Studium der altdeutschen Literatur, durch Bodmer und Lessing angeregt, von Tieck, A. W. und Fr. Schlegel, von der Hagen u. s. w. mehr mit ästhetischem Dilettantismus als mit der Strenge der kritischen Forschung betrieben, erhielt durch Jacob Grimm's (geb. 1785, † zu Berlin 1863) Untersuchungen, besonders durch dessen „deutsche Grammatik" (seit 1819), eine festere Grundlage (J. und W. Grimm's deutsches Wörterbuch, seit 1852). Seitdem ist außer ihm von G. Fr. Benecke, Wilhelm Grimm, Karl Lachmann, E. G. Graff, H. F. Maßmann, J. A. Schmeller, H. Hoffmann, Wilhelm Wackernagel, M. Haupt und mehreren Andern für die Aufhellung der Cultur und Literatur der germanischen Völker Ausgezeichnetes geleistet und eine deutsche Philologie begründet worden. Die vorzüglichsten mittelhochdeutschen Dichtungen wurden ins Neudeutsche übertragen, am besten von Karl Simrock (Nibelungenlied, Gudrun, Hartmanns Heinrich, Walther von der Vogelweide, Wolfram von Eschenbach, Gottfried von Straßburg u. and.). Die Literatur der letzten Jahrhunderte ward ebenfalls mehr und mehr Gegenstand historisch-kritischer Forschung. In der universellen Behandlung der Geschichte der deutschen Literatur hat Georg Gottfried Gervinus (seit 1835) seine Vorgänger sowohl in umfassender Forschung als in historischer Combination übertroffen und eine erfolgreiche Thätigkeit für diese Wissenschaft hervorgerufen (s. Einleitung).

Mag auch der Zustand unserer Literatur in mancher Hinsicht Sehnsucht nach einer schöneren Vergangenheit erregen, so finden wir doch in dem allseitigen wissenschaftlichen Streben eine Bürgschaft, daß das geistige Leben der Nation nicht ermattet, und seiner Entwickelung noch höhere Stufen vorbehalten sind. Schon erstrecken sich die Wirkungen deutscher Geistesbildung weit über die Grenzen des Vaterlandes hinaus. Die Stellung derselben wird um so bedeutsamer, je näher die Völker einander rücken, je mehr die nationalen Literaturen sich zu einer Weltliteratur vereinigen.

Zeittafel.

I. Aeltere Zeit.

1. Ausbildung der deutschen Mundarten zur Schriftsprache neben dem Lateinischen. Uebergewicht des Althochdeutschen.

X — c^a. 1150.

c^a. 360 Ulfila's gothische Bibelübersetzung.
„ 700 Beowulf, anglisches Epos.
„ 800 Karl der Große. Sammlung epischer Lieder. Althochdeutsche geistliche Literatur.
„ 840 Altsächsisches (alliterirendes) Evangelienbuch „Heliand."
„ 865 Otfried's Evangelienbuch (mit Endreimen).
„ 900 Alfred der Große.
„ 1000 Notker's (zu St. Gallen) Psalmen.
„ 1040 Williram's Hoheslied.
„ 1150 Hannolied. Kaiserchronik. — Die Geistlichen und die „Fahrenden."

2. Mittelhochdeutsche Literatur. Nationalepos und höfische Ritterdichtung.

C^a. 1150 — c^a. 1300.

„ 1175 Pfaff Wernher (Marienleben). Pfaff Konrad (Rolandslied). Pfaff Lamprecht (Alexander). Eilhart's von Oberge Tristan. Heinrich's des Glichesers Reinhart Fuchs.
„ 1190 Heinrich von Veldeke (Aeneide, Minnelieder). Höfische Poesie.
„ 1200 Reinmar (der Alte). Walther von der Vogelweide. Hartmann von Aue (Iwein).
„ 1210 Wolfram von Eschenbach (Parcival). Gottfried von Straßburg (Tristan). Bearbeitungen des Nibelungenliedes und der Gudrun.
„ 1230 Der Stricker. Rudolf von Ems. Nithart.

c^a. 1250 Ulrich von Liechtenstein. Konrad von Würzburg. Predigten Davids von Augsburg, Bertholds von Regensburg. Sachsen- und Schwabenspiegel.

3. Didaktisch-bürgerliche Poesie. Selbstständigkeit der Prosa.

C^a. 1300 — c^a. 1500.

c^a. 1300 Heinrich Frauenlob. Johann Hadlaub. Hugo von Trimberg („Renner"). Ottokar (Reimchronik).
„ 1350 Johann Tauler, Heinrich Suso: Prosa der Mystiker und Chronisten (Closener zu Straßburg).
„ 1400 Oswald von Wolkenstein. Muscatblut. Peter Suchenwirt.
„ 1450 Michael Beheim. Hans Rosenblut (Nürnberger Schwänke und Fastnachtsspiele). — Prosaromane.
„ 1470 Niklas von Wyle. Albrecht von Eybe. Diebold Schilling.
1494 Sebastian Brant's Narrenschiff. Geiler von Kaisersberg.
1498 Reineke Vos.

II. Neuere Zeit.

1. Ausbildung der neuhochdeutschen Prosa im Reformations-Zeitalter. Volks- und Kirchen-Poesie neben lateinischer Kunstpoesie.

C^a. 1500 — c^a. 1620.

1522—34 Luther's deutsche Bibel. Kirchenlied.
c^a. 1550 Hans Sachs in Nürnberg. Burkard Waldis. Erasmus Alberus.
„ 1575 Johann Fischart. Oberrheinische Gelehrtenpoesie.
„ 1600 Jacob Ayrer: Schauspiele in Nürnberg.
„ 1610 Jacob Böhme. Johann Arndt. Johann Valentin Andreä.
1617 Die fruchtbringende Gesellschaft oder der Palmenorden.
1618 Weckherlin's Oden und Gesänge.

2. Gelehrtenpoesie. Nachahmung ausländischer Formen.

C^a. 1620 — c^a. 1740.

1624 Martin Opitz' Gedichte und Büchlein von der deutschen Poeterei. Schlesisch-sächsische Gelehrtenpoesie (Erste schlesische Dichterschule).
1639 Opitz † zu Danzig. Simon Dach, Lehrer der Dichtkunst zu Königsberg.
1640 Paul Flemming † zu Hamburg.
1643 Die deutschgesinnte Genossenschaft zu Hamburg durch Philipp von Zesen: Heldenromane.

1644 Der Orden der Hirten an der Pegnitz durch Harsdörffer und Klaj zu Nürnberg.
1646 Andreas Gryphius' erstes Trauerspiel: Leo der Armenier.
1656 Der Elbschwanenorden durch Johannes Rist.
1660 Sigmund von Birken, Vorsteher der Pegnitzhirten.
1667 Paul Gerhardt's Haus- und Kirchenlieder.
1673 Hoffmannswaldau's Gedichte. Lohenstein's Trauerspiel: Ibrahim Sultan. Zweite schlesische Dichterschule.
1686 Spener in Dresden.
1688 Thomasius' deutsche Monatsschrift: Freimüthige Gedanken über allerhand Bücher &c. Leibnitz (Theodicee 1710).
1700 Canitz' Gedichte. Wernicke und die „Niedersachsen." Neufranzösische Dichterschule.
1713 Chr. von Wolff's philosophische Schriften in deutscher Sprache.
1721 Brockes' (zu Hamburg) irdisches Vergnügen in Gott. Drollinger „der helvetische Opitz" zu Basel.
1730 Gottsched's kritische Dichtkunst.
1732 Gottsched's sterbender Cato. Bodmer's Uebersetzung Milton's. Haller's schweizerische Gedichte. Liscow's Satiren.
1738 Hagedorn's Fabeln und Erzählungen.

3. Ausbildung classischer Poesie und Prosa.

Ca. 1740 bis zur Gegenwart.

1740 Breitinger's kritische Dichtkunst. Fehde der Leipziger (Gottsched und seine Schule) und Schweizer (Bodmer und Breitinger).
1744 Bremer Beiträge. Gellert's Fabeln. Rabener's Satiren.
1748 Klopstock's Messias, drei Gesänge; erste Oden und Elegieen.
1749 Kleist's Frühling. Uz' lyrische Gedichte. (Goethe zu Frankfurt geb.)
1755 Lessing's Miß Sara Sampson. Klopstock's Messias, 1.—10. Gesang.
1757 Gellert's geistliche Lieder.
1758 Gleim's Kriegslieder eines preußischen Grenadiers.
1759 Lessing's äsopische Fabeln. Literaturbriefe. (Schiller geboren.)
1762 Wieland's Uebersetzung des Shakspeare.
1764 Winckelmann's Geschichte der Kunst des Alterthums. Iselin's Geschichte der Menschheit.

1765 Möser's osnabrückische Geschichte. Nicolai's allg. deutsche Bibliothek.
1766 Lessing's Laokoon. Wieland's Agathon.
1767 Lessing's Minna von Barnhelm und Dramaturgie. Mendelssohn's Phädon. Ramlers Oden.
1768 Wieland's Musarion.
1769 Klopstock's Hermannsschlacht. Göttinger Musenalmanach.

1772 Lessing's Emilia Galotti. Göttinger Dichterbund (Voß, Hölty, die Stolberge ꝛc.). Lavater „von der Physiognomik."
1773 Herder über Ossian, Volkslieder und Shakspeare. Goethe's Götz von Berlichingen. Bürger's Lenore.
1774 Goethe's Werther. Klinger's Zwillinge. Herder's älteste Urkunde.
1776 Shakspeare's Hamlet in Schröder's Bearbeitung auf der Bühne.
1778 Herder's Volkslieder. Lessing's Antigoeze.
1779 Lessing's Nathan der Weise.
1780 Wieland's Oberon. Johannes von Müller, Geschichten der Schweizer.
1781 Schiller's Räuber. Voß' Odyssee und Idyllen. Kant's Kritik der reinen Vernunft. Lessing †.
1782 Herder, vom Geist der ebräischen Poesie.
1784 Herder's Ideen zur Philosophie der Geschichte der Menschheit.
1787 Goethe in Italien (Iphigenie, Egmont, Tasso). Schiller's Don Carlos.
1794 Goethe's Wilhelm Meister. Briefwechsel mit Schiller begonnen.
1795 Schiller's Horen und Musenalmanach. Jean Paul's Hesperus.
1796 Goethe's und Schiller's Xenien und Votivtafeln: „Epigrammenjahr."
1797 Goethe's und Schillers „Balladenjahr." Goethe's Hermann und Dorothea. A. W. Schlegel's Uebersetzung des Shakspeare. Tieck's „Volksmärchen." Schelling's „Philosophie der Natur."
1798 A. W. und Fr. Schlegel's Athenäum. Goethe's Propyläen.
1799 Schiller's Wallenstein; Lied von der Glocke. Tieck's Genoveva. Schleiermacher's Reden über die Religion.
1800 Schiller's Maria Stuart. Jean Paul's Titan.
1801 Schiller's Jungfrau von Orleans. Novalis †.
1802 Herder's Romanzen vom Cid.
1803 Schiller's Br. von Messina. Goethe's nat. Tochter.

Werner's Söhne des Thales. Hebel's allemannische Ged. Klopstock u. Herder †.

1804 Schiller's Wilhelm Tell. Tieck's Kaiser Octavianus.

1805 Schiller †. Goethe's Epilog zu Schiller's Glocke.

1806 Arnim und Brentano „des Knaben Wunderhorn."

1807 Goethe's Faust I. Hegel's System der Wissenschaft. Wilken's Geschichte der Kreuzzüge. — Nibelungenlied erneut durch von der Hagen.

1808 Fichte's Reden an die deutsche Nation. Alexander von Humboldt's Ansichten der Natur.

1810 H. von Kleist's Käthchen von Heilbronn. Goethe's Farbenlehre.

1811 Niebuhr's römische Geschichte.

1813. 14 Patriotische Poesie. Arndt. Körner. Rückert. Schenkendorf. Fouqué.

1815 Uhland's Gedichte. Müllner's Schuld.

1816 E. Th. A. Hoffmann's Nachtstücke.

1817 Ritter's Erdkunde.

1818 Hegel, Lehrer der Philosophie zu Berlin.

1819 Goethe's westöstlicher Divan. J. Grimm's deutsche Grammatik.

1821 Tieck's Novellen.

1822 Wilh. Müller's Griechenlieder. Rückert's östliche Rosen.

1823 Raumer's Hohenstaufen. Schlosser's Geschichte des 18. Jahrh.

1826 Platen's verhängnißvolle Gabel.

1827 Heine's Buch der Lieder. Ranke's Fürsten und Völker von Südeuropa.

1828 Platen's Gedichte und „der romantische Oedipus".

1831 Chamisso's Gedichte.

1832 Goethe †. Zweiter Theil des Faust.

1835 Gervinus' Geschichte der poetischen Nationalliteratur der Deutschen.

1840 ff. Dramen von Mosen, Gutzkow, Laube, Prutz, Hebbel. Politische Lyrik. Geibel's Gedichte.

1845 Alexander von Humboldt's Kosmos.

1852 J. und W. Grimm's deutsches Wörterbuch.

1854 Mommsen's römische Geschichte.

1855 Freytags „Soll und Haben."

Register.

(Ein * bezeichnet die Dichtungen, deren Verfasser unbekannt sind).

per Post. Bei Parthien lasse ich von meinen sämmtlichen Schulbüchern einen billigeren Preis eintreten.

Liebe und Leben.

Gedichte

von

J. W. Schaefer,

Zweite, vermehrte Auflage.

Miniatur-Ausgabe,

eleg. brosch. Preis Rhlr. — $16^3/_4$ Sgr. Prachtvoll gebunden. Preis 25 Sgr.

Die unter dem obigen Titel gesammelten Gedichte — „zartgefühlt und feingeformt," wie der Ausdruck eines namhaften Kritikers das Urtheil kurz zusammenfaßt — fanden gleich bei ihrem Erscheinen beim Publikum die anerkennendste Aufnahme und haben sich theilweise, wie die schöne Ballade Herthasee, durch den Abdruck in vielen neueren Gedichtsammlungen in weiten Kreisen verbreitet. Die neue Auflage ist mit mehreren Gedichten vermehrt, wogegen einige Gelegenheitsgedichte weggelassen sind. Dem Inhalte, der diese Sammlung vornehmlich dem weiblichen Gemüthe lieb macht, hat die Verlagshandlung durch eine höchst elegante Ausstattung zu entsprechen gesucht, so daß sie ganz besonders zu Geschenken sich eignen dürfte.

Der Herr der Inseln.

Epos in 6 Gesängen.

von W. Scott.

Uebersetzt von W. Hertzberg.

8. eleg. brosch. Preis $27^1/_2$ Sgr.

Dies herrliche Werk des britischen Dichters wird gewiß in dieser neuen Bearbeitung des gewandten, geistvollen Uebersetzers willkommen geheißen werden. Nicht allein die Weser-Zeitung, sondern auch viele andere Zeitschriften und Zeitungen haben die Uebersetzung wie den Inhalt anerkennend hervorgehoben u. ausgesprochen. Einen Auszug aus dem neuesten Hefte der „**Preuß. Jahrbücher**" 1864 Nov. glaubt die Verlagshandlung hier folgen lassen zu dürfen:

„Der Gedanke, im Augenblicke der siegenden schleswig-holsteinischen „Unabhängigkeit die Erinnerung an das romantische Epos Scott's „zu erneuern, welches bei seinem ersten Erscheinen mit der Ungunst „der damaligen Zeitverhältnisse zu kämpfen hatte, scheint uns ungemein „glücklich. Denn der Herr der Inseln behauptet gewiß den Vorrang vor Scotts übrigen metrischen Romanzen. Daß aber alle Schönheiten des Gedichts, daß namentlich auch die klingende und im Rhythmus mannigfach wechselnde Musik der Verse ihre volle Wirkung thun, das ist das Verdienst, ein nicht leicht zu hoch zu veranschlagendes Verdienst des Uebersetzers. Gleich als habe derselbe seinen Dichter für all' die Mißhandlung rächen wollen, die dessen Prosawerken so vielfach durch deutsche Fabriküberseßungen widerfahren ist, hat er mit ausgesuchter Vers- und Reimkunst die Physiognomie des Orginals zugleich auf's Getreueste wiedergegeben und sie doch zugleich, wenn der Ausdruck erlaubt ist, in's Deutsche idealisirt. Das man hier den Zwang nirgends fühlt oder doch nur leise durch eine schöne Keckheit an die Kunst des Uebersetzers erinnert wird, daß die knappe Wortfügung, die schlagfertige Reimfolge als eine eigenthümliche und neue Schönheit des Deutschen empfunden wird, liefert den Beweis von der vollendeten Herrschaft des Uebersetzers über beide Sprachen, von seinem reinen Gefühl für das, was die eine fordert und die andere erträgt. Auf einzelne Feinheiten, wie z. B. auf die glückliche Verwendung kleiner, dem Organismus unserer klassischen Dichtersprache entlehnter Glieder, auf geschickte Wortcompositionen, auf die kluge Heranziehung bezeichnender alter oder seltener Worte u. dgl. aufmerksam zu machen, wäre eine belehrende aber nicht kurz abzuthuende Arbeit. Mögen Andere, die bei diesem Meister in die Schule gehen wollen, sich dieser Analyse unterziehen."

Willatzen, P. J.,

Alt-isländische Volksballaden

und

Heldenlieder der Färinger.

Zum erstenmal übersetzt.

Schillerformat. brosch. 1 Thlr. 21 Sgr.

Unsere Literatur ist reich an Balladen, und es möchte gewagt erscheinen, neue dem reichen Schatze zuzuführen. Was aber gut ist, darf nicht schlummernd liegen bleiben. Herr Willatzen hat die Schönheiten der alt-isländischen Volksballaden erkannt und legt sie nun zum ersten Mal dem Lesepublikum in Uebersetzung gedruckt vor. Die ausführliche geistvolle Einleitung, die beigegebenen Anmerkungen und Erklärungen sind von wesentlichem Nutzen und dienen zum Verständniß des Ganzen.

Noack, Dr. Ludw.,
Professor in Gießen.

Der Genius des Christenthums

oder

Christus in der Weltgeschichte.

Der Geist des Christenthums in seinen weltgeschichtlichen Hauptformen und seinen hervorragenden schöpferischen Persönlichkeiten für gebildete Laien dargestellt.
3 Bde.

Der erste Band enthält:
„Der Genius des Christenthums."
2r Band:
„Der Genius des Katholicismus im christlichen Mittelalter."
3r Band:
„Der Genius des Christenthums seit der Reformation des sechszehnten Jahrhunderts."
8. geh. Alle drei Bände zusammen 3 Thlr.

Dieses Werk des durch eine Reihe von religionsphilosophischen und theologischen Schriften rühmlichst bekannten Verfassers schließt sich an dessen frühere Arbeiten in der Weise an, daß es als die jüngste und reiffste Frucht seines Geistes gewissermaßen alle früheren zum Abschluß bringt. Der Verf. hat sich zur Aufgabe gesetzt, die Geschichte des Christenthums, zwar vom Standpunkt moderner Wissenschaft, doch so objektiv wie möglich, von den ersten Anfängen im Urchristenthum durch das Mittelalter und die Reformation hindurch bis auf die neuesten Phasen des christlichen, beziehungsweise unchristlichen oder widerchristlichen Geistes in unseren Tagen, dem Leser vor die Seele zu führen.

Wer das Bedürfniß fühlt, das Denken und die humanistischen Bestrebungen unserer Zeit irgendwie in Beziehung zu setzen zur Religion, wer nicht das Christenthum geradezu ausschließen will von Beiden, der wird diese Schrift mit reger Theilnahme und wahrer Befriedigung lesen, er wird, dem historischen Faden der Entwickelungsgeschichte der christlichen Idee, wie sie in diesem Buche gegeben ist, aufmerksam folgend, ohne Zweifel zu dem Ergebnisse gelangen — mag auch dies Endergebniß von dem Verfasser nicht deutlich ausgesprochen sein —, daß das Christenthum als Religion nicht bestimmt sein kann in dem Humanismus völlig unterzugehen, sondern aus dem kritischen Zersetzungsproceß der letzten Jahrzehende mit verjüngter Kraft in neuer Gestalt siegreich hervorgehen wird.

Druck von F. W. Gadow u. Sohn in Meiningen.

CPSIA information can be obtained
at www.ICGtesting.com
Printed in the USA
LVHW020050011221
704950LV00001B/103

9 783752 550054